S. A. HOWEVER

DAS MEDALLION DER ENGEL II
DIE FASZINATION VON MACHT

S. A. HOWEVER

DAS MEDALLION DER ENGEL II

ROMAN

Bibliografische Information der Deutschen Nationalbibliothek: Die Deutsche Nationalbibliothek verzeichnet diese Publikation in der Deutschen Nationalbibliografie; detaillierte bibliografische Daten sind im Internet über dnb.dnb.de abrufbar.

© 2021 S. A. However
Herstellung und Verlag: BoD – Books on Demand, Norderstedt
Satz: Frollein Fuchs Art & Design, Krefeld

ISBN 9783754300848

Gewidmet an meinen Bruder.
Ich hab dich lieb, für immer und ewig.

Kapitel 1

Louise hielt ihren Atem an.

Dort stand sie, noch immer halb an das Fenster in Julians Wohnzimmer gelehnt und blickte hinab auf ihre Hände. Oder eher auf das, was dort in der Mitte ihrer Handflächen lag und matt im Mondlicht schimmerte. Das Medaillon der Engel war so viel schöner, als eine Abbildung oder Zeichnung es je hätte darstellen können.

Das Silber war sorgfältig zu der Form einer geöffneten Rose gefertigt. Jedes einzelne Blütenblatt wirkte wie Seide, war jedoch zugleich hart und kalt. In der Mitte war ein ovaler Bernstein eingefasst, wie ein Tropfen goldener Honig. Die Kette, an welcher der Anhänger hing, bestand aus groben aneinander gereihten Kettengliedern, stark und schwer.

Sie konnte ihre Augen nicht davon lösen.

Wie sollte sie jemals wieder einen anderen Gegenstand ansehen, ohne daran zu denken, wie unfassbar reizlos er war? Der Rest der Welt war eine Beleidigung aller Sinne, lediglich existent damit das Medaillon darin existieren konnte. Lou schüttelte sich.

Ihre eigenen Gedanken jagten ihr Angst ein. Sie wusste, dass sie das Medaillon loswerden musste, bevor jemand herausfand, dass sie es besaß. Doch wie sollte Louise das anstellen, wenn alleine die Vorstellung daran ihre Seele in tausende Stücke zerriss?

Sie musste einen Weg finden. Sie musste einfach.

Louise schloss ihre Augen und spürte, wie sich das Medaillon zwischen ihren Fingern in Rauch auflöste.

Ihr Magen zog sich zusammen.

Sie fragte sich, ob Thomas Stone noch lebte. Konnte ein Mann wie er, so etwas überleben? Immerhin, Stone hatte es geschafft, das Medaillon viele Jahre bei sich zu tragen und allein deswegen war er sicherlich ein talentierter Magier, aber dennoch …

Eigentlich hätte es Lou schon klar werden müssen, nachdem Johnathan zum ersten Mal das Medaillon erwähnt hatte. Spätestens nach ihrem ersten Gespräch mit Nic. Sie hatte zu viel Zeit damit verschwendet darüber nachzudenken, wo die Finder des Medaillons es verstecken würden und dabei vollkommen das übersehen, was John ihr ganz am Anfang schon gesagt hatte: Es ging um das, was das Medaillon wollte.

Viel zu spät hatte Louise versucht aus der Perspektive des Medaillons zu denken. Nach dieser Erkenntnis hatte der Rest ganz schnell Sinn ergeben.

Das Medaillon war von dem Team der Regierung aus dem Ozean gezogen und nach Frankreich verschickt worden. Dort hatte es die Zeit und Möglichkeit gehabt, sich Stone anzueignen, mit dem es dann floh, als sich die Gelegenheit bot.

Natürlich war sie nie davon ausgegangen, dass Nics Dokumente recht hatten und Stone verstorben war.

Doch warum nicht? Warum war Stones Leiche nie gefunden worden?

Natürlich. Für das Medaillon war es viel einfacher gewesen, den armen Magier am Leben zu lassen. Als Objekt alleine kam es nicht weit, aber mit Stone konnte es sich versteckt halten und abwarten.

Am Ende war Stone gefunden worden und das Medaillon hatte sich versteckt. Die Regierung konnte kaum davon ausgegangen sein, dass der verwirrte Mann, den sie auffanden, noch die Kraft dazu gefunden hätte, seine Magie zu verwenden, um ein derart mächtiges Artefakt verschwinden zu lassen. Wenn sie denn überhaupt so weit über die Details informiert gewesen waren. Sie waren definitiv nicht davon ausgegangen, dass ein solcher Gegenstand sich selbstständig verstecken konnte.

Danach hatte Lou ein wenig die Sorge gehabt, es könnte schwierig werden, das Medaillon einzustecken ohne, dass die Anderen es bemerken würden. Es war dann aber doch ziemlich leicht gewesen, sie davon zu überzeugen, dass Medaillon sei zerstört worden. Was für eine mächtige Waffe Vertrauen sein konnte.

Louise fühlte sich nicht gut dabei, ihre Freunde anzulügen.

Die Wahrheit wäre zu diesem Zeitpunkt aber zu kompliziert gewesen. Louise würde es ihnen sagen, früher oder später. Wenn sie wusste, was genau sie ihnen sagen wollte.

Sie sah auf und blinzelte.

Erste Sonnenstrahlen schlichen sich über den Horizont und trafen ihre müden Augen. Wie lange hatte sie dort gestanden? Hatte sie nicht gerade erst das Bett verlassen, um sich an das Fenster zu stellen?

„Oh hey, schon wach?“

Julian. Louise hatte glatt vergessen, dass sie sich nicht in ihrer eigenen Wohnung befand.

Mit dem Versuch, sich den Stress der letzten Nacht nicht anmerken zu lassen, wandte sie sich zu ihm um.

„Hey. Ich wollte dich nicht wecken."

Julian nickte verschlafen, schlurfte zu ihr hinüber und drückte ihr einen Kuss auf die Stirn, bevor er an ihr vorbei zur Küche ging. Lou zwang sich ihren Atem ruhig zu halten.

Eine Dusche. Nach einer Dusche würde sie sich bestimmt besser fühlen.

Während Julian sich Mühe gab nicht mit dem Kopf auf der Arbeitsplatte einzuschlafen, ging Louise also ins Badezimmer.

Das heiße Wasser hatte tatsächlich eine therapeutische Wirkung.

Louise spürte die einzelnen Wassertropfen, die ihre Beine hinab rollten und roch den Lavendel des Badeöls, mit welchem sie ihren Körper einrieb. Zwischen dem Dampf und der Hitze verzog sich sogar das Medaillon an den Rand ihrer Gedanken.

Lou blieb dort stehen und verlor sich in der angenehmen Stille ihres Verstandes, bis ihr schwindelig wurde. Dann schloss sie widerwillig den Wasserhahn und trocknete sich mit dem flauschigsten Handtuch ab, welches sie finden konnte. Sie fühlte sich nahezu... normal.

Leider hielt die Ruhe nicht lange an.

Nachdem sie sich angezogen hatte, ging sie zurück in die Küche. Julian wirkte ein wenig wacher und sah sie mit einem Ausdruck an, der nur eines Bedeuten konnte.

„Samuel verlangt nach uns.", bestätigte er ihre Vermutung.

Es war zu erwarten gewesen, dass Samuel sie zusammenrufen würde. Die politische Lage war immer noch angespannt. Wie würde Samuel auf Adalar reagieren? Was, wenn er von ihnen verlangte gegen Adalar vorzugehen?

Johnathan hatte es ihnen mehr oder weniger verboten, doch gab John wirklich noch die Befehle?

Sie verschob diese Frage auf einen anderen Zeitpunkt und machte sich mit Julian gemeinsam auf den Weg, um Samuel zu treffen.

Daphne, Anne und Chris standen im Wartebereich vor Samuels Büro. Dorea lief umher und verteilte Kekse.

Als sie Louise und Julian ankommen sah, strahlte sie.

„Lou! Julian! Hier, nehmt euch was."

Dorea hielt ihnen den Teller hin und Louise nahm sich einen Keks. Dorea war eine ziemlich gute Bäckerin. Schon, als Louise noch ein Kind gewesen war, hatte sie ihr zu jedem Geburtstag einen Kuchen oder ein paar Kekse geschenkt. Dorea war überhaupt immer äußerst nett zu ihr gewesen.

Nicht, dass Lou ansonsten eine besondere Verbindung zu Samuels Tochter hatte. Es war nur schön ab und zu ein fröhliches Gesicht zu sehen.

Offiziell war Dorea die Thronfolgerin ihres Vaters, weshalb sie Johnathan ein Dorn im Auge war. Oder gewesen war. Solche Umstände, die vor wenigen Monaten noch viel Gewicht gehabt hatten, wirkten mittlerweile recht irrelevant. Ob Dorea starb oder lebte hätte Louise zum jetzigen Zeitpunkt ehrlicherweise nicht gleichgültiger sein können, höflicher Umgangston hin oder her.

„So gut gelaunt? Ist was Besonderes passiert?", erkundigte Julian sich und wischte sich Schokoladenkrümmel aus den Mundwinkeln.

Dorea lief leicht rosa an.

„Über solche Dinge redet eine Lady nicht.", erwiderte sie.

Bevor noch jemand etwas dazu sagen konnte, kam Samuel hinein. Er durchschritt die Tür hinter ihnen, lief an ihnen vorbei ohne sie zu beachten und betrat wortlos sein Büro.

Sie seufzten synchron, Lou etwas leidender als die Anderen. Ihr letztes Treffen mit Samuel setzte Louise immer noch zu und brachte ihre Wangen zum Brennen. Es half nichts.

Gemeinsam folgten sie Samuel durch den Vorhang.

Für sie alle war es in dem kleinen Raum etwas eng, sodass sie sich aneinander Reihen mussten, Schulter an Schulter.

Während die anderen Vier sich hinknieten, blieb Louise stehen. Sie hatte vor Samuel keine Angst mehr. Nicht nach den letzten Monaten. Ihre Ängste waren im Moment nämlich sehr viel gravierender, als ein alter Mann mit Gotteskomplex.

Samuel stand hinter seinem Schreibtisch, mit dem Rücken zu ihnen, sodass sie nur seine lange blonde Perücke und seinen grünen Mantel sehen konnten.

„Erhebt euch.", sagte er. Nein, er sang es fast.

Er war guter Laune. Louise wünschte sich fort, weit fort.

Ihr Wunsch blieb unerfüllt.

Neben ihr erhoben ihre Freunde sich vom Boden und warfen ihr überraschte Blicke zu. Seit wann war Louise so ungehorsam und warum schien es Samuel nicht zu stören?

Diesen Eindruck, etwas verpasst zu haben, den sie nun in den Anderen erkannte, kam ihr allzu bekannt vor. Sie verdrängte die aufkochenden Schuldgefühle.

„Ich habe eine Aufgabe für euch.", verkündete Samuel, ohne Wenn und Aber, und drehte sich zu ihnen um.

Lou schien nicht die einzige zu sein, bei der sich etwas verändert hatte.

Nicht nur, dass Samuel direkt zum Punkt kam, nein.

Er trug kein Make-up und keine Verschleierungen, bis auf die stechend gelben Kontaktlinsen und die Perücke. Sein Gesicht war glatt rasiert. Der Schnurrbart war fort.

„Wir ihr sicherlich wisst, hat sich eine gewisse... Situation ergeben."

Er sah Louise nicht direkt an. Ob er auch an den vorherigen Tag denken musste? Ob ihn die Erinnerung daran auch von Innen heraus auffraß? Wahrscheinlich nicht.

Beschäftigte es ihn überhaupt?

„Diese ganze König-Angelegenheit ist misslich für mich und für euch, selbstverständlich. Doch kein Grund zu verzagen. Ich meine sogar, wir können aus dieser unglücklichen Lage noch einen Vorteil ziehen."

Jetzt sah Samuel Louise an. Er blickte ihr direkt in die Augen.

So eindringlich, so intensiv, dass Lou unwillkürlich die Luft anhielt. Es war ein eisiger Blick, einer bei dem ihr plötzlich unfassbar kalt wurde. Ihre Gliedmaßen zitterten.

Denke an das, was du in diesem Augenblick am meisten willst. Stelle es dir vor.

Louise hörte Samuels Stimme in ihrem Ohr, obwohl sie wusste, dass er nicht sprach. Das Medaillon sackte zurück in ihren Verstand, rutschte durch die Lücken ihrer Gedanken und setzte sich fest in jeder leeren Ecke, die es finden konnte.

Ihre Sicht verschwamm leicht.

Wann sie wohl das Medaillon wieder sehen würde? Louise konnte es nicht einfach überall herausholen, sie musste vorsichtig sein. Warten bis sie alleine war.

Beinahe meinte sie bereits vergessen zu haben, wie es aussah und das, obwohl das Bild des Medaillons in derselben

Sekunde nur wenige Zentimeter vor ihr schwebte, als könne sie es berühren, sollte sie ihre Hand ausstrecken. Das Metall glänzte leicht im Kerzenlicht und der Bernstein in der Mitte leuchtete, doch die Umrisse waren unscharf.

„Und dann ..."

Schwer und süß drang Samuels Stimme zu ihr durch und verjagte ihre Hirngespinste. Seine Stimme war lauter geworden, was daran lag, dass er näher an sie herangekommen war. Samuel stand nun direkt vor Louise und sah auf sie hinab. Er war nur etwa einen halben Kopf größer als sie, doch aus dieser Perspektive kam er ihr riesig vor.

„Holen wir sie uns wieder zurück."

„Wir holen was zurück?", murmelte Lou verwirrt und Samuel schüttelte lachend den Kopf.

„Na, die Krone natürlich. Was soll ich denn sonst meinen, mein Engel?"

Die Krone zurückholen. Louise nickte.

Wovon sollte Samuel auch sonst reden? Sie musste sich zusammenreißen. Vage hörte Lou Samuel zu, der ihnen seinen Plan erklärte, während sie sich sammelte.

Wie lange konnte sie die Fassade aufrechterhalten? Nicht sehr lange, offensichtlich. Louise musste jemandem von dem Medaillon erzählen, bevor sie noch verrückt wurde. Nur wem?

„Nachdem ihr mit ihm gesprochen habt, gehe ich davon aus, dass ihr mir Bericht erstattet."

Damit beendete Samuel seinen Vortrag und obwohl Lou kaum etwas mitbekommen hatte, fragte sie nicht nach. Sie verließ den Raum vor den Anderen, die sich noch verabschiedeten und verbeugten.

Gott, wie sehr sie Samuel verabscheute.

Mehr noch als vor wenigen Wochen. Louises Geduld hing an einem seidenen Faden, der kurz davor war zu reißen. Geistesabwesend wechselte sie ein paar unbedeutende Phrasen mit Dorea und wartete auf ihre Freunde.

Chris kam als erster heraus.

Er griff Lou am Arm und zog sie ein Stück mit sich, außer Hörweite von Dorea.

„Was zum Teufel ist mit dir los?"

Sein Tonfall war ernst. Ihr wurde klar, wie schlecht sie ihren Zustand vertuscht haben musste. Oder kannte Chris sie einfach so gut, dass es ihm schneller auffiel, wenn es ihr schlecht ging?

Es waren erst wenige Stunden vergangen, nicht einmal ein ganzer Tag, seitdem sie das Medaillon bei sich hatte. Sie hatte es gesehen, berührt und gehalten. Es hatte sie eingenommen und sehnte sich bereits nach mehr …

Und dann platze es aus Louise heraus, bevor sie sich auf die Zunge beißen konnte.

„Ich habe das Medaillon der Engel. Ich habe es bei mir."

Sie sah den Schock in Chris' Augen und bereute ihre Worte sofort.

Sein Mund klappte auf, aber er kam nicht dazu etwas zu sagen, denn hinter ihm tauchten Julian, Daphne und Anne auf.

Lou sah ihn eindringlich an, betend, dass er sie nicht verraten würde und lächelte dann denn anderen zu, als wäre nichts gewesen.

„Es scheint, als würden wir doch noch die Chance bekommen, den neuen König persönlich zu sprechen.", meinte Daphne fröhlich und Louise nahm an, dass Samuel ihnen gesagt hatte, sie sollen sich mit Adalar treffen.

Sie hatte niemandem erzählt, dass sie Adalar bereits getroffen hatte. So viele Geheimnisse hatten sich in Lou angestaut. Merkwürdig, wie das Blatt sich wenden konnte.

„Sag mal, was ist denn mit dir los?", merkte Julian an und stupste Chris seinen Ellenbogen in die Rippen, als dieser nicht reagierte.

Chris war weiß um die Nase, seine Stirn leuchtete Rot. Er zwang sich zu einem leisen Lachen.

„Samuel hat sie doch nicht mehr alle. Mit dem König reden, nichts einfacher als das. Also wirklich."

Sie alle lachten, außer Anne.

Louise atmete erleichtert auf.

„Wie er wohl ist, der König?", fragte Anne sich laut.

Ja, das würde Lou auch gerne wissen.

Wer war Adalar? Wo kam er her, was wollte er von ihr? Was war er überhaupt?

Zu viele Rätsel, keine Lösungen. Wann hatten sich ihre Probleme so hoch aufgetürmt?

Adalar, Samuel, das Medaillon, Johnathan ...

Johnathan. Das hatte sie beinahe vergessen.

Louise musste mit ihm reden, sie konnte ihm nicht ewig aus dem Weg gehen. Ob sie es über sich bringen konnte ihn anzusehen? Sie hatte so viele Fragen an ihn, war sich allerdings nicht sicher, ob sie die Antworten hören wollte.

Sie verließen den Empfangsraum und stiegen nebeneinander die Treppen zum Hauptraum hinab, während Lou sich in schmerzhaften Gedanken verstrickte.

Seit Samuel zurückgekehrt war, war wieder ein wenig Leben in das Haus gekommen. Trotzdem blieb die Luft angespannt. Man konnte die Unsicherheit des Volkes in der Umgebung förmlich riechen.

„Ich weiß ehrlich gesagt nicht, was Samuel sich davon verspricht, wenn wir mit dem König reden. Was sollen wir dem denn schon sagen?“, warf Julian berechtigterweise ein.

Louise konnte sich nicht auf die Unterhaltung konzentrieren.

Ob sie Julian von dem Medaillon erzählen sollte? Nein, das würde ihn in Gefahr bringen.

Sie hätte auch Chris nichts verraten dürfen.

Andererseits, wenn sie sich einer einzigen Person auf der Welt anvertrauen konnte, dann doch Julian, oder etwa nicht?

„Ist doch egal, was Samuel denkt. Lass uns mit dem Mann reden und dann haben wir unseren Job gemacht. Fertig.“

Daphne klang so ruhig, so sicher. Sie wäre nicht so unbekümmert, wenn sie die Gedanken hören könnte, die Lou ununterbrochen durch den Kopf rauschten. Vermutlich würde sie Louise umbringen, wenn sie …

„Hey, ist das dahinten nicht Nic?“

Sie hatten das Anwesen hinter sich gelassen, drängten sich durch die Menge und tatsächlich, als Lou in die Richtung sah, in die Chris zeigte, erkannte sie das schwarze Haar und das schmale Gesicht von Johnathans kleinem Bruder.

Nic hatte sie noch nicht erblickt. Er stand vor einem der Lokale und unterhielt sich mit einem Mann, der so aussah, als könnte er Nic zum Abendessen verspeisen.

Sie liefen hinüber zu ihm.

„Genau deswegen… Oh, hey!“

Nic unterbrach sich, als er sie bemerkte und begrüßte sie.

„Das hier,“, sagte er unaufgefordert und zeigte auf seinen Begleiter, „…ist Oslo. Oslo ist ein alter Bekannter. Wir haben uns aus Zufall hier getroffen, nicht wahr?“

Oslo nickte ihnen zu. Sein Gesicht und seine Arme waren von schwarzen Tattoos übersät und eine lange Narbe zog sich von seinem Mundwinkel hinüber zu seinem rechten Ohr.

Louise entschied sich, nicht weiter nachzuhaken. Stattdessen erwiderte sie: „Nic, was machst du hier?"

Nic deutete Oslo, dass er gehen konnte und mit einem Schnauben verschwand dieser in einer Bar auf der gegenüberliegenden Straßenseite.

„Ich habe ehrlich gesagt nach dir gesucht.", wandte Nic sich dann an Lou.

Louise musterte Nic und mit einem Schlag wurde ihr klar, dass er ihr Onkel war.

Sie waren verwandt.

Blutsverwandt. Lou hatte es gewusst, mindestens seit einem Tag, aber in diesem Moment wurde es ihr zum ersten Mal wirklich klar und sie versuchte in seinen Augen ihre eigenen wiederzuerkennen.

„Nach mir?", echote sie leicht abwesend.

„Ja, ich wollte sehen wie es dir geht."

Wie es ihr ging? Niemand flog über den halben Planeten um zu sehen, wie es jemand anderem ging. Warum sagte Nic ihr nicht, was er tatsächlich wollte?

„Hätte ein Anruf es nicht getan?", sprach Daphne das aus, was Louise gedacht hatte.

Nic blickte einmal in die Runde.

„Könnte ich einen Augenblick mit Louise alleine reden?"

Auf Lous Schulterzucken hin verzogen Chris, Julian, Daphne und Anne sich.

Nic wartete eine Weile, nachdem ihre Freunde gegangen waren. Suchte nach den richtigen Worten, vielleicht, sowie

John es manchmal tat, wenn er etwas Wichtiges zu sagen hatte.

Dann setzte er an: „Louise, ich habe die letzte Nacht wach gelegen. Und mir wurde klar, dass ich nicht zur Ruhe komme, bevor ich nicht mit eigenen Augen gesehen habe, dass es dir gut geht.", erklärte er und besah sie sich prüfend.

Sie fragte sich nicht einmal, wie Nic es so schnell nach England geschafft hatte. Durch Louise schoss nur ein einziger Gedanke: Weiß er es?

Eigentlich war es unmöglich, das wusste Lou. Woher sollte er es auch wissen?

Dennoch, er war extra von Kanada angereist, nur um sie zu fragen, wie es ihr ging. Also musste er zumindest etwas ahnen.

Wie viel konnte er vermuten? War es nur ein vages Gefühl, dem er nachging, oder mehr?

Louise hatte keine Wahl, sie musste es abstreiten.

„Die Mühe hättest du dir wirklich sparen können. Wie Daphne schon meinte, ein Anruf hätte es getan. Denn wie du siehst, geht es mir gut."

Nic wirkte nicht überzeugt. Er rümpfte die Nase.

„Meine Leute wissen, dass ihr in Frankreich wart. Man weigert sich allerdings bisher, meiner Behörde genaueres zu sagen. Deswegen frage ich dich und ich frage nur einmal. Was ist in Frankreich passiert? Was ist wirklich passiert?", setzte Nic hinzu.

Nicht für einen Moment unterbrach Nic den Augenkontakt. Lou drehte sich weg.

„Was passiert ist?", wiederholte sie laut.

Die Frage klang lachhaft in ihren Ohren. Was passiert war? Selbst, wenn sie Nic die Wahrheit hätte verraten wollen, was sollte sie nur auf diese Frage antworten?

Louise entschied sich das zu sagen, was der Realität am fernsten war: „Nichts ist passiert.“

Alles war passiert. Einfach alles.

Alle Erinnerungen, alle Gefühle, alle Entscheidungen und Gedanken. Jede einzelne Sekunde ihres Lebens hatte hingeführt, zu dem, was in Frankreich passiert war.

Die Angst, die ihr die Kehle zuschnürte. Der Stolz, der dafür sorgte, dass sie nicht zusammenbrach. Das Glück, welches durch ihre Venen strömte, gemischt mit dem Triumph. Die lähmende Beklommenheit. Der ständige Zustand zwischen Traum und Erwachen, zwischen Illusionen und Realität, in dem sie sich befand. Doch für nichts davon konnte Lou Worte finden.

Sie schreckte zusammen, als Nic mit seinen kalten Händen nach ihren griff.

Louise sah ihn an. Seine hellen blauen Augen waren dieselben, die Frank hatte. Vielleicht fiel es ihr deshalb so schwer, die Lüge aufrechtzuerhalten, als Nic seine Abschiedsworte sprach.

„Falls sich deine Antwort zu meiner Frage jemals ändern sollte, oder du über etwas anderes reden willst, melde dich. Bitte. Ich kann dir helfen, wenn du es zulässt.“

Und nachdem er ein letztes Mal innegehalten hatte, drehte er sich um und tauchte in der Menge der feiernden Wahnsinnigen unter.

In der Sekunde, in der sie Nic aus den Augen verlor, überkam Lou ohne jegliche Vorwarnung eine ergreifende Erschöpfung. Für den Bruchteil einer Sekunde, drohten ihre Beine nachzugeben. Sie stolperte einige Schritte nach hinten und ihr Rücken traf auf die Außenwand der Kneipe. Menschen wichen ihr aus, fluchten und wandten sich wieder ihren Gesprächen zu.

Louise war sich sicher, ihr Bewusstsein zu verlieren. Sie blinzelte, doch es wurde nicht dunkel. Im Gegenteil, es wurde heller. Nicht viel, nur leicht. So leicht, dass es kaum auffiel.

Lou atmete ein. In ihre Nase drang kalte Luft, floss durch sie hindurch und erfüllte ihre Lunge mit kleinen schwingenden Bewegungen.

Das Stimmengewirr um sie herum wurde lauter. Nein, nicht lauter...

Deutlicher.

Die Geräuschkulisse veränderte sich. Aus dem Gemurmel drangen einzelne Stimmen hervor. Als würden ihr die Menschen, all die Menschen, die sich hier im Getümmel umherschlichen, direkt ins Ohr sprechen. Doch nicht störend. Nicht einmal anstrengend.

Das Licht brach sich, die Farben summten flatternd in einer gleichmäßigen Vibration vor ihr her.

Nichts davon passierte plötzlich und dennoch konnte es nur wenige Sekunden gedauert haben.

Dann, im nächsten Augenblick, kehrte Normalität ein.

Louise lehnte an der Außenfront des Lokals hinter ihr, das Blut rausche in ihren Ohren und ihr Atem ging stoßweise.

Sie beruhigte sich, schüttelte das unbekannte Kribbeln in ihrem Nacken ab und stieß sich von der Wand ab. Vermutlich einfach der Schlafmangel, der Stress.

Nichts weiter.

Lou sprach sich stumm Mut zu, nickte bestätigend und schaffte genau zehn Schritte durch die Menge, bevor ihre Beine weich wurden und sich ihre Umgebung in Schwarz tauchte.

Kapitel 2

Stechendes Weiß, beißende Kälte.

Louise erwachte und wusste, dass sie träumte. Sie wusste zudem, wo sie sich befand.

Die Umrisse der kleinen Zelle waren verschwommen und trotzdem wusste Lou zweifelsfrei genau wo sie war.

Das Metall, auf dem sie saß, schmerzte. Ihre Haltung war aufrecht, doch es war nicht ihre eigene Kraft, die ihren Rücken gestreckt hielt. Fremde Fäden zogen ihren Kopf nach oben und hielten ihre Augen geöffnet.

Obwohl ihre Stirn brannte und heiße Tränen wie flüssiges Feuer ihre Wangen herunterliefen, fror sie. Wenn sie ihre Glieder hätte bewegen können, hätte sie gezittert.

Doch sie zitterte nicht, sie saß ganz still.

Ihre Brust hob und senkte sich regelmäßig, doch die Luft war dünn. Mehr Staub, als Sauerstoff erreichte sie. Louise wünschte sich ein Fenster, oder eine Tür, aber sie konnte nicht einmal die Wände sehen. Alles, was sie sah, war weißes Nichts. Farblose Verdammnis. Die Hölle.

Und bewegen, um ein Fenster oder eine Türe zu öffnen, konnte sie sich ohnehin nicht. Lou war dazu verurteilt, zu sitzen und zu warten.

Worauf warten? Darauf, dass sie der Vision entfliehen konnte?

Jeder einzelne Gedanke, den Louise fasste erforderte ihre höchste Konzentration. Es fiel ihr zunehmend schwer, ihre Aufmerksamkeit auf ihren eigenen Verstand zu richten, wenn es doch so verlockend war, der anderen Stimme zuzuhören. Dem leisen Flüstern, dem Wispern, der unsichtbaren Schatten.

Sie wusste, dass sie nicht nachgeben durfte. Sie wusste nur nicht warum.

Ihre Gedanken zerflossen, schmolzen und verwischten.

Durcheinander, ineinander. Leere.

Das Flüstern blieb, konnte die Leere jedoch nicht füllen. Nur einzelne Worte, Klänge und Töne stahlen sich zu ihr durch, ohne einen Sinn für sie zu ergeben. Ihren Namen wusste sie nicht mehr.

Namen waren unbedeutend, sie gehörten nicht zur Realität. Abstrakte Konzepte der menschlichen Vorstellung.

Warum dachte sie an solche Dinge? War es überhaupt sie selbst, die dachte?

Ihr Herz schlug wild und verängstigt. Sie hatte Angst.

Angst vor sich selbst und Angst vor den Narben, die dieser Traum in ihrer Seele hinterlassen würde. Denn durch all die Verwirrung kam kein Zweifel daran auf, dass sie sich in einem Traum befand.

Traum oder Realität. Wo lag da wirklich der Unterschied? Die Träume schienen ihr nicht weniger bedeutsam zu sein, als die Realität. Waren sie nicht vielleicht noch bedeutsamer?

Graue Streifen zogen sich an den Wänden entlang und füllten den Boden mit düsteren Tropfen. Langsam vertrieb das schmutzige Grau die strahlende Helle des bedrohlichen Weißes. Nicht nur die Wände, auch die Böden und die Decken. Alles wurde in einen grauen Ton gehüllt, ummantelt mit Schwere.

Das Atmen fiel ihr schwer.

Das Grau wurde dunkler. Die kommende Dunkelheit legte sich um ihren Körper. Die Kälte wich aus der Umgebung, aber nicht aus ihren Knochen. Sie schwitzte, als die Schwärze sich enger um sie zog, doch zugleich fror sie noch immer.

Die Hitze, die Kälte, die Dunkelheit ... Sie versuchte Luft zu holen, aber da war nichts.

Keine Luft. Sie würde ersticken.

Starb sie? Es fühlte sich nicht an, wie sterben. Nicht so, wie sie sich sterben vorgestellt hatte.

Es war eher wie einschlafen. Ein sehr unangenehmes Einschlafen. Doch die Taubheit war dieselbe. Das tiefe Gefühl, in die Müdigkeit hinabzusinken.

Louise schlief ein. Und erwachte.

Jede einzelne Zelle ihres Körpers schrie vor Schmerzen auf, als Louise ihrem Alptraum endlich entfloh. Ihre Augenlider klappten auf und ihr Rücken krümmte sich, als sie panisch nach Luft japste.

Lou setzte sich auf, halb eingesunken und hustend, mit trockener Kehle. Eine Hand legte sich auf ihre Schulter und in einem Anflug von Furcht zuckte sie zurück.

„Alles in Ordnung, du bist in Sicherheit.“

Sie blickte auf, in Johnathans Gesicht. Er lächelte sanft, seine Augen allerdings waren gefüllt von Unbehagen.

Louise konnte sich nicht erklären, wie sie hergekommen war, auf das Sofa in Johns Büro. Sie konnte sich außerdem nicht erklären, was genau ihr passiert war. Und sie konnte sich die Angst nicht erklären, die bebend durch ihre Adern drang.

Wovor fürchtete sie sich so sehr? Was auch immer es war, es ließ die Wut auf Johnathan für den Moment erlöschen und in ihrer neuartigen Verzweiflung fiel sie in seine Arme.

So saßen sie dort auf dem Sofa, Lou krallte sich an John fest mit aller Stärke, die sie aufbringen konnte und er machte halbwegs überforderte Versuche sie zu trösten.

Louise nahm sich einige Minuten, um ihre Fassung zurückzuerlangen.

Sie hätte sich wirklich gerne noch länger in ihrem eigenen Selbstmitleid gebadet, nur funktionierte das Leben leider nicht so. Es gab Dinge zu erledigen, wichtige Dinge. Dinge, von denen das Schicksal des Landes abhängen konnte und niemand würde auf sie warten, nur weil ihr Verstand beschlossen hatte, sich langsam in kleine Stücke aufzulösen.

‚Den Verstand verlieren‘ hatte sowieso nicht auf ihrer ToDo-Liste gestanden.

Lou löste sich von John, trocknete ihre Tränen und zögerte.

Als sie so neben ihm saß und ihn von der Seite her ansah, seine Hand noch immer auf ihrem Rücken, konnte sie nicht anders. Der Zeitpunkt war denkbar unpassend, aber sie musste etwas sagen.

„Ich weiß es. Ich weiß, dass du …“

Louise beendete ihren Satz nicht. Zum einen, weil sie die Worte nicht über die Lippen brachte und zum anderen, weil Johnathan schon längst begriffen hatte.

Er nickte.

„Es tut mir leid, dass ich es dir nicht früher erzählt habe.“, setzte John an und aus Lou drang ein verächtliches Schnauben.

Oh, da war sie wieder. Die Wut.

„Es tut dir leid? Wirklich? Was Besseres fällt dir nicht ein?“

Ihre Stimme war heiser und sie klang nicht ganz so aufgebracht, wie sie tatsächlich war.

Sie war müde. Zu müde, um jetzt diesen Streit zu haben.

Es war egal. Das Leben wartete nicht.

„Ich weiß, ja. Ich weiß.“

Johnathan stand auf. Er lief hinüber zu seinem Weinschrank, ließ seine Hand für einen Moment über den Flaschen schweben und zog sie dann zurück. Er drehte sich zurück zu Louise.

„Als deine Mutter mir sagte, dass sie schwanger war... Ich konnte nichts anfangen mit einem Baby und ich wusste, dass deine Mutter verheiratet war und schon einen Sohn hatte. Natürlich würde sie das Baby dort aufziehen, mit dem Mann den sie liebte und dem älteren Bruder und nicht mit mir.“

Die Erklärungen prallten an Lou ab. Sie hatten keinen Wert für sie.

Was brachten ihr die Entschuldigungen schon? Sie hörte es sich trotzdem an und schwieg.

John setzte sich wieder zu ihr und rang mit sich selbst.

„Ich habe den Blutvertrag unterschrieben, bevor ich dich kannte. Es fiel mir nicht schwer das Leben eines Fremden zu verkaufen, verdammt. Ich wusste gerade einmal, dass ich eine Tochter hatte. Eine, die ich nicht einmal zu Gesicht bekommen hatte.“

Der Blutvertrag.

Noch so eine Sache, die Louise fast verdrängt hatte.

Mit einem Blutvertrag konnte man Seelen eintauschen, gegen eine Dienstleistung. Das klang nach Wahnsinn und das war es auch. Man konnte seine eigene Seele verkaufen, oder die einer Person, mit der man sich dasselbe Blut teilte oder, dessen Blut man hatte und rein theoretisch konnte man jede Bedingung an die Seele knüpfen. Solche Verträge gab es nicht sehr oft, vor allem, weil es den meisten Magiern rätselhaft erschien, wofür sie eine Seele brauchen konnten oder was eine Seele überhaupt war.

Flüche, die mit Seelen zu tun hatten, waren längst vergessene und vergrabene Bereiche der Magie.

Was Samuel wohl mit ihrer Seele angestellt hätte? Louise besaß keine genaue Vorstellung davon, wie Seelen funktionierten.

Eines wusste sie allerdings: Der Vertrag hatte zu dem Zeitpunkt seine Gültigkeit verloren, indem Louise davon erfahren hatte. Man konnte zwar die Seele eines unwissenden verkaufen, aber nicht die, eines unwilligen. Wenn sie sich richtig erinnerte. Und selbst wenn nicht. Die Bedingung müsste erfüllt werden und Lou würde nicht zulassen, dass das geschah.

Also blieb ihre Seele sicher. Glaubte sie. Wie gesagt, sie war sich nicht hundertprozentig sicher, wie der Handel mit Seelen funktionierte.

„Als ich dich fand, auf der Suche nach Kindern für Samuels aberwitzige Idee Soldaten im jungen Alter auszubilden, als ich dich sah, ich habe dich sofort erkannt. Du siehst deiner Mutter so ähnlich. Aber was hätte ich schon sagen können?“, beendete Johnathan seine kleine Rede und vergrub sein Gesicht in den Händen.

Louise hatte kein Mitleid mit ihm. Die Hälfte seiner gemurmelten, flehenden Bitten um Vergebung hatte sie nicht verstanden. Sie hatte kaum zugehört. Und selbst wenn er es noch einmal und noch einmal gesagt hätte, wäre es nicht von Bedeutung gewesen. Sie stand auf.

Lou schaute John eine Weile lang an. Er brachte es nicht über sich, sie anzusehen.

Schließlich ging Louise.

Sie hatte ihm nichts zu sagen.

Johnathan mochte seine Gründe haben. Erklärungen, die er sich seit Jahren selbst zusprach, um sich besser zu fühlen. Es war nicht Lous Aufgabe, ihn von seinen Fehlern freizusprechen.

Dafür gab es eine andere Person, der sie eine Erklärung schuldete.

Gerade als sie das Gebäude verlassen hatte und auf die Straße hinaus getreten war, klingelte ihr Handy.

„Hör mal Chris, ich bin schon auf dem Weg …“

„Was zum …? Lou. Was …? Was soll das überhaupt bedeuten, du hast das Medaillon? Kannst du mir mal…“

Lou stöhnte ein: „Sag mal, kannst du das vielleicht noch lauter schreien?“ dazwischen.

„Wieso erzählst du mir so was? Verflucht, Lou.“

Chris verstummte. Louise lief mit schnellen Schritten durch die leeren Gassen.

„Chris?“

„Ja? Oh, ich … Entschuldigung. Ich dachte nur, das Wort ‚Verflucht‘ hat jetzt doch wirklich eine neue Bedeutung bekommen.“

Leises Kichern drang durch den Hörer.

Lou schüttelte den Kopf, obwohl Chris sie nicht sehen konnte. Er war der einzige Mensch auf dem Planeten Erde, der in einer solchen Situation einen derart schlechten Witz machen konnte.

„Ich bin in ein paar Minuten bei dir. Warte einfach auf mich.“, sagte sie noch und legte dann auf.

Das neue Jahr hatte begonnen und 1994 zog mit frischer Kälte in England ein.

Der Winter erreichte seinen Höhepunkt und gerade als Louise die Stufen zu der Haustür des Penthouse hinaufstieg, in dem Chris wohnte, fielen die ersten Schneeflocken des Monats auf ihre schwarzen Locken.

Chris erwartete sie bereits und winkte sie hektisch hinein.

Er wirkte gestresst und wer konnte es ihm verübeln? Louise fühlte sich überraschend ruhig, trotz des Alptraums und Johns Worten, die ihr nachhingen.

Lou mochte Chris' Apartment. Es war groß, elegant und besaß so gut wie jeden Luxus, den es für Geld zu kaufen gab. Außerdem bat es genug Platz, sodass Chris nun nervös umherlaufen konnte, sich dabei die strohblonden Haare raufend.

Die erste Frage, die er stellte, noch bevor Louise etwas sagen konnte, war: „Weiß es sonst noch jemand?"

Wortlos verneinte sie.

Seit dem Traum war sie sich auch absolut sicher, dass sonst niemand davon erfahren durfte. Es war ihr bei Chris herausgerutscht, so etwas durfte ihr nicht wieder passieren.

„Chris."

Sie ging zu ihm und hielt ihn an einem Arm fest. Sein ganzes Umher-Rennen machte sie nervös.

„Es ist nicht so dramatisch, wie es sich anhört."

Ungläubig starrte er sie an.

„Nicht so dramatisch?"

Lou musste zugeben, überzeugend klang das nicht und die Wahrheit war es auch nicht.

„Warum hast du es niemandem erzählt? Du hast uns angelogen."

Louise wusste, dass Chris es nicht so meinte, aber seine Vorwürfe waren wie ein Schlag in den Magen für sie.

Ja, sie hatte die Anderen angelogen. Bisher hatte sie nicht darüber nachgedacht, welche Folgen das mit sich tragen würde. Es war ein Reflex gewesen. Niemand außer ihr durfte von dem Medaillon erfahren.

„Ich hätte auch dir nichts sagen dürfen. Was bringt es, wenn wir mehr Leute in Gefahr bringen, als notwendig?"

In ihren Ohren klang das sinnvoll, doch zugleich wusste Louise, dass das nicht der einzige Grund war, aus dem sie gelogen hatte. Sie sorgte sich um das Medaillon. Sie sorgte sich darum, dass jemand versuchen könnte es ihr wegzunehmen.

Lou musste es loswerden. Schnell.

Doch wie? Selbst wenn sie das offensichtliche Problem, ihre eigene Anziehung zum Medaillon, ignorierte. Was sollte sie mit dem Medaillon tun? Konnte man es zerstören? Verstecken?

Ihr wurde schlecht, Hitze breitete sich in ihrer Brust aus und stach ihr ins Herz.

„Ich weiß ja nicht, Lou. Anne wird es ohnehin schon wissen, und vielleicht können uns die Anderen helfen. Helfen wobei eigentlich? Gibt es einen Plan?", protestierte Chris nachdenklich.

Über Anne hatte Louise sich noch kaum Gedanken gemacht. Ja, vermutlich wusste sie, dass Lou das Medaillon hatte und vermutlich wusste sie noch viel mehr.

Was hieß das jedoch genau?

Falls Anne wirklich Lous Gedanken lesen konnte, wusste sie auch von den Alpträumen und Halluzinationen?

Wusste sie von den zwiespältigen Gefühlen, die Louise plagten? Würde sie etwas dagegen tun? Konnte sie das überhaupt?

Konnte sie Anne um Hilfe bitten? Etwas in ihr wehrte sich dagegen.

Sie fragten Anne in der Regel nicht um solche Dinge, Anne alleine entschied, ob und wann sie die geheimen Informationen, die sie besaß, mit ihren Freunden teilte. Selbst dann, wenn es um Leben und Tod ging. Besonders dann.

Es war nicht so, dass Anne nicht helfen wollte. Viel mehr konnte sie nicht helfen.

Sie konnte nicht in die Geschehnisse der Weltgeschichte eingreifen ohne zu wissen, ob sie am Ende nicht mehr Schaden anrichten würde, als sie verhindert hatte.

Wenn Anne eingriff, was in der Vergangenheit zwar selten, aber durchaus passiert war, konnten die unmöglichsten Probleme gelöst und die schwierigsten Kriege gewonnen werden. Danach kam das Elend.

Der kosmische Preis, denn sie zahlen mussten. Meist in Form von Tod, Schmerz und Leid.

Die Frage, die sich Lou stellte, war, ob es noch schlimmer kommen konnte. War es das Risiko wert?

Bei all diesen verstrickten Überlegungen, hing auch Chris' letzte Frage im Hintergrund. Gab es einen Plan?

„Nein.", antwortete Louise schließlich, „Es gibt keinen Plan."

Chris seufzte.

„Uns wird schon etwas einfallen. Uns fällt doch immer etwas ein."

Aufmunternd klopfte er auf Lou auf die Schulter. Louise widersprach ihm nicht, obwohl sie hören konnte, wie gezwungen sein Optimismus war.

Dann stellte er ihr die eine Frage, vor der sie sich am meisten gefürchtet hatte.

„Wie geht es dir?"

Lou konnte Chris nicht so einfach anlügen, wie sie es bei Nic getan hatte. Chris wusste, dass es ihr nicht gut gehen konnte, nicht mit dem Medaillon an ihrer Seite.

Seine eigentliche Frage war also: *Wie schlecht geht es dir genau?*

Darauf konnte sie nur schwer eine Antwort geben.

Nur eines wusste Louise mit Gewissheit: Es würde nur noch schlimmer werden, wenn sie nichts dagegen tat.

„Wie soll es mir schon gehen?"

„Ich meine, spürst du es? Den Einfluss des Medaillons?"

In seinen Fragen hörte sie, wie sehr er sich Mühe gab seine Stimme ruhig zu halten. Chris war angespannt, sehr sogar. Was wohl in seinem Kopf vorging? Woran er dachte?

Louise nickte leicht.

Ja, sie spürte den Einfluss des Medaillons.

Offensichtlich waren da die verschwimmenden Grenzen ihrer Träume und der Realität, aber da waren auch kleinere Sachen. Gedanken, die nicht ihre eigenen waren. Gefühle, die sich fremd anfühlten. Worte, die sie sprach ohne es zu wollen.

Chris schien sie zu verstehen, ohne dass sie irgendwas davon aussprechen musste.

„Wirst du es Julian erzählen?", wollte er dann wissen.

„Nein.", sagte Lou, noch bevor sie darüber nachdenken konnte.

Chris verstand auch das.

Sie musste sich nicht verteidigen oder ihre Entscheidungen rechtfertigen. Er nahm sie einfach hin, wissend, dass Louise sich etwas dabei gedacht haben musste.

„Ich werde mir etwas einfallen lassen.", setzte Lou hinzu.

Sie musste sich etwas einfallen lassen und ihr würde etwas einfallen, ganz bestimmt.

Louise verabschiedete sich von Chris, nachdem sie ein paar letzte unwichtige Fragen beantwortet hatte und ließ Chris schwören, dass er niemandem von dem Medaillon erzählen würde. Zumindest bis Louise einen Plan hatte. Dann kehrte sie in ihr eigenes Apartment zurück und war zum ersten Mal, seit sie das Medaillon hatte wirklich alleine.

Niemand war da, der sie ablenken konnte.

Niemand, der sie daran hindern konnte das zu tun, was sie als Nächstes tat.

Lou setzte sich im Schneidersitz auf den Fußboden. Ihr Herz pochte, ihre Schläfen pulsierten im Takt dazu. Sie legte ihre Hände offen in ihren Schoß und holte zitternd Luft.

„Das würde ich lassen, wenn ich du wäre."

Louise sprang auf und drehte sich um. Seit wann war sie so unaufmerksam?

Hinter ihr, an die Wand neben der Tür zu ihrem Schlafzimmer gelehnt, stand ein alter Mann. Er steckte in heruntergekommenen braunen Stofffetzen und lachte jetzt ein dreckiges hustendes Lachen.

Lou streckte eine Hand aus, bereit sich zu verteidigen. Der alte Mann lachte etwas lauter.

„Meine Güte, du scheinst mir besser vorbereitet zu sein, als der Letzte."

Der Mann kam auf sie zu und langsam senkte Louise ihren Arm.

Bedrohlich wirkte er nun wirklich nicht, mit seinem humpelndem Gang und seiner heiseren Stimme. Er war alt, ziemlich alt und hatte augenscheinlich kein sehr gesundes Leben hinter sich.

„Allem Anschein nach bist du auch cleverer als er und offensichtlich erfolgreicher. Immerhin hast du es, nicht wahr?"

Der alte Mann plumpste auf Louises Sofa. Lou bliebt verwirrt im Raum stehen.

„Ich habe es?"

„Na, hast du es nicht?"

Konnte der alte fremde Mann, der unerklärlicherweise in ihre Wohnung eingebrochen war und gruselig im Hintergrund gestanden hatte... Konnte er das Medaillon meinen?

Er sah die Fragezeichen, die um Lou herum tanzten und meinte: „Vielleicht bist du doch genauso dämlich. Der Apfel fällt nicht weit vom Stamm, hmn?"

„Ich bin mir nicht sicher, wovon Sie reden.", stellte Louise fest.

Sie überlegte, ob die dem Mann ein Glas Wasser bringen sollte. Andererseits war er kein Besuch, er war bei ihr eingebrochen, um nun in vagen Rätseln mit ihr zu sprechen.

„Wovon soll ich schon Reden, Mädchen? Ich habe keine Zeit für so etwas, setzt dich hin und hör mir zu. Oder lass es halt."

Das musste er Louise nicht zweimal sagen. Sie setzte sich neben ihn auf das Sofa.

Der Alte stieß einen jammernden Ton aus.

„Immer dasselbe mit euch. In deiner Familie hat keiner einen Selbsterhaltungstrieb, weißt du? Seit Generationen geht das so und ich muss es am Ende ausbaden. Na ja, was soll man machen. Na gut. Du bist die Erste, die es tatsächlich gefunden hat. Die Erste in meinen Lebzeiten jedenfalls. Was heißt, dass ich versagt habe. Meine Ahnen mögen es mir verzeihen."

Er machte eine kurze Pause, um kratzend in seine Armbeuge zu husten.

Lou versuchte, dem Gesagten eine Bedeutung zu entnehmen. Sie hatte keine Zeit viel darüber nachzudenken, denn der Mann war noch nicht fertig.

„Jetzt, wo das Medaillon befreit ist können wir nur ahnen, welchen Schaden es in der Weltgeschichte anrichten wird. Und du…“, er zeigte mit einem knochigen und schmutzigen Finger auf sie, „Du bist diejenige, deren Handlungen darüber entscheiden, wie schlimm das Ergebnis ausfallen wird. Dir muss bewusst werden, wie wichtig du bist. Dein Schicksal wurde nicht vorherbestimmt, egal wie viele Leute dir das noch werden weismachen wollen. Die Entscheidung über das, was passieren wird, liegt alleine bei dir.“

Louise bliebt stumm, auch Minuten nachdem der alte Mann aufgehört hatte zu reden.

Unsicher was sie damit anfangen sollte, räusperte Lou sich. „Warum ich?“

Der alte Mann grunzte und zuckte mit den Schultern.

„Darum können sich in hundert Jahren die Historiker kümmern. Manchmal treffen einfach hundert kleine Ereignisse, unzählige winzige Entscheidungen aufeinander und kreieren eine Katastrophe. Warum das so ist, kann uns dabei völlig gleichgültig sein.“

„Warum erzählen Sie mir das alles?“

Lou kam sich wie ein kleines Kind vor. *Warum? Warum? Warum?*

Dann erinnerte sie sich an Samuels *‚Du musst stets nach dem Warum fragen.‘* und schüttelte sich.

„Ich erzähle dir das, weil es meine Aufgabe ist. Jetzt, wo du das Medaillon sowieso hast, bringt es auch nichts mehr den Namen von dir fernzuhalten. Das Leben von tausenden

Menschen und die Zukunft der gesamten Menschheit liegt bei dir. Ich muss dir das vor Augen führen, damit du vorsichtig bist. Du wirst doch vorsichtig sein?", knurrte er und klang dabei nicht wirklich so, als würde er eine Frage stellen.

Also antwortete Louise nicht. Der alte Mann stützte seine Hände auf die Knie und stand auf.

„Ich sollte dann gehen.", verkündete er, „Habe noch anderes zu tun. Erinnere dich einfach an das, was ich dir gesagt habe. So wie ich deinen Schlag kenne, werden wir uns noch öfters über den Weg laufen."

Lou saß hilflos da und der Fremde ließ sie alleine. Erst als er gegangen war, fiel Louise auf, dass sie ihn nicht nach seinem Namen gefragt hatte.

Erst ein Tag war vergangen, seit sie das Medaillon besaß und schon entglitt ihr Leben ihrer Kontrolle.

Es konnte nur noch besser werden.

Kapitel 3

Es war an der Zeit offiziell den König zu sprechen.

Louise hatte sich entschlossen den Anderen zu verheimlichen, dass sie Adalar bereits kennengelernt hatte und fing an diesen Beschluss zu bereuen.

Denn nun, als sie alle dort standen und warteten, wurde Lou klar, dass sie keine Ahnung hatte, wie sie sich vor Adalar verhalten sollte.

Würde er sie auf ihr letztes Treffen ansprechen? Sollte sie die Anderen vorwarnen?

Sie standen nebeneinander im Vorraum des Palastes.

Hersh hatte sie hinein gelassen und sie gebeten dort zu warten. Seine Majestät der König würde bald bei ihnen sein.

Auch jetzt konnte Louise nicht bestreiten, dass der schlichte Stil des Gebäudes sie beeindruckte. Es war ein schöner Ort, ohne Frage. Von dem sorgsam geformten Stein zu den Gemälden der Kuppel, Lou hatte sich in den Palast verliebt.

Die letzte Nacht hat Louise unerwartet gut geschlafen, ganz ohne Träume.

Möglicherweise besaß sie deshalb die Kraft den hohen Schrei zurückzuhalten, der sich in ihr zusammenbraute, als sie Adalar die Treppen hinuntersteigen sah. Jede einzelne seiner Bewegungen war fließend. Beinahe meinte Louise, er würde die Stufen zu ihnen hinab schweben.

Adalars Maske war eine andere, als beim letzten Mal. Diese hatte die Augen geschlossen aufgemalt. Er trug lange blaue Roben, dessen silberner Saum auf dem Boden entlang strich. Seine langen grauen Finger schauten aus den weiten Ärmeln heraus, bedeckt von mehreren glänzenden Ringen. Sein Haar wurde mit einer Krone geschmückt. Ein goldener Rahmen, in den lange weiße Quarzsteine gefasst waren, die im Licht leuchteten und ihm über der eigentlichen Krone, einen eigenen Heiligenschein schenkten.

Vor ihnen blieb er stehen.

Sie verbeugten sich. Louise mühte sich, ihren Atem leise zu halten. Ob er ihr Herz schlagen und ihr Blut durch ihre Adern rauschen hören konnte?

„Folgt mir, in den Salon.“

Adalar sprach mit einer neuen Stimme. Es war die dritte von seinen Stimmen, die Louise hörte und sie merkte wie verwundert die Anderen waren, denn es erklang die kratzige Stimme einer älteren Frau.

Sie folgten Adalar stumm. Dieses Mal stiegen sie die Treppen ein Stück weiter die Kuppel hinauf, statt in den Ballsaal abzubiegen. Es musste einer der Gänge sein, durch die Lou bereits gelaufen war.

Sie zählte fünf Türen, an denen die lange Treppe entlang führte. Adalar öffnete die sechste und noch immer waren sie nicht ganz oben in der Kuppel angekommen. Der Palast musste gigantisch sein.

Der Gang, den sie nun erreichten, war lang und dunkel. Adalar führte sie hinein, in die erste Tür zu ihrer linken.

Der Salon war geräumig, mit hohen Decken und roten Wandteppichen, die in bunten Farben bestickt waren. Zwei junge Mädchen in Dienstkleidung und weißen Handschuhen standen an der gegenüberliegenden Wand zwischen hohen

Kristallfenstern. Sie verbeugten sich, als Adalar den Raum betrat.

Adalar wies ihnen, sich auf die goldnen Stühle mit den hellen Polstern zu setzen, die um den großen Glastisch herum standen und eines der Dienstmädchen kam auf sie zu, um silberne Gläser von dem Tablett welches sie hielt vor ihnen zu verteilen. Das andere Mädchen goss ihnen rosafarbenen Tee ein.

Adalar selbst setzte sich nicht, er stand vor dem Tisch und wartete.

Aus einer Ecke kam ein kleiner schwarzer Vogel geflogen, der sich auf Adalars ausgestreckter Hand niederließ. Auch diesen Vogel hatte Louise bereits gesehen. Bei Tageslicht erkannte sie, dass es sich um eine Amsel handelte, mit schwarzen Federn und einem orangen Schnabel.

Louise nippte an ihrem Tee. Er war unglaublich süß. Sie stellte die Tasse wieder ab.

Sie alle schreckten leicht zusammen, als Adalar unvermittelt begann zu reden.

„Ich habe euch ein Angebot zu machen."

Er verschwendete keine Energie mit Smalltalk oder leeren Phrasen.

Adalar griff mit der Hand, mit der er nicht seine Amsel hielt, in seine Roben und zog eine schmale quadratische Schachtel heraus. Er stellte sie auf den Glastisch.

„Genauer, ich habe Evangeline ein Angebot zu machen."

Lou war so überfordert, dass ihr gar nicht auffiel, dass Adalar ihren ersten Vornamen benutzte.

Er schob das Kästchen über den Tisch zu Louise hinüber. Die Augen des ganzen Raumes klebten an ihr, als sie ihre

Finger ausstreckte. Sie reagierte, ohne darüber nachzudenken, so absurd kam sie sich dabei vor.

Ein Gespräch mit Adalar war nicht, wie jedes andere Gespräch. Das bemerkten ihre Freunde nun auch. Lou tat ihr bestes, um die überforderte Nervosität abzuschütteln.

Langsam schob sie den Deckel nach oben. Es klickte.

Und klirrte. Lou sah auf und bemerkte, dass Julian, der neben ihr saß seine Tasse hatte fallen lassen, die auf dem Tisch vor ihm zerbrochen war.

Bevor die süße Flüssigkeit den Marmorboden erreichen konnte, eilte ein Dienstmädchen mit einem Tuch vor und ließ die Scherben und den Tee verschwinden. Innerhalb weniger Momente hatte das andere Mädchen eine neue Tasse vor Julian gestellt und füllte sie mit Tee.

Er war der einzige der so saß, dass er sehen konnte, was auch Louise gesehen hatte.

In der Schachtel befand sich ein schwarzes samtenes Kissen, auf dem sich Silber und Gold im Kreis umeinander wanden und in der Mitte eine runde weiße Perle umschlossen. Ein Ring.

Lou wagte es nicht, ihn zu berühren. Von Julian, der sie schockiert anblickte, wanderte ihr Blick zu Adalar. Diese Maske. Wenn sie nur nicht wäre, dann könnte Louise vielleicht sehen, wie Adalar sich fühlte. Wie sie sich fühlen sollte.

Daphne und Chris versuchten sich vorzubeugen um zu sehen, was sich in der Schachtel befand. Louise klappte den Deckel wieder zu.

„Was für ein interessantes Angebot.", wagte sie zu sagen und nahm einen weiteren Schluck von dem ekelerregenden Tee. Irrte sie sich?

Sie konnte nur hoffen, dass sie sich irrte.

Lou merkte aus den Augenwinkeln, wie die Anderen zusammenzuckten, als die Stimme des kleinen Kindes ertönte.

„Es ist ein gutes Angebot. Ein wichtiges, ein schönes …“

Adalar unterbrach sich selbst, mit der Stimme des erwachsenen Mannes: „Nimm dir Zeit darüber nachzudenken. Ich brauche jetzt keine Antwort. Solltest du annehmen, hat das natürlich ausschließlich politische Vorteile für uns beide.“

Louise irrte sich also nicht.

Adalar wirkte so viel menschlicher, jetzt wo auch andere Menschen da waren. Fast normal, wenn man die Stimmen außen vornahm und das fand Lou noch viel gruseliger, als alles andere.

„Natürlich.“, schluckte Louise schwer, „Ich werde darüber nachdenken.“

„Es gibt noch eine andere Sache, die ich sagen möchte.“, fügte Adalar hinzu, jetzt wieder als die alte Frau vom Beginn des Gesprächs.

„Ja, Eure Majestät?“, hörte Lou sich selbst fragen.

Sie musste den Palast verlassen, frische Luft einatmen und nach Hause gehen.

Es geht zu schnell, dachte Louise, nicht sicher was diese Eingebung bedeutete oder wo sie herkam.

„Ich wollte Sie alle darüber informieren, dass Thomas Stone verstorben ist. Ich weiß, dass Sie mit ihm Kontakt hatten und dachte, Sie sollten es wissen.“

Louise wurde schlecht.

Aus irgendeinem Grund blitzte das undurchdringliche Weiß aus ihrem Traum in ihrem Verstand auf. Sie blinzelte es davon. Es ging zu schnell.

Zu viele Informationen auf einmal. Ihr Verstand konnte sich keinen Reim daraus machen.

„Das ist dann alles. Sie werden hinausgeleitet. Sagen Sie Herrn Adamson von mir, dass ich nicht plane eine Bedrohung zu sein. Solange er sich an unsere Abmachungen hält."

Dann wandte Adalar sich um und verschwand hinter einer versteckten Tür zwischen zwei Wandteppichen.

Sie standen auf. Lou griff abwesend nach der Schachtel und steckte sie ein.

Sie wurden von Hersh zurück zum Eingang geführt und mit einer tiefen Verbeugung entließ er sie zurück in das verschneite London.

Seit dem letzten Tag hatte es durchgehend geschneit und dicke Flocken hatten den Boden mit einer kalten weißen Schicht belegt. Chris tauchte neben ihr auf und riss an ihrem Arm.

„Was hat er dir Angeboten? Was ist in dem Kästchen?"

Louise sagte nichts.

Das Angebot sollte wirklich die letzte ihrer Prioritäten sein. Was war mit Samuel? Hatte er geheime Abmachungen mit Adalar getroffen? Was genau sollten sie ihm von diesem Treffen berichten?

„Ein Ring.", erklärte Julian an ihrer Stelle trocken.

„Ein Ring?", wiederholte Daphne entsetzt. Sie schrie in Lous Ohr, während die Fünf durch die Stadt liefen.

„Der König hat dir einen Ring angeboten? Einen Ring?"

War Adalar ihr König? *Der König?*

Das waren natürlich nicht die Fragen, die Daphne beschäftigten.

Sie alle dachten dasselbe. Ein Ring in einer quadratischen Schachtel. Ein Antrag.

Louise schwieg weiterhin.

„Sie wird ihn nicht heiraten.", warf Julian ein. Entschieden. Gereizt.

Lou murmelte etwas undeutlich: „Ich weiß nicht."

Sie wusste nichts.

Sie wusste nicht, was von ihr erwartet wurde. Wie ernst war die Lage? Zu welchen Konsequenzen konnte eine Auseinandersetzung zwischen Adalar und Samuel führen? Adalar hatte von politischen Vorteilen gesprochen. War das nicht ihre Verantwortung?

„Es könnte einen Krieg verhindern. Sollte ich es nicht in Erwägung ziehen?"

Julian starrte sie entgeistert an.

„Das meinst du nicht ernst, oder?"

Louise wollte nicht streiten. Sie zuckte mit den Schultern.

Julian blieb stehen und hielt sie fest. Die anderen Drei gingen unauffällig weiter.

„Lou, sieh mich an und sag mir, dass du nicht darüber nachdenkst jemand anderes zu heiraten."

Lou legte ihre Arme um Julians Nacken und sah zu ihm auf. Sie erkannte Trauer in seinem Blick.

Trauer und Zorn.

„Es wäre doch bloß ein politischer Schachzug, sonst nichts."

„Nein.", protestierte Julian, „Es wäre so viel mehr als das. Wenn du annimmst, wirst du zur Frau eines Königs. Seine Frau. Und ich? Wer bin ich dann?"

Louise besaß keine Antwort.

Sie küsste ihn und versuchte mit einem einzelnen Kuss all

das zu sagen, was sie nicht erklären konnte. Sie wollte Adalar nicht heiraten, selbstverständlich nicht. Was aber, wenn sich die Lage weiter anspannte?

Jeder von ihnen würde alles verlieren und alle ihre Leben würden auf dem Spiel stehen, wenn Samuel die Macht verlor. Wenn aber Louise mit dem König (mit einem der Könige) verheiratet war, dann konnte es ihr herzlich egal sein, was mit Samuel passierte. Dann konnte sie möglicherweise nicht nur ihre eigene Position und ihr eigenes Leben sichern, aber auch das ihrer Freunde. Auch das von Julian.

Nichts davon sagte sie ihm. Als sie sich von ihm löste, war seine Trauer nicht verflogen, aber der Zorn hatte sich aufgelöst. Julian verstand sie nicht, das wusste sie.

Noch klammerte sie sich an die Hoffnung, dass es gar nicht so weit kommen musste. Dass sie Adalar nicht heiraten musste, dass alles so blieb wie es war. Der Ring in ihrer Tasche fühlte sich eher nach einem Notfallplan an und nicht, nach ihrer Zukunft.

Louise küsste Julian erneut. Schwere Schneeflocken flogen umher und fielen auf ihre Köpfe.

Sie würde Adalar nicht heiraten müssen. Sie wollte ihn nicht bei sich haben.

Alleine der Gedanke an seine Anwesenheit ließ einen kalten Schauer über ihren Rücken laufen.

Lou wollte hier sein, bei Julian. In seinen Armen liegen, in seinem Bett.

Wer wollte schon Königin werden?

Dorea

Es gab nur wenige Orte in London, an denen es so still war, wie an diesem.

Nervös verschloss Dorea ihre Arme vor der Brust. Mit der späten Stunde war es doch etwas kühler geworden, als sie gedacht hatte.

Kritisch überprüfte sie in einem nahegelegenen Schaufenster ihre Frisur und zog die Falten des Rockes auseinander, den sie aus den tiefen ihres Schrankes gekramt hatte.

In den letzten Jahren hatte Dorea sich oft gewünscht, sie könnte ein bisschen mehr wie die Menschen sein, denen sie tagtäglich im Haus ihres Vaters begegnete. Doch sie konnte in ihren wildesten Träumen nicht gegen das Gesetz verstoßen.

Bisher nicht.

Sie fröstelte, aber es lag nicht nur an den sinkenden Gradzahlen.

Dorea war von Jahr zu Jahr fester davon überzeugt, dass sie unmöglich Samuels Tochter sein konnte. Ihrer Mutter musste zweifellos ein Fehler unterlaufen sein.

Dorea hatte nur gute Erinnerungen an ihre Mutter.

Daran, wie sie zusammen gebacken hatten. Wie sie im Garten gespielt und Abends Geschichten gelesen hatten, wie sie einmal in der Woche zu ihrer Großmutter nach Bristol gefahren waren, bis sie an den Folgen der Seuche verstorben war.

Doreas Mutter hatte ihr immer schon erzählt, dass sie zur Hälfte eine Magierin war und sie hatten immer gehofft, es würde reichen um sie Beide vor der Seuche zu schützen.

Heute wusste Dorea, dass sich ihre Magie mit den Jahren verflüchtigt hatte, bis sie nicht mehr ausgereicht hatte, um ihre Mutter zu schützen.

Sie wusste auch, dass für sie jeder Versuch Magie zu erlernen zum Scheitern verurteilt war, da sie dafür mit zwölf Jahren viel zu spät vor den Toren ihres Vaters aufgetaucht war.

Als Kind war sie deswegen traurig gewesen. Es hatte sie frustriert, dass sie die Chance eine Magierin zu werden nur um drei, höchstens vier Jahre verfehlt hatte. Mittlerweile dachte sie, es wäre wahrscheinlich besser so.

Sie hatte gesehen, wie viel Leid Magie auslöste und, dass sie viel mehr Probleme schuf, als sie verschwinden ließ.

Dorea sah auf ihre Armbanduhr. Michael verspätete sich.

Dorea war selbstverständlich pünktlich und hätte sich dafür am liebsten selber geohrfeigt.

Etwas anderes hätte man von ihr auch nicht erwartet, sie war schließlich das gute Mädchen.

Das langweilige Mädchen, das sich an die Regeln hielt.

Das Gesetz würde sie in dieser Nacht vielleicht nicht brechen, aber was sie tat, war nicht weniger riskant.

Sie brach eine der Regeln ihres Vaters.

Ihre Kindheit hatte an dem Tag geendet, da sie das Haus ihres Vaters zum ersten Mal betreten hatte.

Sie hatte nie etwas gesehen, nichts gehört, aber sie war nicht ganz so dämlich, wie Samuel glaubte und auch sie hatte begriffen, was ihr Vater tat und mit welcher Art von Menschen er sein Geld verdiente.

Nicht, dass sie ihn oft zu Gesicht bekommen hätte.

Aber wenn immer Dorea mit ihrem Vater sprach, kam es ihr so vor, als wäre er jedes Mal eine vollkommen andere Person, als bei der letzten Unterhaltung. Schnell hatte sie gelernt, dass sein Verhalten stark von seiner Stimmung abhing, etwas von dem sie lange geglaubt hatte es wohl kaum kontrollieren zu können.

Bis sich, eines geheiligten Tages, die Launen ihres Vaters auf eine einzige, eine bestimmte Person ausgerichtet hatten.

Ab dem Tag, da Evangeline Louise Scriven in das Leben von Samuel getreten war, war Doreas Leben schlagartig einfacher geworden. Sie hatte mit einem Mal verstanden, dass ihr Vater nicht sauer auf sie sein würde, wenn sie Lou in ihren Gesprächen oft genug erwähnte und im Gegenteil, wie sehr die Stimmung ihres Vaters umschlug, wenn Lou sich einige Monate überhaupt nicht meldete.

Über Doreas Nacken breitete sich eine Gänsehaut aus, bei dem Gedanken, dass Samuel vermutlich nur einer von vielen Vätern war, auf dessen Aufmerksamkeit man nicht neidisch sein wollte.

Seit ihr Vater Lou kannte, hatte Dorea ihn nämlich noch seltener gesehen, obwohl sie Tür an Tür wohnten. Sie hätte kaum dankbarer dafür sein können, dass der Fokus ihres Vaters von ihr abgerückt war.

Und doch schlich sich ein kleines Fünkchen schlechten Gewissens in ihr Herz, denn Lou war kein schlechter Mensch und sie verdiente etwas Besseres als Samuels gruselige Faszination.

Daher hatte Dorea stets versucht den Schaden, den ihr Vater in Lous Kopf ohne Zweifel anrichten musste auszugleichen, indem sie ihre eigene Mutter nachgeahmt hatte.

Sie persönlich hatte der kleinen Lou beigebracht, wie man kochte und sie hatte für das Kind gebacken.

Sie hatte ihr Kleidung und Spielzeug gekauft und hatte ihr Geschichten vorgelesen. Kindgerechte Geschichten, nicht wie die, die ihr Vater stets von sich gab.

Dorea lächelte sich in der Spiegelung der Glasscheibe zu.

Es stimmte, dass sie niemals darauf hoffen konnte einmal Mutter zu sein.

Aber tief in ihrem Inneren war sie es bereits beinahe.

Irgendjemand hatte sich ja um die armen Kinder kümmern müssen.

Dorea verstand, warum Louise sich gegen die Klauen von Samuel wehrte und sich stattdessen hinter John gestellt hatte und in keinster Weise wäre sie auf die Idee gekommen, Lou dafür die Schuld zu geben.

Ihr Vater war kein guter Mensch, aber auch wenn Lou es nicht so sah, wusste Dorea, wer wirklich an ihrer Lage Schuld trug. Es war Johnathan.

Dorea hatte ihn noch nie gemocht. Sie hatte ihn kennengelernt, kurz nachdem sie zu ihrem Vater gezogen war. Schon damals war er ein arroganter Narzisst gewesen, der jeden, der sich in seinem Umfeld befand für seine Zwecke ausnutzte.

Kein Wunder, dass er sich vom ersten Moment an herrlich mit ihrem Vater verstanden hatte.

Und obwohl Louise ihr sicherlich widersprechen würde, hatte Johnathan Lous Kindheit viel unerträglicher gemacht, als Samuel.

Aber Dorea hatte ihre Gedanken bezüglich John nie laut ausgesprochen.

Warum sollte sie? Ihr Meinung war in dieser Welt ungefähr so relevant, wie die des Premierministers.

Sie war ein gutes Mädchen, sie mischte sich nicht ein.

Dorea schwieg.

Als sie Michael um die Ecke kommen sah, lächelte sie.

Ein Date. Ein echtes Date. Schon das zweite diese Woche. Etwas, wofür ihr Vater sie einen Kopf kürzer gemacht hätte, sollte er es erfahren.

Ihr Herz klopfte.

Dorea hatte es satt das brave Mädchen zu sein.

Sie würde es beweisen, erst sich und dann den anderen.

Sie konnte die Regeln brechen, wenn sie es wollte.

Sie war kein gutes Mädchen.

Kapitel 4

Eine weitere Nacht.

Die dritte, seit Louise das Medaillon hatte. Die letzte war ruhig gewesen, diese jedoch erinnerte Lou eher an die erste Nacht.

Denn wieder stand sie in Julians Wohnzimmer, während er fest und sorglos schlief, mit dem Kopf an die kühle Fensterscheibe gelehnt, auf einen Gegenstand in ihren Händen hinab blickend, der sie mit Schuld erfüllte. Seufzend hob Lou den Ring in die Höhe, die weiße Perle in der Mitte glänzte im Licht einer Straßenlaterne.

Adalar hatte ihr einen Heiratsantrag gemacht, aber es hatte nicht wie einer geklungen. Es war ein rein geschäftliches Angebot und Louise hatte schon schlimmeres für viel weniger getan. Sie beabsichtigte nicht, das Angebot anzunehmen. Louise wollte es sich bloß warm halten, für den Fall.

Sie konnte nicht leugnen, dass sie sich selbst schon irgendwann einmal in einer Krone gesehen hatte, in ferner Zukunft. Allerdings hatte Lou sich das alles ganz anders vorgestellt. War sie naiv gewesen?

Macht kam immer mit einem Preis, so schien es und Louise hatte Schulden gemacht.

Hatte sie es nicht verdient zu herrschen?

Lou schüttelte den Gedanken ab, sobald er sie erreicht hatte. Kalte Gänsehaut ließ sie erzittern.

Ein heißes Bad würde ihr guttun.

Louise ging ins Badezimmer und warf ihre Kleidung

achtlos auf die Fliesen. Den Ring legte sie auf die Ablage neben dem Waschbecken, dort, wo sie ihn auch von der Badewanne aus beobachten konnte.

Heißes Wasser füllte die Wanne. Lou griff nach eine der hohen Flaschen im Regal und goss großzügig Lavendelöl hinzu. Duftender Dampf tauchte den Raum in einen leichten Nebel.

Als ihr nackter Fuß die Wasseroberfläche durchdrang, umfing die Hitze sie, entkrampfte ihre Muskeln und entspannte ihre Gelenke. Tief atmete sie den Geruch des Öls ein und wusch ihre Arme und Beine darin, bis sie sich weich und makellos unter ihren weichen Fingerkuppen anfühlten.

Ein Moment voller Ruhe und Entspannung.

Und trotzdem stimme irgendetwas nicht. Louise konnte nicht genau sagen, was es war. Sie lehnte sich zurück, holte Luft, schloss ihre Augen und tauchte unter.

Das Wasser umgab sie. Nichts außer Dunkelheit und das dumpfe Rauschen. Ihr Geist war erfüllt mit einer unendlichen Entspannung. Bis die Furcht sie erreichte.

Panisch fuhr sie auf. In ihrer Nase steckte der lähmende Geschmack des Wassers und des Öls, welches sie verschluckt hatte.

Die Klippe, der peitschende Wind, das Blut.

Die Bilder ihres Alptraumes waren so klar vor ihr, als hätte sie ihn gerade erst durchlitten und nicht bereits vor mehreren Monaten. Lou griff nach dem Rand der Badewanne und stand auf. In ihrer Eile rutschte sie auf dem ölverschmierten Grund der Wanne ab und schrie spitz auf, als sie auf die Fliesen fiel.

Bebend und jetzt mit schmerzenden Knochen richtete sie sich auf, oder zumindest versuchte sie es. Louise schaffte es sich aufzusetzen und lehnte ihren Rücken gegen die glatte

Wand. Ihre nassen Haare klebten ihr im Gesicht, lautes Schluchzen drang aus ihrem Mund ohne, dass sie wusste, warum sie weinte.

Lou bekam keine Luft, sie konnte kaum etwas sehen.

Die Badezimmertür öffnete sich. Julian musste entweder ihren Schrei oder ihren Sturz gehört haben. Er rutschte auf dem nassen Boden zu ihr hinüber und kniete sich vor ihr hin.

Vorsichtig legte er ihr ein Hand unters Kinn und wischte einen Tropfen von ihrer Unterlippe.

„Du blutest."

Er zeigte ihr seinen roten Daumen.

Julian zog sie nach oben, legte ihr einen Bademantel um die Schultern und führte sie aus dem Bad heraus, ins Schlafzimmer. Die klare Luft half. Louises Schluchzen wurde leiser. Julian setzte sie aufs Bett und holte ein Taschentuch, um ihr sanft das Blut von der Lippe zu tupfen.

Das Brennen ihrer kleinen Wunde holte sie in die Realität zurück und nach und nach erkannte sie, was ihr Bad unterbrochen hatte.

Das Medaillon. Sie konnte es nicht sehen, aber sie spürte es und sie spürte, wie es sich mit aller Kraft gegen das Wasser gewehrt hatte. Es war nicht Louise gewesen, der die Erinnerungen des Alptraumes einen Schrecken eingejagt hatten. Noch war es ihr möglich, ihren eigenen Verstand und den des Medaillons zu unterscheiden, auch wenn es ihr schwerfiel.

Lou konnte nicht sagen, warum das Medaillon Angst vor dem Wasser hatte, noch was das mit ihren alten Träumen zu tun hatte. Sie schluckte schwer.

Julian setzte sich neben sie auf das Bettende.

„Du musst es mir nicht erzählen, wenn du nicht willst."

Louise sagte nichts.

Sie wollte es ihm erzählen, doch zugleich wollte sie ihn nicht da mit hineinziehen und ihn in größere Gefahr bringen, als notwendig. Solange er im Glauben blieb, dass das Medaillon nicht länger existierte, war er sicher. So zumindest die Theorie.

„Erinnerst du dich daran, als Chris im verfluchten Spiegel gefangen war?", fragte Julian laut.

Lou lachte leise. Wie konnte sie das jemals vergessen?

Die Mission des verfluchten Spiegels war etwa vier Jahre her.

Die drückende Hitze des spanischen Sommers hatte jeden ihrer Atemzüge überschattet. Lou erinnerte sich daran, verschwitzt und regungslos auf einer dünnen Matratze im Motel zu liegen, während Chris in einer Ecke Pläne durchgesehen hatte. Das Geräusch von konzentriertem Kugelschreiberklicken und Papiergeraschel holte sie ein. Ihre schwarzen Locken hatten an ihrer Stirn und im Nacken geklebt, so wie jetzt.

Ihr Einbruch in das alte Museum war nicht so ausführlich geplant worden, wie Louise es sich von solchen Vorhaben normalerweise gewünscht hatte. Sie hatte sich Sorgen gemacht.

Magische Spiegel waren verflixt kompliziert und extrem gefährlich.

In der Regel hatte Louise nichts dagegen ihre Missionen mit Chris zu erledigen, denn er mochte zwar ab und zu leichtsinnig oder ein wenig unüberlegt handeln, aber er war dennoch ein sehr fähiger Partner. Chris war gut, in dem was er tat. So, wie sie alle.

Allerdings hatte sie schon damals ungute Vorahnungen gehegt, bei dem Gedanken mit Chris einen unerforschten schwarzmagischen Gegenstand aus einem hochgesicherten Anwesen zu stehlen. Lou hatte recht behalten.

Mittlerweile war es eine lustige Geschichte, die man ab und zu erzählte und lachte. Damals war es weniger lustig gewesen.

„Ich meine nur. Als Chris im Spiegel gefangen war, haben wir alle gedacht, das sei das Ende oder nicht? Und nun ist es nur eine blöde Geschichte."

Sie hatten wirklich gedacht, Chris würde sterben. Louise erinnerte sich an all die anderen Male, als sie oder einer ihrer Freude in Lebensgefahr geschwebt hatten. Berufsrisiko.

War es das, was das Medaillon war? Ein weiteres Berufsrisiko? Eine Geschichte, die sie in fünf Jahren erzählen würden, wenn der nächste Fluch kam und ging?

Es fühlte sich anders an. Das Leben von tausenden Menschen. Die Zukunft der Menschheit. Davon hatte der fremde alte Mann gesprochen. Was war es, was das Medaillon so wichtig machte?

„Eine wirklich blöde Geschichte.", bestätigte Louise und grinste.

Chris und der verfluchte Spiegel. Konnte es wirklich so einfach sein? Lou hoffte es, auch, wenn sie nicht daran glaubte. Sie lehnte sich an Julian an.

Er musste etwas ahnen, sonst hätte er nicht angefangen vom verfluchten Spiegel zu reden.

So viele Leute schienen zu ahnen was vor sich ging, doch wie viel wussten sie tatsächlich?

Zu viele Fragen wirbelten in ihr umher ohne, dass sie irgendwo hinführten. Zum einen dachte Louise, sie müsse sich endlich auf Dinge konzentrieren, die wirklich wichtig waren. Zum anderen wollte sie einfach nur eine Pause. Eine, die sie sich nicht herausnehmen durfte. Nicht jetzt.

Also stand sie auf, zog sich an und holte den Ring aus dem Bad, bevor er Julian in die Hände fallen konnte. Sie wolle jetzt nicht schon wieder deswegen diskutieren. Sie räumte ihre Kleidung auf, zog sich an, wischte die Reste des Blutes fort und ließ das Wasser aus der Badewanne. Dann kehrte sie ins Schlafzimmer zurück.

Julian war bereits wieder eingeschlafen, halb auf dem Bett und halb auf dem Boden liegend. Lou tat ihr bestes ihn aufs Bett zuschieben und ging dann ins Wohnzimmer.

Sie bekam einen halben Herzinfarkt und ein Déjà-vu, als sie das bekannte Gesicht sah, welches vom geöffneten Kühlschrank angeleuchtet wurde.

„Jake!", wisperte sie entsetzt und ihr Bruder schloss den Kühlschrank vor sich.

„Du warst nicht bei der Hochzeit.", stellte Jake fest.

Sprachlos sah Louise dabei zu, wie ihr Bruder das Deckenlicht anknipste und sich auf einen Stuhl fallen ließ. Als sei er die Ruhe selbst.

„Sag mal, kannst du bitte damit aufhören, mitten in der Nacht in fremde Wohnungen einzubrechen?"

Jake zuckte mit den Schultern, als verstünde er nicht wo das Problem lag.

Dann, als hätte er Lous Einwand gar nicht gehört, fügte er hinzu: „Ich hätte mich wirklich gefreut, dich zu sehen."

Sie hatte wirklich wenig Interesse daran, sich zu rechtfertigen und zu erklären, warum sie nicht zu der

Hochzeit ihres Bruders gekommen war. Ehrlich gesagt hatte sie es vollkommen vergessen.

Während sie dort vor Jake stand, fiel Louise jedoch etwas ganz anderes ein.

„Du hast McHarris umgebracht."

Jake nickte.

„Samuel hat dich angeheuert."

Wieder ein Nicken.

„Weißt du, warum er dich angeheuert hat?"

Jake schüttelte den Kopf.

Lou zögerte kurz.

Ihr fielen all die Dinge ein, die mit Samuel und Johnathan und ihrer Seele zu tun hatten. Ihr fiel ein, wie John an dem Tag seines Mordes bei Matthew McHarris im Büro angerufen hatte. All die Geheimnisse. Dann entschied sie sich dazu, Jake nichts davon zu erzählen. Was sollte er mit den Informationen anfangen, die sie hatte? Ihr Bruder hatte damit nichts zu tun. Es wäre besser, ihn aus allem weiteren herauszuhalten.

„Du hättest mit mir reden können. Ich hätte dich vielleicht daraus bringen können, ohne, dass du jemanden hättest erschießen müssen."

Jake murmelte etwas Undeutliches. Sie wusste nicht genug über ihren Bruder um sagen zu können, ob ihn der Mord beschäftigte. Wenn er nicht darüber reden wollte, sollte es ihr recht sein.

„Verheiratet also?", versuchte sie das Thema zu wechseln.

„Jap."

Jake hielt seine rechte Hand hoch und zeigte einen breiten silbernen Ring an seinem Ringfinger. Sein Ausdruck strotzte dabei nicht vor Begeisterung, aber was wusste Louise schon? Nichts von glücklichen Ehen zumindest. Daher nickte sie bloß.

Danach wurde es unangenehm still. Lou erinnerte sich an Zeiten zurück, in denen sie und ihr Bruder sich nahe gestanden hatten. So nahe wie man sich eben stehen konnte, als Kinder.

Ob man damit hätte rechnen müssen, dass sie eines Tages in einer fremden Küche stehen würden und sich nichts zu sagen hatten?

Vielleicht, dachte Louise, wäre die Lage anders, wenn Jake sie einfach angerufen hätte, ab und zu. Vielleicht wäre sie ihn besuchen gefahren. Vielleicht, wenn er nicht Nachts in die Wohnung ihres Freundes einbrechen und sie stattdessen zum Kaffee einladen würde, hätten sie sich etwas zu erzählen.

Jake durchbrach das Schweigen mit leiser Stimme.

„Eve, ich glaube, es würde dir guttun eine Weile zu mir zu kommen.“

Lou glaubte, sich verhört zu haben.

„Bitte was?“

Jake räusperte sich und wiederholte dann: „Du solltest eine Weile zu mir kommen. Oder eher zu uns. Ich weiß nicht genau, was du hier machst und ich bin mir sicher, dass du viel zu tun hast, aber ich denke ein wenig Zeit mit deiner Familie könnte dir guttun.“

Familie. Das Wort hinterließ einen bitteren Geschmack auf ihrer Zunge.

Was war Familie? Waren es die Leute, mit denen sie sich das Blut teilte? Diejenigen, bei denen sie bis vor kurzem nicht einmal gewusst hatte, dass sie mit ihnen verwandt war? War Jake ihre Familie, ihr Bruder ... Nein, ihr Halbbruder? Mit dem sie in den letzten zehn Jahren ganze zweimal gesprochen hatte? Oder bestand ihre Familie nicht eher aus den Leuten, mit denen sie aufgewachsen war und die seit langer Zeit jeden Tag an ihrer Seite standen?

Jake meinte es gut, aber er verstand nicht, wovon er da redete. Wie sollte er auch?

Lous Leben war kompliziert.

Komplizierter, als Jake verstand oder verstehen konnte.

„Ich kann nicht einfach gehen, Jake. Es gibt Menschen, die sich auf mich verlassen. Ich muss mich an den Plan halten.“

Halb verstand Lou selbst nicht, was sie da murmelte.

Den Plan? Menschen, die sich auf sie verließen? Gab es in diesem Teil ihres Lebens so etwas wie Pläne?

Louise sollte Jake einfach bitten zu gehen.

Sie war müde. Ihre Unterlippe brannte.

„Wessen Plan? Deiner oder Johnathans?“

Jake spuckte den Namen mit so einer Abscheu aus, dass Louise, trotz allem, reflexartig den Drang verspürte, sich und Johnathan zu verteidigen. Leider wusste sie nicht wie. Weder sie noch Johnathan hatten für diese Situation vorausgeplant, zumindest bezweifelte Lou das.

Nach Johns Plan müsste er jetzt das Medaillon haben und Samuel Louises Seele. Stattdessen hatte sie das Medaillon und ihre Seele, Samuel und Johnathan hatten gar nichts. Ob der Vertrag noch in Samuels Büro lag? Louise konnte sich nicht daran erinnern ihn mitgenommen zu haben.

Sie hätte ihn verbrennen sollen, in einer magischen Flamme um ihn zu zerstören.

Auch egal.

Der Vertrag war längst ungültig, glaubte sie, und manchmal dachte Lou, dass weder John noch Samuel damit gerechnet hatten, irgendwann tatsächlich die Bedingungen des Vertrages erfüllen zu können. Es war alles so sinnlos. Ein Puzzle, in dem noch zu viele Teile fehlten.

„Ich sollte einfach gehen.“

Oh. Ihr Bruder war noch hier.

Jake stand auf und schob sich an ihr vorbei, ohne auf Louises zaghafte Proteste zu achten. Unfähig irgendwas zu tun, hörte sie die Haustür zuschlagen. Halb wollte sie ihrem Bruder hinterherlaufen, aber sie ließ es. Es würde ja doch nichts bringen.

Louise fühlte wie ihr jedes einzelne Problem über den Kopf zu wachsen schien. Derart überfordert hatte sie sich schon lange nicht mehr gefühlt.

Kurzentschlossen griff sie nach einem Notizblock, welcher neben dem Telefon auf der Küchenzeile lag und für einen Moment schwebte der Bleistift in ihrer Hand über dem Papier.

Sie wollte eine Liste machen. Eine Liste mit allem, was sie tun musste und allem, was sie nicht vergessen durfte.

Eine Liste von Prioritäten sozusagen. Konzentriert kritzelte sie Buchstaben auf den Block.

Zunächst war da natürlich das Medaillon und damit verbunden die Frage, was sie damit tun sollte. Sie schrieb auch den alten Mann daneben, der bei ihr eingebrochen war und ihr ominöse Hinweise geliefert hatte. Lou schrieb Adalar und den Ring auf. Die Hochzeit, die politischen Spannungen im Land.

Samuel. Zum ersten Mal in einiger Zeit dachte Louise auch an Dorea, daran, dass sie Samuels Erbin war. Vor einem Jahr war das noch eine ihrer größten Schwierigkeiten gewesen, mittlerweile schaffte Dorea es kaum noch auf die Liste.

Am Ende schrieb Louise Nic, Johnathan und ihren eigenen Bruder auf.

Dann legte sie den Stift beiseite und jammerte leise.

Lou riss die Seite aus dem Block und schloss ihre Augen. Wenn sie jetzt zurück ins Bett ging, könnte sie möglicherweise noch etwas Schlaf bekommen und wenn es nur ein paar Stunden waren.

Auf dem Weg zum Schlafzimmer sah sie beinahe aus Zufall noch einmal hinab auf den Zettel in ihren Händen und erstarrte.

Die Liste war verschwunden. Keiner der Namen stand noch dort. Keiner der Punkte, die Louise niedergeschrieben hatte. Der Zettel war noch da. Es war der gleiche Zettel auf den Lou geschrieben hatte. Auf den sie hatte schreiben wollen.

Eine schleichende Panik machte sich in ihr breit, eine kalte kriechende Angst.

In einem Moment warf sie den Zettel von sich, dann hob sie ihn wieder auf und betrachtete ihn eingehend. Dann faltete sie ihn vorsichtig, wollte ihn verstecken. Schließlich entfaltete sie ihn wieder und lief zurück in die Küche.

Nein, dachte sie.

Nein, das kann nicht wahr sein. Nicht möglich sein. Nein. Zu schnell.

Vor ihren Augen hatte sie das Bild der Buchstaben, der kleinen Linien und Striche, die sie geschrieben hatte. Doch verschwammen sie, lösten sich auf und ließen nur die Realität zurück. Louise blickte noch einmal auf die Zeichnung.

Sie konnte selbst nicht begreifen, was sie sah, denn sie sah nicht das, was sie geschrieben hatte. Nicht das, von dem sie dachte, sie hätte es geschrieben.

Louise sah auf eine Zeichnung des Medaillons. Eine, die sie angefertigt haben musste, ohne es zu bemerken. Ihre eigene Zeichnung.

Und mit einer schwungvollen Handbewegung ging der Zettel in Flammen auf und ließ nichts zurück außer Asche und Ruß.

Kapitel 5

Einen spontanen Flug nach Kanada zu bekommen war komplizierter gewesen als erhofft, aber nach drei Tagen und zwei Zwischenlandungen erreichte sie den amerikanischen Kontinent.

Louise hatte Julian eine Nachricht hinterlassen und auch die anderen darüber informiert, dass etwas Dringendes aufgekommen sei und sie sich umgehend darum kümmern müsse.

Sie wusste nicht, wann genau sie sich dazu entschlossen hatte zu verreisen. Alles, was sie mit Sicherheit wusste, war, wie sie nach ihrer Jacke und ihrer Tasche gegriffen hatte und aus Julians Wohnung gestürmt war.

Kanada war mittlerweile zu weiten Teilen unbevölkert.

Es reihten sich dunkle kalte Wälder an große Gebirge und tiefe Steinschluchten. Einiges davon eindeutig mit Magie gemacht, bei anderen war es schwer zu sagen.

Lou hatte Nic angerufen und vorgewarnt, dass sie kommen würde und so sollte es ihr nach seiner Beschreibung nicht allzu schwerfallen, vom Landeplatz aus sein Haus zu finden. Theoretisch.

Nic hatte am Telefon sehr optimistisch geklungen. Zu optimistisch.

Was Nic so großzügig *Landeplatz* genannt hatte, war nichts weiter als ein weites asphaltiertes Feld inmitten eines Nadelbaumwaldes. Keine Straßen, keine Wege, nicht einmal

Trampelpfade führten vom Rollfeld herunter und Louise wunderte sich nicht länger darüber, dass außer ihr nur eine weitere Person als Passagier in dem winzigen Flieger gereist war.

Doch als sie sich nach der älteren Dame umsah, um ihr Hilfe anzubieten, war diese bereits verschwunden und Lou stand alleine auf der grauen Fläche zwischen dem Dunkelgrün.

Mit einem Kompass in der Hand, einem billigen, den sie von dem nur wenig hilfsbereiten Piloten für einen viel zu hohen Preis gekauft hatte, lief Lou mehr oder weniger selbstsicher Richtung Osten.

Die Bäume wuchsen nah beieinander, die Sonne stand schräg und mehr als einmal stolperte Louise halb über hohe Wurzeln und Unebenheiten der harten Erde, die sie unter dem knöchelhohen Schnee nicht sehen konnte. Die Luft war klar und füllte ihre Lunge mit dem Geruch der Nadeln und des frischen Windes.

Die Schönheit der puren Natur wurde allerdings ein wenig dadurch abgeschwächt, dass ihre Wangen auf Grund der Kälte schon nach wenigen Schritten begannen zu schmerzen.

Beinahe wäre ihr das Haus nicht aufgefallen, bis sie mit ihrem Fuß gegen die Kante des Steinweges stieß, welcher erst vor kurzem vom Schnee freigeräumt worden war, und beinahe mit ihrer Stirn das Eis unter sich geküsst hätte. Der Weg schlängelte sich einige Meter weiter, zwischen Erde und Tannen hindurch, bis zu einem hölzernen Gebäude.

Der Stein war rutschig und vereist aber Louise schaffte es durch pures Glück sich bis zum Eingang vorzuschieben, ohne sich ein Bein zu brechen.

Die Front des Hauses bestand komplett aus hohem Glas, der Rest der Struktur schien aus glatten schmalen Baumstämmen gebaut worden zu sein. Über ihr befand sich ein großer Balkon, des zweiten Stocks.

Lou konnte weder sagen, wie groß das Haus war, noch, was sich auf den anderen Seiten befand, denn auch hier war der Wald noch immer dicht bewachsen. Auf der Türschwelle standen Kinderschuhe und Louise drückte die Klingel mit dem bunten Namensschild darüber, sich halb wundernd, warum man so weit ab der Zivilisation ein Namensschild brauchte.

Eine kleine Frau mit warmer dunkler Haut und kupferfarbenen Korkenzieherlocken öffnete ihr und begrüßte sie mit einer überschwänglichen Umarmung.

„Du musst Lou sein. Ich bin Rebecca. Nic erwartet dich bereits.", erklärte Rebecca und zog sie ins Innere.

Die Wärme des Hauses taute Louise sofort auf und sie atmete einen neuen Geruch ein. Eine Mischung aus Zimt und dem Holz, aus dem hier alles gebaut war.

Lou legte ihre Jacke auf einer niedrigen Kommode ab und stellte ihre nassen Schuhe daneben, da sie keine Garderobe finden konnte. Rebecca führte sie rechts um eine Ecke, in das Wohnzimmer. Nic saß in einem Sessel, ein Buch auf den Knien und eine schwarze Lesebrille mit schmalem Rahmen war ihm halb die Nase heruntergerutscht.

„Liebling bitte, leg endlich das Buch zur Seite. Du hast Besuch."

Die Stimme seiner Frau vernehmend, sah Nic auf und legte sein Buch weg. Während er seine Brille abnahm, schob Rebecca Louise zum Sofa, drückte sie in die Kissen und ging dann mit einem: „Ich mache Kaffee.", davon.

Nic lächelte freundlich.

„Wenn du mir gleich die Wahrheit gesagt hättest, als ich in England war, hättest du dir den Flug sparen können. Und wenn du mir noch früher die Wahrheit gesagt hättest, hätte ich mir den Flug nach England erst recht sparen können."

Hatte Lou sich dazu entschieden, Nic die Wahrheit zu sagen?

Vermutlich. Falls sie es zuvor noch nicht getan hatte, fiel die Entscheidung jetzt, als er sie mit seinen eisblauen Augen prüfend betrachtete.

Es war Franks Schuld, entschied Louise. Nic sah ihm zu ähnlich und es war ihr immer schon schwergefallen, sich nicht gleich mit all ihren Problemen Frank anzuvertrauen.

Der Teppich unter ihren Füßen war weich und ihre Zehen versanken darin. Auf einem gerahmten Bild hinter Nic waren zwei Kinder zu sehen, beide mit wilden schwarzen Haaren und breitem Grinsen. Ein Mädchen, etwa zehn Jahre alt, welches einen Arm um einen kleinen Jungen gelegt hatte. In den Regalen lehnten alte und dicke Bücher an Spielzeugautos und die Wände waren mit zahlreichen Kinderzeichnungen geschmückt.

„Du weißt es also?", fragte Lou.

„Ich habe es nicht gewusst, nicht sicher. Gestern haben mir Insider aus den zuständigen Ministerien zugetragen, dass Stone in den Zellen der Regierung verstorben ist. Wer weiß, wie lange er schon dort gehockt hat. Ich gehe recht der Annahme, dass du ihn gesprochen hast?"

Louise bejahte.

„Ich hatte so etwas im Gefühl."

Eine Frage drängte sich in Lou auf. Eine, die sie schon länger beschäftigte. Wie viele Leute wussten im Endeffekt eigentlich von dem Medaillon, und wie viel wussten sie? Wie viel Interesse würden bestimmte Organisation daran haben, es in die Hände zu kriegen? Regierungen? Ministerien?

Und wenn Nic gewusst hatte, dass Louise das Medaillon besaß, was bedeutete das dann?

„Wenn du es weißt, dann muss Johnathan es zumindest ahnen.", entschied Louise nach kurzem Überlegen.

Nic betrachte Lou eine Weile lang.

Eine tiefe Falte zeichnete sich auf seiner Stirn ab. Er seufzte.

„Ich weiß nicht, wie viel mein Bruder vermutet und ich weiß nicht, wie groß der Teil der Wahrheit ist, denn er nicht wahrhaben will. Durchaus, er sollte es ahnen. Die Frage ist viel eher, ob er es sehen möchte, oder, ob er sich weigert, es zu erkennen."

Sie unterbrachen ihr Gespräch, als Rebecca hineinkam, ihnen jeweils eine Tasse in die Hand drückte und danach durch die gläserne Schiebetür hinauslief um nach den Kindern zu sehen, die anscheinend in den Wäldern spielten.

„Ich finde es nur spannend.", fügte Nic hinzu, „Warum bist du um die halbe Erde gereist, wenn du auch John nach Rat hättest Fragen können? Ich hatte den Eindruck, ihr beiden hättet ein recht enges Verhältnis zueinander. Von all dem, was ich hörte."

Louise musste sarkastisches Gelächter zurückhalten. John war eindeutig die letzte Person, auf dessen Rat sie im Moment hören würde. Vor allem, wenn es um das Medaillon ging. Nic erkannte den Ausdruck auf ihrem Gesicht und stöhnte: „Was hat er getan?"

„Das ist unwichtig. Ich gehe davon aus, dass du das meiste davon sowieso schon weißt."

Lou mochte wütend auf Johnathan sein, sie spürte allerdings nicht den Drang seine Geheimnisse gleich in die ganze Welt hinauszutragen. Das käme ihr unfair vor. Außerdem hätte es keinen Vorteil für irgendwen.

„Nun gut. Es freut mich natürlich, dass du dich entschieden hast mir zu vertrauen.“

Hatte sie das? Es schien fast so.

Schließlich wisperte sie, so undeutlich, dass sie sich nicht sicher war, ob Nic sie verstehen konnte: „Ich will es nicht behalten.“

Obwohl es schmerzte das laut zu sagen, wusste Lou, dass sie die Wahrheit sprach. Selbstverständlich wollte sie das Medaillon nicht behalten, sie musste es loswerden. Doch würde sie dabei sterben, wie Stone? Spielte das eine Rolle?

„Das ist sehr nobel, von dir. Ich kann mir vorstellen, wie schwierig das alles für dich ist. Also, lass mich dir ein paar Möglichkeiten aufzeigen. Zunächst ...“

Nic stand auf, deutete Louise zu warten und verließ den Raum.

Kurz darauf kam er zurück, mit einem kleinen Fläschchen, welches er Lou reichte. Das Glas war gefüllt mit einer leicht durchsichtigen, grün schimmernden Flüssigkeit. In der Öffnung steckte ein Korken.

Fragend sah sie auf.

„Trink es.“, verlangte Nic nur und Louise entkorkte unsicher das Fläschchen.

Vorsichtig roch sie daran und bemerkte eine süßliche Würze, die von dem unbekannten Inhalt ausging.

„Willst du mir vielleicht sagen, was ich trinke?“

„Es wird dir helfen, vertrau mir. Trink es einfach.“

Das wirkte nun doch sehr ominös. Andererseits, was hatte sie schon zu verlieren? Mit einem Schulterzucken und einem großen Schluck kippte sie die Flüssigkeit ihre Kehle herunter.

Mit einem Mal überkam eine Welle von Ruhe ihren Geist.

Das konstante Flüstern, das Drängen und der Druck

auf ihren Ohren, all das, was sie gespürt hatte, seit sie das Medaillon zum ersten Mal in ihren Händen gehalten hatte, war innerhalb von Sekunden verschwunden und hinterließ eine wundervolle Stille.

Der magische Einfluss, oder eher der Teil des Einflusses, der sich in ihrem Verstand festgesetzt hatte, verpuffte. Als hätte ihr jemand kaltes Wasser ins Gesicht gespritzt und sie würde zum ersten Mal seit einer ganzen Weile wirklich aufwachen.

„Was ist das?“

Nic nahm ihr das Fläschchen wieder ab und erläuterte: „Ein Produkt meiner Forschung. Es hat noch keinen Namen, aber sicherlich erkennst du, was es tut. Es hat seine Schwächen. Der Effekt wird nicht lange anhalten und es wird schwieriger werden, dich dazu zu überreden es zu trinken, jetzt wo du weißt, was es tut. Aber es soll für jetzt genügen.“

Dann setzte Nic sich neben sie und räusperte sich.

„Am offensichtlichsten wäre es, das Medaillon zu zerstören. Leider weiß ich nicht, wie das möglich wäre. Ich sage nicht, dass es unmöglich ist oder, dass du es nicht versuchen sollst. Es wäre definitiv die beste und effektivste Methode, wenn du herausfinden kannst wie. Ansonsten gäbe es die Möglichkeit, es wieder wegzusperren.“

„Es wieder wegzusperren?“, unterbrach Louise ihn.

Es tat gut, über das Medaillon reden zu können, ohne das Stechen und das Herzrasen zu spüren. Der Gedanke daran, das Medaillon zu zerstören war nicht einmal grauenhaft.

Nic schien von ihrem Einwurf verwundert zu sein.

„Du hast die Schachtel noch, nehme ich an? Oder habt ihr sie bei Erik gelassen?“

Die Schachtel.

Sie hatten sie damals Erik Markson abgenommen, nachdem sie den armen Mann und ehemaligen Mitarbeiter von Nic in seinem Anglershop in Frankreich verhört hatten. Seitdem hatte Lou nicht mehr daran gedacht. Die Schachtel lag sicherlich noch irgendwo, in irgendeiner Tasche.

„Das Medaillon war tatsächlich in der Schachtel?"

Louise hatte das Ding nicht weiter beachtet, da sie nicht davon ausgegangen war, dass es tatsächlich etwas mit dem Medaillon zu tun haben könnte. So viele Sachen waren in so kurzer Zeit passiert, das meiste davon hatte Lou so ziemlich direkt wieder vergessen, weil es irrelevant erschienen war.

„Ich habe gedacht, dass du es gewusst hast. Ja, das Medaillon war in der Schachtel, bevor es in Frankreich ankam. Stone muss es herausgenommen haben, irgendwie und frag mich bitte nicht wie. Und er muss die Schachtel wieder verschlossen haben. Weder vorher noch nachher konnten wir einen Weg finden, die Schachtel zu öffnen."

Lou schüttelte verständnislos den Kopf.

„Aber wer hat das Medaillon in die Schachtel gelegt?"

„Wie bitte?"

Louise nahm sich einen Moment, um nachzudenken. Dann eröffnete sie zweifelnd: „Das Medaillon hat nicht in einer Schachtel gelegen, als es aus dem Ozean gefischt wurde, oder? Also muss es danach jemand in die Schachtel gelegt haben."

Nic sah sie an, mit einem erkennenden Entsetzen.

Lou erinnerte sich daran, dass von der kleinen Kiste ein leichter magischer Impuls ausgegangen war. Dennoch. Eine Holzschachtel, die auf dem Grund des Ozeans gelegen hatte, durfte nicht so unbeschädigt aussehen wie die, die Louise gesehen und mitgenommen hatte.

Nic war augenscheinlich die Sprache verschlagen worden.

„Du weißt also nicht, wie das Medaillon in die Schachtel kam. Nicht, wie es herauskam. Nicht, wo die Schachtel herkam oder, ob das Medaillon tatsächlich in der Schachtel war. Immerhin hätte Stone wahrscheinlich auch anders daran kommen können.", schloss Louise.

Sie sah die Zweifel in Nics Augen aufkommen. Zweifel an sich selbst vielleicht?

„Wir können also nur darüber rätseln, ob es möglich ist, das Medaillon sicher wegzusperren.", setzte Lou hinzu.

Am Ende brach ihre Stimme etwas und sie fühlte, wie die Wirkung der Mixtur langsam aber sicher aussetzte.

Nic sah durch sie hindurch, wie durch einen Geist. Von der Haustür aus hörten sie die Stimmen der beiden Kinder und Rebeccas Lachen. Als der kleine Junge mit den schwarzen Haaren, die leicht feucht vom Spielen im Schnee waren, in den Raum gerannt kam und seinem geistig abwesendem Vater auf den Schoss sprang, nahm Louise das als Zeichen, zu gehen.

Auch als Rebecca ihr Anbot fürs Essen zu bleiben, lehnte Lou ab, mit der Ausrede, ihr Flug würde bald gehen. Das war eine glatte Lüge, ihr Flieger würde erst in einigen Stunden wieder zurück nach England fliegen.

Nur hatte sie zum einen keine Lust darauf ihre Zeit mit Kindern zu verbringen, Cousinen hin oder her, und zum anderen wollte sie Nic Zeit lassen, die Sache mit der Schachtel zu verarbeiten. Selbstgefälligkeit breitete sich in ihr aus, gemischt mit einer ernsten Sorge.

Wusste Nic etwa nicht ganz so viel, wie er sie glauben gelassen hatte?

Sie verabschiedete sich so sorglos wie möglich von der kleinen Familie und Nic brachte sie zur Tür.

Im Flur hielt er sie auf und senkte seine Stimme.

„Hast du jemand anderem vom dem Medaillon erzählt? Die Wahrheit, meine ich."

Louise nickte und dachte an Chris, an Julian, der es zu ahnen schien und an Anne, die ohnehin alles wusste.

„Gut."

Nic wies sie an zu warten und brachte ihr eine weitere Flasche der grün schimmernden Flüssigkeit, dieses Mal eine größere.

„Gib sie einer Person, der du vertraust. Das Medaillon wird es schwieriger machen, aber es ist wichtig, dass du in Schlüsselsituationen einen klaren Kopf hast. Jemand muss dafür sorgen, dass du es trinkst. Nicht allzu häufig allerdings."

Lou steckte die Flasche ein und bedankte sich. In der Tür drehte sie sich noch einmal um.

„Du solltest deinem Vater schreiben. Er vermisst dich."

Die Reise nach Kanada war ihr wahnsinnig erschienen, war aber anscheinend nicht so überflüssig gewesen, wie anfangs befürchtet.

Der Flug zurück nach England war nicht ganz so kompliziert und am nächsten Nachmittag englischer Zeit traf sie wieder in London ein. Als Louise aus dem Flugzeug stieg wurde sie unweigerlich mit der Frage konfrontiert, was sie nun tun sollte. Sie dachte an die Liste zurück, die sie geschrieben hatte.

Oder eher, die sie hatte schreiben wollen. Lou dachte auch an die Schachtel und alle anderen Details, die sie möglicherweise übereilt als unwichtig abgestempelt hatte.

Die Flasche, die Nic ihr gegeben hatte wirkte bedrohlich und zugleich wertvoll. Nic wusste viel über das Medaillon, mehr noch als er zugeben wollte. Gleichzeitig war er blind, vermutlich mit Absicht von seiner Regierung blind gehalten, was manche Sachverhalte anging. Wie war es möglich, dass er so viele Jahre lang das Medaillon erforscht hatte, ohne daran seinen Verstand zu verlieren? Wollte er ihr wirklich helfen oder sie nur austricksen, wie es sein Bruder getan hatte?

Wem konnte Lou noch vertrauen? Die Liste an Leuten, denen sie nicht vertraute war lang, nur brauchte sie vor allem Freunde, wenn sie dieses Spiel gewinnen wollte. Ein Spiel, welches sich immer mehr nach einem Krieg anfühlte.

Was war mit dem alten Fremden? Der schien gewusst zu haben, wovon er redete. Allerdings war er einfach so aufgetaucht und wieder gegangen. Ihn würde Louise nicht so schnell wiederfinden.

Die Angst, die sie erfasst hatte und die sie nach Kanada zu Nic getrieben hatte, war noch da und saß ihr im Nacken. Eigentlich hätte ihr die Zeichnung des Medaillons nicht mehr Angst einjagen sollen, als die Alpträume und die Halluzinationen, aber es war doch was anderes.

Sie hatte nicht geträumt.

Sie war bei Bewusstsein gewesen und hatte nicht einmal gemerkt, wie eine fremde Macht Kontrolle über ihre Handlungen genommen hatte. Hätte sie Nic davon erzählen müssen?

Es war nur ein Bild, sagte sie sich. Sie hatte vermutlich überreagiert.

Das Kribbeln der Furcht blieb. Lou entschied sich, zu ihrer Wohnung zurückzukehren und nach der Schachtel zu suchen.

So weit kam sie nicht, denn vor ihrer Haustür traf sie einen unerwarteten Besuch an.

„Hallo, Frank.“

Frank drehte sich um und kam auf sie zu, Erleichterung zeichnete sich in seinem Gesicht ab.

Fest drückte er Louise an sich.

„Du hast meine Anrufe nicht angenommen und als mir keiner aufmachte, habe ich mir Sorgen gemacht.“, gab er zu und Lou lächelte sanft.

„Ich war nur unterwegs.“, erklärte sie und schloss die Vordertür auf.

Frank folgte ihr und ohne eine Aufforderung abzuwarten, stellte Louise ihre Sachen ab und setzte Wasser für Tee auf. Sie nahm die Flasche aus der Tasche und stellte sie dann in einen der Wandschränke. Lou spürte Franks Blicke im Rücken.

„Das sieht spannend aus.“, erwähnte Frank, doch als keine Antwort kam ließ er das Thema fallen und setzte sich hin.

Louise machte schweigend Tee und stellte schließlich eine Tasse vor ihm ab.

Sie erkannte den Schleier eines altbekannten Mitleids, der um Frank lag und verstand, warum er hergekommen war.

Warum er sie aufgesucht hatte.

„Du hast mit Johnathan gesprochen.“

Frank blieb stumm. Sie erkannte trotzdem, dass sie recht hatte.

„Ich werde ihm nicht einfach so verzeihen, falls das der Grund ist, aus dem du hier bist.“, fügte Lou hinzu.

Es fühlte sich falsch an, so kalt zu Frank zu sein.

Er konnte nichts dafür, dass sein Sohn sie verraten hatte. Sie verstoßen hatte, nur um sie wieder in sein Leben zu holen, sobald sie ihm von Nutzen gewesen war.

„Ich verlange nicht, dass du ihm jemals verzeihst. Nic hat ihm nicht verziehen. Helena hat ihm nicht verziehen. Und keinem kann ich daraus einen Vorwurf machen.“

Louise setzte sich zu ihm und versuchte sich den Schwall an Emotionen, der sie überkam, nicht anmerken zu lassen. Ihr fiel auf, dass sie immer noch nicht herausgefunden hatte, was damals zwischen John und Helena genau vorgefallen war und was für eine Rolle Nic und das Medaillon darin gespielt hatten.

Sie ließ Frank aussprechen.

„Mein Sohn ist kein schlechter Mensch. Keiner meiner beiden Söhne, wenn wir schon bei dem Thema sind, ist ein schlechter Mensch. Gute Menschen tun schreckliche Dinge, Lou. Grauenhafte Dinge. Und schlechte Menschen tun gute Dinge. Nicht vieles davon ergibt Sinn, nicht wahr? Die Welt, in der wir leben, erscheint mir manchmal so zu sein. Sinnlos.“

In Lou drängten sich Fragen auf, keine davon wollte sie laut aussprechen.

Würde Frank es sich eingestehen, wenn John ein schlechter Mensch wäre? Gab es so etwas wie schlechte Menschen überhaupt? Wenn schlechte Menschen gute Dinge und gute Menschen schlechte Dinge taten, woran sollte man sie dann unterscheiden können?

Gleichzeitig kam Louise sich albern bei diesen Gedanken vor.

Man hatte sie gelehrt zu töten, bevor sie lesen und schreiben gelernt hatte. Wenn sie eines nicht war, dann ein guter Mensch.

„Ich habe kein Problem mit John, weil er ein schlechter Mensch ist. Ich habe ein Problem mit ihm, weil er seine eigenen Regeln gebrochen und mich angelogen hat."

Regeln, die ich auch gebrochen habe.

War sie hypokritisch? Eine Heuchlerin? Hatte sie nicht auch Leute angelogen, die ihr vertrauten? Was, wenn wegen ihrer Lügen am Ende jemand Schaden nahm, Schaden den sie nicht abgesehen hatte?

Lou wollte ihren Freunden nicht Schaden, sie hatte sie angelogen, um sie zu beschützen.

Durfte sie sich deswegen moralisch überlegen fühlen?

„Ich verstehe, dass du wütend auf ihn bist. Glaube mir, ich bin auch nicht begeistert und dabei bin ich mir sicher, dass er dir noch viel mehr Sachen verschweigt, als mir. Aber John ist auch nicht mehr der Mann, der er vor zwanzig Jahren war. Du bist ihm wichtig, ob du es glaubst oder nicht.", entgegnete Frank mit weicher Stimme.

„Das fällt ihm etwas spät ein."

Louise sah das Leid in Franks blasen Augen und schob schnell dahinter: „Ich werde mit ihm reden."

„Mehr will ich gar nicht."

Frank trank lächelnd seinen Tee.

Sie redeten noch eine Weile, über alles Mögliche und als Lou ihn zur Tür brachte, verabschiedete Frank sich mit den Worten: „Gib ihm eine Chance. Er weiß, wie du dich fühlst. Besser, als jeder andere im Moment. Er kann dir vielleicht als einziger helfen."

Dann umarmte er sie noch einmal und ging.

Louise wurde nachdenklich. Sie räumte Franks Tasse weg und warf einen Blick zur Uhr.

Noch war es nicht allzu spät am Tag, aber Lou spürte die Müdigkeit der letzten Woche in sich. Ob die Mixtur von Nic auch einen Alptraum fern halten konnte? Einen Versuch war es alle mal wert.

Sie nahm die Flasche aus dem Wandschrank und goss einen Schluck in ein hohes Glas. Dann hob sie es und legte das Glas an ihre Lippen.

Ein Schlag durchfuhr sie, noch bevor die grüne Flüssigkeit ihre Zunge berühren konnte. Sie zuckte so stark zusammen, dass ihr das Glas aus den Händen glitt und auf dem Boden zerbrach. Einen Augenblick lang stand sie bewegungslos da, dann wischte sie die Mixtur auf und stellte die Flasche wieder zurück, hinter ein paar Teller, dahin wo Louise sie nicht sehen konnte.

Dann legte sie sich auf ihr Sofa und schloss ihre Augen.

Als sie ihre Augen wieder öffnete, wusste sie, dass sie träumte. Zum einen, weil Lou nicht atmete, zum anderen, weil sie nicht das Bedürfnis hatte zu atmen.

Sie schwamm.

Na ja, sie schwamm nicht wirklich. Sie trieb im Wasser. Um sie herum war Dunkelheit und über ihr seichte Sonnenstrahlen, die sich im Wasser brachen und sie kaum erreichten.

Louise sank tiefer.

Im Gegensatz zu ihren anderen Visionen war diese ruhig und angenehm. Das Wasser streichelte ihren Körper und vollkommen schwerelos schwebte sie in der Stille, die Sonne über ihr. Weit über ihr.

Fische flogen an ihr vorbei. Andere Kreaturen des Meeres folgten. Lou streckte ihre Finger aus und berührte die eine oder andere davon. Doch bald darauf war sie zu tief und konnte die Wesen nur noch über sich sehen. Bunt und mit glitzernden Schuppen in der Sonne. Rot, Gold, Blau, Violett.

Das Schauspiel der Farben war beinahe fröhlich. Louise wandte ihren Kopf zur Seite und sah etwas Neues.

Sie war sich nicht sicher, was es war. Es leuchte Rot.

Nicht so schön Rot, wie die Schuppen der Tiere, sondern bedrohlich. Alarmierend. Pulsierend.

Noch immer war es absolut Still. Ruhig. Friedlich. Ihr Körper glitt nicht länger hinab, stattdessen näherte sie sich dem Leuchten, wie von Magneten angezogen, ohne sich wirklich zu bewegen. Kurz darauf erkannte sie, dass es sich um eine Tür handelte.

Eine rote Holztür, als würde sie zu einem Schuppen gehören. Da war aber kein Schuppen, die Tür stand alleine, schwebte und tanzte leicht im Takt der Wellen auf und ab. Die letzten Meter schwamm Lou zur Tür hin, immer noch ohne Probleme die Luft anhaltend. Sie griff nach dem Türknauf und dann hörte sie etwas. Das Weinen und Jammern eines Jungen. Und sie erkannte die Stimme.

Sie musste nicht durch das Schlüsselloch schauen um zu sehen, wer da so bitterlich weinte. Sie tat es trotzdem.

Mit diesem Bild, von dem kleinen Jungen mit den hellen braunen Haaren, welcher seine Arme um die bebenden Knie geschlungen hatte und unendlich herzzerreißend unzusammenhängende Klagen vor sich hin schluchzte, blieb Louise zurück, als sie erwachte und das Salz ihrer eignen Tränen schmeckte.

Kapitel 6

Johnathan saß tief über seinen Schreibtisch gebeugt, als Lou mit hektischen Atemzügen sein Büro erreichte. Sie wusste nicht, was sie erwartet hatte, doch als sie ihn sah, breitete sich Freude in ihr aus.

Es ging ihm gut.

Natürlich ging es ihm gut. Es war nur ein Traum gewesen.

John sah auf und sprang von seinem Stuhl.

„Lou, du bist gekommen."

Bevor sie etwas erwidern konnte, kam er auf sie zu und drückte sie an sich. Louise ließ es zu, dass er sie umarmte. Johnathan trennte sich nach einigen Sekunden von ihr und sah sie an.

Sein Gesicht war eingefallen, tiefe Schatten lagen unter seinen geröteten Augen. Lous Herz zog sich zusammen. War all das ihre Schuld?

„Ja ich... Ich dachte, wir sollten reden.", wisperte sie.

Sachte, als hätte sie Angst ihn zu verschrecken.

Lou blinzelte den weinenden Jungen aus ihren Gedanken und schluckte schwer. John richtete sich ein wenig auf und deutete ihr sich zu setzen, während er hinüber zum Fenster ging und halb hinausschaute.

„Wenn du reden willst, können wir das gerne tun.", fing er an und Louise atmete tief durch.

Eigentlich wollte sich nicht reden, sie hatte ihm immer noch nichts zu sagen.

Nach dem Traum war sie erwacht, von Grauen erfüllt und sie hatte nur sicher gehen wollen, dass Johnathan nichts zugestoßen war. Offenbar ging es ihm gut, oder so ähnlich. Er sah nicht gut aus, doch konnte Lou wirklich Mitleid mit diesem Mann haben? Irgendwie erschien der Gedanke ihr albern, nach allem was sie zusammen durchgemacht hatten.

Sie beide waren Mörder, sie beide waren Lügner und sie beide waren nicht gerade die höchste Instanz, wenn es um ethische Reinheit ging. Warum also hing sie zu verbissen an ihrer Enttäuschung?

„Ich bin nicht wütend auf dich, John.", fasste sie schließlich einen halbherzigen Entschluss.

Zu ihrer Verwunderung lachte er kurz auf. Es war ein kühles Lachen, aber in seinen Augen blitze Belustigung.

„Ich weiß."

Johnathan erkannte den perplexen, leicht verärgerten Ausdruck auf Lous Gesicht aus den Augenwinkeln und fügte hinzu: „Du bist nicht wütend auf mich. Du bist wütend auf dich selber."

Louise schwieg.

John fuhr fort: „Du bist mir ähnlicher, als du ahnst. Du bist nicht enttäuscht, weil ich dich angelogen habe. Was ich übrigens nicht habe, ich habe niemals gelogen. Du bist enttäuscht von dir selbst, weil du die Wahrheit nicht erkannt hast. Du hast dir selber erlaubt mich als unfehlbar anzusehen, so unrealistisch diese Vorstellung auch von Anfang an war. Du bist wütend. Wütend, weil du dich selbst für cleverer gehalten hast."

So sehr sich Lou dagegen wehrte, John hatte recht.

Wie hatte sie es nicht erkennen können? Für alle anderen

hatte es so offensichtlich sein müssen, dass man Johnathan nicht vertrauen konnte. Und trotzdem hatte sie ihm vertraut. Naiv, wie ein Kind.

Es tat weh, wenn das Leben einem so deutlich den Spiegel vorhielt. Louise hatte mehr auf sich gehalten.

Was John ihr angetan hatte war ihr egal, es hatte ja doch keine wirklichen Konsequenzen für sie gehabt. Die Tatsache aber, dass sie nicht damit gerechnet hatte, machte sie verrückt.

Wie hatte sie jemanden den sie so gut kannte, so falsch einschätzen können?

Zugeben tat Lou nichts davon.

„Wenn es das ist, was du dir selbst erzählen musst, nur zu. Ich habe nicht vor dir zu verzeihen, mal abgesehen davon, dass du dich nur halb entschuldigst hast. Dafür haben wir keine Zeit."

Sie meinte ein Grinsen über Johnathans Lippen huschen zu sehen, aber er hielt seinen Kommentar zurück. Hörte Louise sich wirklich so sehr nach ihm an?

„Da kann ich dir nur zustimmen. Das Medaillon gehört der Vergangenheit an, das Leben muss weiter gehen und ich habe einen Auftrag für euch. Von Samuel."

Lou verbesserte ihn nicht.

Konnte er wirklich glauben, dass das Medaillon nicht mehr existierte? Spürte er es denn nicht?

„Einen Auftrag? Jetzt?"

Seit einem Jahr hatten sie keine Aufträge mehr von Samuel erhalten und Louise war davon ausgegangen, dass er im Moment eindeutig wichtigeres zu tun hatte. Zwischen Adalar und der politischen Lage in England musste Samuel die Hände voll haben. Anscheinend nicht voll genug.

„Was soll ich sagen? Ich hinterfrage schon lange nicht mehr, was dieser Mann tut. Auftrag ist Auftrag."

Lou dachte zurück an ihr letztes Gespräch über Samuel. Solange her war es gar nicht und doch …

John erriet ihre Gedanken.

„Ich habe mein Versprechen nicht vergessen. Hab Geduld."

„Na gut.", lenkte Louise ein, obwohl sie dem versprochenen Mord an Samuel mehr Vorfreude entgegenbrachte, als jemals zuvor, „Gib mir den Auftrag und ich werde mich darum kümmern. Nehme ich alle mit?"

Johnathan nickte.

„Ja nimm sie alle. Eine Siedlung scheint das alte Dorf wieder besetzt zu haben, im Süden."

Lous Magen zog sich in einer unheilvollen Vorahnung zusammen.

Wie viele Zufälle konnte es geben?

„Das versteckte Dorf? Aus Frankreich?", hakte sie nach. Betend, dass sie falsch lag.

Ihre Gebete wurden nicht erhört.

„Soweit ich weiß. Warum, was ist damit?"

„Nichts.", log Louise und stand auf.

Solange Johnathan daran festhalten wollte, dass das Medaillon zerstört worden war, musste sie ihm die Hinweise, die gegenteiliges behaupteten nicht gleich auf die Nase binden. Ihr war schwindelig.

Das Dorf. Die Rune. Der Vogel. Der Wald.

Hatte all das etwas zu bedeuten? Erst als sie stand, bemerkte Lou, wie sehr der Raum um sie herum schwankte. Sie krallte ihre Finger in die Stuhllehne. John war mit wenigen Schritten bei ihr und hielt sie fest.

„Lou, was ist los?"

Gute Frage.

Hatten die Illusionen des Medaillons ihr die Zukunft gezeigt? Warum bekam sie keine Luft? Louise öffnete ihren Mund, aber kein einziger Ton verließ sie. Der Stress, sagte sie sich.

Der Stress war es, der ihren Atem stocken ließ und ihre Augenlider zum Flattern brachte.

Johnathan griff nach ihrer Stirn und seine kalte Handfläche erschreckte sie. Vor ihren Augen sah sie Flammen. Rauch, welcher aus ausgebrannten Häusern drang. Das Schreien von Menschen. Weinen von Kindern. Hitze.

Irgendwo aus der Ferne hörte sie John.

„Du hast Fieber."

Ihr Finger lösten sich vom Stuhl, sie stolperte einen Schritt vor und Johnathan hielt sie fest, bevor ihre Knie nachgeben konnten. Diese Art von Situation schien sich zu häufen.

John drapierte sie auf seiner Ledercouch.

„Lou, sieh mich an."

Sie versuchte es, doch ihre Pupillen wollten sich nicht auf Johnathan fokussieren. Sie roch Erde, trockene Erde. Und sie spürte die warme, trockene Erde unter ihren Fingern. Sie spürte die Magie, die ihren Körper verließ.

Was hast du nur getan?

Hatte Johnathan das gesagt? In ihren Ohren rauschte der Wind. Neben ihr meinte sie einen Blitz zu sehen, einen kurzen Hauch von hellem Weiß. Sie schmeckte Blut. Sie sah das Rot des Blutes und sie roch das getrocknete und das frische Blut der Schlacht an ihrer Kleidung.

Rot und Braun, die Farben des Kampfes. Und der schwarze Rauch, der schwarze Rauch der sie umfing und der aus ihren

Fingern hinausströmte und jedes Leben verschluckte.

Was hast du nur getan?

Ihr Mund wurde von einem neuen Geschmack gefüllt, eine süße, dicke Flüssigkeit, die wie Honig ihren Rachen herunterfloss. Louise schluckte.

Der Rauch verschwand und mit ihm das Blut, die Erde und die Flammen.

John tauchte vor ihr auf, eine Hand um ihren Nacken gelegt, um ihren Kopf aufrechtzuhalten. In der anderen Hand hielt er ein goldenes Gefäß.

Lou hustete, ihre Lungen brannten. Sie fühlte kalten Schweiß, der ihr vom Gesicht tropfte. Mit schwerfälligen Bewegungen blinzelte sie und spürte, wie die Umgebung wieder anfing dahinzuschmelzen, bevor der süße Honig ihre Zunge erneut benetzte und Louise keuchte.

Die Realität zwang sich gewaltsam zurück in ihr Bewusstsein.

Mit sanfter Kraft drückte Johnathan sie in die Kissen.

„Leg dich hin.", raunte er, „Ruh dich aus."

Louise musste sich nicht ausruhen. Sie war nicht erschöpft. Sie hatte auch nicht halluziniert oder geträumt. Das Medaillon hatte ihr die Zukunft gezeigt, ihre Zukunft.

Ein Lächeln stahl sich auf ihr Gesicht.

Sie hatte keine Angst. Kein Zeichen von Müdigkeit war zurückgeblieben.

Lou setze sich auf und schüttelte Johns Griffe ab.

Das Medaillon hatte eben nicht nur Schattenseiten. Diese neue Fähigkeit, auch wenn Louise sie noch nicht kontrollieren konnte, war aufregend. Woher sie wusste, dass sie die Zukunft gesehen hatte, konnte sie nicht sagen. Es war eine Gewissheit, die aus ihrer Brust herauskam.

In die Zukunft blicken. Nicht schlecht, gar nicht schlecht. Vielleicht nicht ihre erste Wahl, hätte sie sich eine Superkraft aussuchen können, aber immerhin.

Louise ließ sich nicht aufhalten, als sie sich erhob.

„Mir geht es gut.", versicherte sie Johnathan wiederholt, nahm freiwillig einen weiteren Schluck von was auch immer John ihr gegeben hatte und die letzte Spur der Vision verschwand.

Das machte nichts. Bald würde sie ohnehin zur Wahrheit werden und nicht länger nur ein Gespinst ihrer Vorstellung zu sein.

Auf halbem Weg zur Tür hinaus blieb sie noch einmal stehen. Sie drehte sich um und sah zu Johnathan, der ihr besorgt hinterherschaute. Fast hätte sie ihn nach Helena gefragt. Aber nur fast.

Sie fasste einen Entschluss und verließ das Büro.

Auf dem Weg zu ihrer Wohnung bat Lou die Anderen in einer Nachricht, sie zu treffen. Als sie vor ihrer Haustür eintraf, warteten Anne und Chris bereits auf sie.

Anne saß auf den Stufen, ihren Blick in den Himmel gerichtet. Das Silber seiner Augen glitzerte im Sonnenlicht. Chris stand neben ihr. Als Louise sich ihnen näherte, stand Anne auf und hüpfte fröhlich auf sie zu.

„Hey, Anne."

Anne gab ihr einen Kuss auf die Wange und hüpfte dann einen Schritt zurück.

Chris stellte sich zu ihnen. Seine Miene war beunruhigend ernst, was in einem krassen Kontrast zu dem pinken Leder stand, was er wohl ein Outfit nennen würde. Er nickte knapp zur Begrüßung.

„Wirst du es den anderen erzählen? Sind wir deswegen hier?"

Lou antwortete nicht. Sie versuchte in Annes Ausdruck zu erkennen, was er dachte, aber seine Züge waren neutral und freundlich. Wie immer.

Die anderen folgten ihr hinein. Louise holte Nics Flasche hervor und stellte sie auf den Kaffeetisch im Wohnzimmer.

Gift oder Heilung? Sie unterdrückte den Drang die Flasche fallen zu lassen oder den Inhalt ins Waschbecken zu kippen.

Die anderen kamen kurz darauf, erst Daphne, dann Julian. Zusammen standen sie um den niedrigen Tisch herum und jeder wartete darauf, dass Lou sich erklärte.

Louise öffnete den Mund und schloss ihn wieder. Wie sollte sie es den anderen nur sagen? Wie sollte sie die richtigen Worte finden?

Sie streckte ihre Hand nach der Flasche aus und zog sie langsam wieder zurück.

„Wir haben einen Auftrag.", setzte sie nach einer Weile an.

Das war der einfache Teil.

„Anscheinend haben einige Unbegabten-Siedler das versteckte Dorf wieder besetzt. Samuel bittet uns darum, es zu befreien. Wir wissen nicht wie gut es geschützt ist, aber ich denke wir können davon ausgehen ..."

Ihre Stimme versagte. Lou hustete.

Daphne nahm die Flasche in ihre Hände, hielt sie gegen das Licht und prüfte die schimmernde Mixtur misstrauisch.

„Was ist das, Lou?"

Lou ignorierte sie.

„Das Dorf zu befreien dürfte nicht allzu schwierig werden. Wenn wir morgen Früh abreisen, könnten wir Übermorgen schon wieder hier sein."

„Was ist in der Flasche?“, wiederholte Daphne.

Louise verstummte. Nervöse Anspannung breitete sich in ihrer Brust aus. Ihre Finger verkrampften sich, ihre Stimme zitterte.

„Nic hat sie mir gegeben.“

Die Fragen ihrer Freunde prasselten auf sie ein.

Von: „Du warst bei Nic?“, über, „Ja, aber was ist denn in der Flasche?“, hin zu einem: „Du solltest es ihnen sagen.“, von Anne und einem: „Was sagen?“, von Julian.

Lou sammelte sich, rang mit ihren eignen Gedanken und suchte nach jeder Willenskraft, die sie aufbringen konnte. Das Stimmenchaos verstummte jäh, als sie endlich verkündete: „Ich habe das Medaillon der Engel.“

Stille.

Für einen Moment war Louise sich unsicher, ob sie die Worte tatsächlich gesagt oder nur gedacht hatte. Draußen krähte ein Rabe und durchbrach als einziger das bleierne Schweigen. In Lous Vorstellung bedeutete sein Krähen etwa: *Haben deine Schuldgefühle und deine halbherzige Lüge sich jetzt gelohnt oder eher nicht? Wenn ich einer deiner engsten Freunde wäre, käme ich mir jetzt doch sehr dumm vor.*

Louise schoss dem Raben ein stummes: *Wer ist schon mit Raben befreundet?*, zurück.

Daphne starrte Lou entgeistert an, Chris sah auf den Boden, Julian hatte unsicher einen schützenden Arm um sie gelegt und Anne lächelte noch immer leicht, ansonsten blieb er regungslos.

Nach einigen Minuten ergriff Louise wieder das Wort.

„In der Flasche ...“

„Du hast es? Was meinst du, du hast es? Wo ist es?“

Daphne sah sich im Raum um, nach Schock in den anderen suchend. Der Unglaube stand ihr ins Gesicht geschrieben, ihre Tonlage war ungewohnt hoch.

„Habt ihr es etwa gewusst?“

Chris zuckte mit den Schultern.

„Möglich wär's.“, gab er vage zu.

„Ich hab mir so etwas in der Art gedacht.“, murmelte Julian.

Nach weiteren Minuten des Schweigens versuchte Louise es noch einmal: „In der Flasche ist eine Mixtur, die Nic mir gegeben hat. Sie soll helfen, meinen Geist bei Verstand zu halten. Das Medaillon ist bei mir. Aber da wird es nicht bleiben.“

Die Sätze kamen ihr nur kaum in den Sinn, sie auszusprechen strengte sie an.

Ja, Lou sollte sich die Mixtur zu nutzen machen, aber sie wollte nicht. Ihr Körper weigerte sich nach dem Gefäß zu greifen, es Daphne abzunehmen und das richtige zu tun. Nic hatte sie davor gewarnt, hatte ihr empfohlen, jemanden anderen um Hilfe zu bitten. Was sie tun würde, hätte sie gekonnt.

Louise lenkte das Gespräch zurück zum Auftrag.

„Es dürfte nicht einfach für uns werden, einen Flug nach Frankreich zu kriegen. Dort ist man nicht gut auf uns zu sprechen, wir können aber einfach von der spanischen Seite ...“

„Warum hast du uns die Flasche gezeigt? Und sollten wir nicht vielleicht, ich weiß nicht, über das Medaillon reden?“, fragte Daphne.

Lou hatte gehofft, dass das niemand fragen würde.

Sie schluckte und gab ihr Bestes, um den schweren Knoten in ihrem Hals nicht zu beachten. Die Blicke aller lagen auf ihr, sie drückte sich enger an Julian. Er hielt sie.

Sie wollte etwas sagen, wusste aber zugleich, dass ihr nur gestammelter Unsinn über die Lippen kommen würde.

Hilflos schloss Louise ihre Augen.

Sie fühlte sich schwach und sie hasste es. Sie hasste es, nicht die Kontrolle zu haben. Hasste es, auf jemanden, oder eher auf etwas, anderes angewiesen zu sein. Wenn sie doch nur nichts gesagt hätte.

„Ist schon okay.", flüsterte Julian ihr ins Ohr und sie vergrub sich so tief in seinen Armen, dass sie beinahe vergessen konnte, dass sie nicht alleine waren.

Lou war so abgelenkt von ihren eigenen inneren Unruhen, von Julians regelmäßigem Herzschlag und von seiner behutsamen Stimme, die durchgehend auf sie einredete, dass sie zu spät das kalte Glas merkte, welches ihr an den Mund gehalten wurde. Aus Reflex trank sie, dann realisierte sie es.

In einer Sekunde öffnete sie ihre Augen und wollte sich wehren, in der nächsten überkam die bekannte Ruhe der Mixtur sie und Louise stockte mitten in der Bewegung.

Etwas unsicher stand Lou da, zu ihren Freunden sehend, die sich um sie gestellt hatten. Dann schüttelte Louise ihre Verlegenheit ab.

Sie hatte keine Zeit zu verlieren, bevor die Wirkung wieder nachließ.

„Danke, Anne. Das Medaillon. Ich habe nicht vor es noch viel länger zu behalten."

Ihr ging ein Licht auf.

„Die Schachtel!"

Sie hatte die Schachtel vollkommen verdrängt. Lou schob sich an Chris vorbei und griff nach ihrem Rucksack. Der, den sie mit nach Frankreich genommen hatte, als sie Erik befragt hatten.

Und tatsächlich. Die dunkle Holzkiste lag noch darin.

Sie fuhr über die feinen Schnitzereien und fühlte den magischen Impuls. Mild, harmlos. Der Deckel ließ sich nicht anheben, sie war verschlossen. Louise drehte und wendete die Kiste und las die Nachricht auf der Unterseite, dieses Mal nicht laut für alle, sondern nur für sich.

Der Geist ist willig, aber das Fleisch ist schwach.

Adalar. Warum las sie diesen Satz in Adalars Stimme? Na ja. In einer seiner Stimmen. Hatte er nicht dasselbe gesagt? Lou war sich nicht mehr sicher.

Wie war er mit all dem verbunden? Wer war er? *Was war er?*

„Was ist mit der Schachtel?", warf Chris ein.

Daphne verstand hingegen sofort.

„Könne wir sie öffnen? Ohne Schlüssel?"

Sie nahm die Schachtel in die Hände und untersuchte das Schloss.

Das Schloss war nicht magisch, Louise wusste das bereits. Sie ließ es Daphne dennoch selber erkennen und sagte dann: „Wir werden es trotzdem nicht einfach so aufbrechen können."

„Aufbrechen? Warum wollen wir diese Kiste aufbrechen, ich dachte sie ist leer?", fragte Chris.

Sie klärten ihn nicht auf.

Magische Verrieglungen konnten auf unterschiedlichste Weise funktionieren. Im Grunde aber, gab es zwei grobe Unterschiede:

Entweder das Schloss war mit Magie bearbeitet worden, oder das Material dessen, woran auch immer das Schloss angebracht war, war magisch. Ersteres machte es unmöglich, dass Schloss ohne den richtigen Schlüssel zu öffnen, vorausgesetzt der angewendete Zauber war richtig ausgeführt und stark genug. Man konnte in dem Fall nur das zerstören und öffnen, was um das Schloss herum lag. Oder den Zauber brechen, wenn er zu schwach oder simpel war.

Das Schloss der Schachtel war nicht magisch. Es war das Holz, welches den magischen Impuls von sich gab. Lou hatte das schon erkannt, als sie die Kiste zum ersten Mal hatte untersuchen können.

In diesem Fall konnte man nicht viel tun, die Schachtel war versiegelt worden.

Selbst wenn sie das Schloss vollständig entfernen würden, ließe sich der Deckel nicht bewegen. Kein Schlüssel, keine Zulassung. Bei einigen wenigen Ausnahmen konnte es Glück sein, wenn das Schloss kein magisches war. Dann konnte man die Magie vom Objekt lösen und danach einfach das Schloss aufbrechen. Das ging aber nur selten, dafür musste die vorhandene Magie eine bekannte sein.

Lou erkannte die Magie der Schachtel nicht. Sie vermutete es war ein älterer, längst vergessener Zauber.

Im Zweifel konnte man nach bestimmten Zaubern suchen, doch das kam der Suche einer Nadel im Heuhaufen gleich.

„Können wir eine Kopie anfertigen?“, schlug Julian vor.

Keine schlechte Idee.

In Forschungen mit unbekannter Magie wurden oft Kopien angefertigt oder Simulationen durchgeführt, um den Entstehungsprozess eines Zaubers nachzuvollziehen. Louise nickte, nahm Daphne die Schachtel wieder ab und schob sie unter ihr Sofa. Der Anblick wurde langsam aber sicher bedrückend.

„Ich werde mir etwas einfallen lassen.“

Ihr Blick streifte die Flasche auf dem Tisch. Lou nahm

sich zusammen und wandte sich ab. Aus den Augenwinkeln bemerkte sie Daphne, welche die Flasche an sich nahm. Sie kommentierte es nicht.

Chris stand etwas verwirrt da.

„Wir sehen uns dann Morgen?“, beendete Louise das Gespräch.

„Morgen.“, bestätigte Daphne, „Aber einer von uns sollte bei dir bleiben.“

Louise rollte mit den Augen.

„Mir geht es...“

„Dir geht es gut, schon klar.“, unterbrach Daphne sie beißend.

Genervt stöhne Lou und ging in die Küche. Nicht alles lief perfekt, aber sie brauchte noch lange keinen Babysitter.

Sie hörte Julian, der bereitwillig lachte: „Ich bleibe.“, und kurz darauf hinter ihr in die Küche kam.

Wortlos mache Louise sich einen Kaffee.

Julian stellte sich zu ihr in die Küche und, als Louise auf seine Anwesenheit keine Reaktion zeigte, drängte er sich zwischen Lou und die Arbeitsplatte, um sich vor sie zustellen.

„Was? Freust du dich gar nicht, dass ich bleibe?“, neckte er gespielt beleidigt und brachte Louise zum Grinsen.

„Nicht, solange du zwischen mir und meinem Kaffee stehst.“

Julian grinste ebenfalls.

„Wenn ich es nicht besser wüsste, würde ich sagen, du hast deine Sucht nach Kaffee von Johnathan geerbt.“

Louise lachte nicht. Ihr Grinsen verschwand.

Julian bemerkte den Stimmungswechsel, ohne wissen zu können, was er falsches gesagt hatte. Sie drehte sich von ihm weg und widmete sich der Kaffeemaschine.

Brodelnd floss Kaffee in die weiße Tasse.

Lou störte sich daran, etwas von John geerbt haben zu können, auch wenn sie nicht mehr sauer auf ihn war. Der Zorn war verflogen, begraben unter anderen Gefühlen. Der Vergleich zwischen ihrem Verhalten und Johnathans gefiel ihr einfach nicht. Sie war nicht wie er.

Julian fragte nicht danach. Louise konnte es nicht ewig vor den anderen geheim halten, das wusste sie. Nur für den Moment wollte sie nicht darüber nachdenken.

Sie verbrachten den Rest des Tages damit, über erfrischend belangloses zu Reden und gingen zu Bett, lange, nachdem die Sonne untergegangen war. Lou fiel ihrer Müdigkeit schnell zum Opfer und sank in unruhige Träume hinab, sobald ihr Kopf das Kissen berührte.

Flammen und Rauch. Um sie herum standen die halb eingestürzten Häuser des Dorfes und unter ihren Füßen war die Erde, trocken und warm. Die Hitze eines Feuers erreichte sie und sie schmeckte den bitteren Geschmack von Asche. Das Klagen von leidenden Menschen drang zu ihr durch. Weinende Kinder, schreiende Mütter. Louise schmeckte Blut. Die Schlacht.

Irgendetwas war geschehen, etwas, was sie nicht vorausgesehen hatte. Sie würden verlieren.

Und dann, ohne zu wissen, was geschah, beugte Louise sich hinab und ihre Hände gruben sich in den Boden.

Sie spürte, wie die Magie aus ihr hinausströmte und in dicken schwarzen Rauchwolken an der Erde entlang huschte. Sie verstand weder was sie tat, noch, was um sie herum passierte. Trotzdem hatte Louise keine Angst. Eine Faszination erfüllte sie. Die Faszination von Macht.

Die Vision endete abrupt, als eine Taubheit sie erreichte, die das leichte Ziehen des Schmerzes aus ihr verjagte.

Als sie erwachte hätte sie nicht sagen können, wer sie war, wie sie hieß oder wo sie sich befand. Die Dunkelheit des Raumes störte sie nicht, die leichte Orientierungslosigkeit, welche die Dunkelheit mit sich brachte, tröstete sie sogar. Denn all das, was für sie im Ungewissen lag, war unwichtig. Sie wusste, wo sie hin wollte, was sie tun musste. Sie hatte die Zukunft gesehen. Hatte sie sogar gelebt.

Ein Rauschen drang durch ihre Adern, als sie aufstand und sich aus dem Bett schob. Das schiere Adrenalin brachte ihr Herz zum Rasen und ihre Glieder zum Beben. Sie wollte gerade aus der Tür hinausstolpern, nicht wissend, wohin, als eine Hand sie am Handgelenk packte und aufhielt.

„Lou? Wo gehst du hin?"

Sie hatte nicht damit gerechnet aufgehalten zu werden. So wirklich hatte sie mit nichts gerechnet. Ihr Verstand war leer, nur gefüllt von einem statischen Nebel und Rauch.

Es fielen ihr keine Worte ein. Keine Sprache, die sie hätte benutzen können. Sie sah den Jungen, der sie wieder zurück in den dunklen Raum zog. Sie hörte ihn reden, doch verstand ihn nicht.

Sie hätte sich wehren können, der Junge sah nicht so aus als könne er ihren Kräften standhalten. Nur wozu? Wenn sie ihrem Schicksal jetzt nicht hinterherjagen konnte, dann eben später.

Zeit existierte nicht, nicht für sie. Zeit war ein ebenso menschliches Konzept wie Schwäche und solche Kleinigkeiten hatten keine Relevanz für jemanden, der durch die Zeiten blicken konnte. Also ließ sie es zu, als der Körper zurück in den Schlaf fiel.

Geduld. Ihr Zeitpunkt würde kommen.

Als am nächsten Morgen die ersten Sonnenstrahlen durch die Vorhänge tanzten und Louise weckten, konnte sie sich an keinen Traum erinnern. Ganz im Gegenteil, sie hatte eine angenehm erholsame Nacht hinter sich, soweit sie das sagen konnte. Weshalb sie verwirrt war, als sie Julians Stimme neben sich hörte nur Sekunden, nachdem sie ihre Augen aufgeschlagen hatte.

„Louise, du bist endlich wach. Wie geht es dir?"

Noch halb im Schlaf richtete Lou sich auf. Julian saß neben ihr, vollständig angezogen und mit kritischem Blick. Louise gähnte.

„Wie es mir geht?", nuschelte sie müde und rieb sich die Augen, „Wie soll es mir schon gehen?"

Julian zögerte.

Er öffnete seinen Mund und schloss ihn wieder, offensichtlich die Meinung über das ändernd, was er sagen wollte.

„Bist du dir sicher, dass es dir gut geht? Ich glaube, du hast schlecht geträumt. Oder bist schlafgewandelt oder so."

Schlafwandel? Louise fuhr sich durchs Haar. Sollte ihr das Sorgen bereiten? Normalerweise schlafwandelte sie nicht. Oder hatte es zumindest nie zuvor mitbekommen. Im Augenblick sollte ihr wohl alles Sorgen bereiten, was derart außerhalb der Norm lag. Nur fühlte sie sich so ausgeschlafen, wie nur selten in letzter Zeit und es gab eindeutig schlimmeres, als ein wenig Schlafwandel. Oder?

„Mir geht es gut.", entschied Lou bestimmend und Julian nickte leicht, nicht sehr überzeugt wirkten.

Lou bekam den Eindruck, dass er ihr nicht alles erzählt hatte, aber was auch immer es war, was Julian ein solches Unbehagen bereitet hatte, er schien es zur Seite zu legen. Für den Moment.

„Na gut. Dann sollten wir uns beeilen, wie haben einen Auftrag zu erfüllen."

Kapitel 7

Sie erreichten Frankreich am späten Nachmittag.

Stundenlang hatten sie durch die Wüste fahren müssen. Das ehemalige Spanien war ein unbewohntes Niemandsland. Der Sand klebte schon bald überall an Louises Haut und die Sonne brannte gnadenlos auf sie hinab.

In einiger Entfernung zum Dorf parkten sie ihr Auto.

Einen so simplen Auftrag hatten sie nicht planen müssen. Die Siedlung war klein, noch nicht lange neu besetzt und war davor lange verlassen und halb zerstört gewesen. Wie schwierig konnte es da sein, das Dorf wieder zu befreien? Sie hatten Schusswaffen mitgebracht, ein paar Messer und Dolche. Nichts weiter.

„Leichter als Süßigkeiten von Babys zu klauen.", fasste Chris passend zusammen.

Sie nahmen ihre Sachen und schlossen den Kofferraum ab. Das Dorf war etwa zehn Gehminuten entfernt, ihre Aufgabe war denkbar einfach. Keine Lebenden zurücklassen.

Lou hätte sich den Kopf darüber zerbrechen können, wie Samuel in der aktuellen Lage darauf kommen konnte, sein größtes Problem seien ein paar Unbegabte in Südfrankreich. Wenn sie selbst nicht mit wichtigerem Beschäftigt gewesen wäre. Während sie durch die Wüste liefen, drehte sich in Louise alles nur um eines: das Medaillon.

Und alles, was damit zu tun hatte. Nic, die Mixtur, die Schachtel und Adalar.

Nein, sie hatte nicht vergessen, dass das Medaillon ihr auch Visionen des Dorfes geschickt hatte und Daphne hatte sie auf der Fahrt danach gefragt. Lou hatte es als Zufall abgetan.

Es musste ein Zufall sein. Träume deuten gehörte nicht zu ihren Talenten, doch was sollte das alles schon mit miteinander zu tun haben? Bei Johnathan hatte Lou kurz den Eindruck gehabt, als hätte sie in die Zukunft sehen können, aber das was absurd. Es waren nur Träume. Verwirrungen ihres Geistes. Nichts, worüber sie sich massenhaft Sorgen machen musste.

Nach der letzten Nacht fühlte Louise sich generell außerordentlich sorglos. Welch Wunder ein relativ ruhiger Schlaf wirken konnte.

Sie alle waren schweigsam und nachdenklich, während sie liefen. Jeder gefangen in eignen Überlegungen. Rechts und Links neben ihnen türmten sich hohe Sandmassen, Dünen und Berge. Hier und da sahen sie einen einsamen Strauch, ausgetrocknet und sterbend.

Zwischen zwei hohen Hügeln hindurch, entdeckten sie das Dorf. Auf den ersten Blick wirkte es nicht viel anders, als beim letzten Mal, dass sie es gesehen hatten. Die Gebäude waren nicht mehr als einzelne, nackte Steinwände mit halben Dächern und auf den asphaltierten Straßen lagen Schutt und andere Überbleibsel der Zerstörung.

Doch dann sah Lou Bewegungen zwischen den Ruinen.

Junge Frauen, die kleine Kinder vor sich hertrieben oder hinter sich herzogen. Männer, die mit sperrigen Maschinenpistolen Patrouille liefen. Ältere Herren und

Frauen, die in den Schatten der Berge Schutz vor der Hitze suchten und sich mit bunten Fächern Luft zufächelten.

Zwischen Sand und Stein und noch mehr Sand lebten sie, die Unbegabten. Die Jämmerlichkeit hätte Louise leid getan, hätte sie Platz für Mitleid gehabt. Noch hatte keiner von den Unbegabten sie entdeckt.

„Also. Haben wir eine Taktik?"

Alle Augen legten sich auf Lou.

Dass sie nach allem noch immer das Kommando über die Gruppe hatte, tat ihr gut. Ausnahmsweise lag einmal etwas innerhalb ihrer Kontrolle. Man verließ sich auf sie, auf ihr Einschätzungsvermögen und ihre Fähigkeiten.

Aus der Entfernung zählte Louise mindestens sieben Leute. Es konnten durchaus mehr sein. Die Siedlung war vor der Zerstörung auf etwa zweihundert Bewohner ausgelegt gewesen. Wie viele von den Häusern waren noch so intakt, dass man darin leben konnte?

„Chris, nimm du Daphne und geh auf die andere Seite. Julian kommt mit mir. Anne.", sie hielt kurz inne und lächelte dann, „Anne, mach einfach was auch immer du willst."

Anne hörte gar nicht zu, sie befand sich leicht Abseits und hatte sich mit geschlossenen Augen in den Sand gesetzt, wo sie jetzt mit ihren Fingern Mandelas malte.

Chris und Daphne nickten und waren bald darauf hinter den Bergen verschwunden. Louise und Julian schlichen sich näher an die Häuserreihen heran. Sie blieben den schwachen Sinnen der Unbegabten verborgen, geduckt und langsam im Sand hinter den Hügeln versteckt.

Sie waren nur noch wenige Meter von der ersten Straße entfernt, als einer der Männer zur Seite blickte und prüfend die Augen zusammenkniff. Er hatte ein breites Kreuz und kurz rasierte schwarze Haare. Wie auch die anderen Männer steckte er in ausgeblichenen alten Militäruniformen.

„Hey!", bellte er über die Schulter und zeigte in die Richtung, in der Anne saß und seelenruhig Mandelas malte, „Ich glaub dahinten ist was."

Neben ihm kam ein kleiner blonder Mann angetrappelt, der dem Beispiel seines Kumpels folgte und angestrengt in die Ferne glotzte, eine Hand vor der Stirn zum Schutz gegen die Sonne.

„Ein Kind? Eines von unseren?"

Louise stand nur vier, vielleicht fünf Schritte neben den beiden Männern, Julian dicht neben ihr. Beide von denen schauten direkt an ihr und Julian vorbei. Hätten sie ihren Kopf zur Seite gedreht, hätte das hässlich werden können. Taten sie aber nicht.

Von ihrem Standpunkt aus sah Lou mindestens drei weitere bewaffnete Personen und zwei Zivilisten. Sie wartete geduldig auf ihr Stichwort, ohne zu wissen, wann es kam, oder, was es war.

„Hey! Hey, du da!", schrie der Dunkelhaarige.

Anne regte sich nicht.

„Du sollst dich nicht so weit weg vom Dorf bewegen. Komm her, sofort!"

Keine Reaktion.

Die beiden Männer wagten einen Schritt nach vorne, dann noch einen. Ihre schweren Stiefel verließen den Asphalt und schoben sich durch den Sand, an Louise und Julian vorbei, ohne sie zu beachten. Sie starrten weiterhin nach vorne.

Gut.

Louise deutete Julian ihr zu folgen. Während sie sich hinter dem Rücken der Wachen weiter in die Siedlung schoben, konnte Lou aus den Augenwinkeln sehen, wie Anne aufstand. Sollte sie die beiden Idioten ruhig haben.

Aus der anderen Richtung drangen Schreie und Rufe. Daphne und Chris waren angekommen. Die beiden Männer hinter ihnen würden keine Möglichkeit mehr bekommen zu schreien.

Mehr brauchte es nicht. Der Startschuss war gefallen.

Aus allen Ecken der Siedlungen kamen Männer und Frauen, in mehr oder weniger zusammengewürfelten Uniformen. Keine davon glich einer anderen. Es waren mehr, als Louise erwartete hatte. Viel Mehr. Und dann bemerkte Louise noch etwas, worauf sie nicht vorbereitetet gewesen war. Von einigen wenigen der Menschen hier kamen magische Impulse. In einem Moment stand sie leicht verwirrt da und versuchte die Ursprünge der Magie auszumachen, im nächsten Moment wich sie mit einem schnellen Schritt zur Seite der Faust eines Angreifers aus.

Louise griff nach dem Arm des Fremden, der darauf hin nach ihrem Knie trat, welches er aber verfehlte. Sie riss ihm eine Skimaske vom Gesicht und staunte. Der Junge war hochgewachsen, konnte allerdings höchstens zwölf Jahre alt sein. Dabei war das nicht einmal das Detail, was Lou zum Staunen gebracht hatte.

„Knox?"

Der Junge vor ihr versuchte sich loszureißen, wild und stürmisch.

Schüsse flogen um sie herum. Louise zog das Kind mit sich, hinter eine Häuserwand. Dann ließ sie ihn los. Für einen Augenblick sah er sie erschrocken an, dann rannte er davon.

Knox hatte bis vor einem Jahr für Henric in der Geisterstadt als Spion gearbeitet. Henric stellte für solche Arbeiten gerne Kinder an, holte sie von der Straße und gab ihnen einen Job. Was Knox hier tat, in einem fremden Land unter Unbegabten, konnte Lou sich nicht erklären.

Wie viele Magier kämpften unter den Unbegabten? Und wozu? Wo waren sie hergekommen?

Ein blauer Blitz erhellte ihr Sichtfeld und schlug mit einem ohrenbetäubenden Rums in der Wand neben ihr ein. Sie wandte ihren Kopf und nur wenige Millimeter von ihrem Ohr entfernt war ein Loch in die Mauer geschlagen worden. Louise sah zurück nach vorne, zückte zwei schwarze Kampfmesser mit glänzenden Klingen und warf eines davon gezielt in Richtung der Silhouette, die nun versuchte zwischen zerfallenden Gebäuden zu entkommen. Sie traf. Natürlich traf sie.

Mit einem Ruck schüttelte sie die Perplexität ab, die sie befangen hatte. Dafür war nun wirklich ein unpassender Zeitpunkt. Sie lief hinüber zu dem Magier, der sie angegriffen hatte und zog ihr Messer aus seiner Brust.

Er stöhnte.

Sie stach noch einmal zu.

Er stöhnte nicht mehr.

Lou drehte sich um, bewegte sich mit leichtfüßigen Schritten und suchte Deckung hinter der nächsten Wand. Sie lehnte sich an der Deckung vorbei und versuchte einen Blick auf die Lage zu erhaschen. Leider konnte sie kaum etwas überblicken. Aufgewirbelter Staub und Sand verhinderten ihre Sicht auf alles, was weiter als ein paar Meter entfernt war. Noch immer hörte sie Schüsse und das Rattern von Gewehren.

In ihrer näheren Umgebung wirkte alles ruhig. Louise verließ ihre Deckung, erreichte das erste intakte Haus des Dorfes und öffnete die Vordertür. Nicht abgeschlossen.

Sie stand in einem großen Raum. Ein Wohnzimmer. Rechts von ihr in einer Ecke stand ein rotes Sofa, hinter dem sich zwei Kinder versteckten. Lou konnte ihre Haarschöpfe sehen. Eines mit rotem, eines mit blondem Haar. Eine Sekunde zögerte Louise, dann seufzte sie.

„Tut mir wirklich leid. Aber wir hinterlassen keine Überlebenden."

In den nächsten zwei Wohnhäusern fand sie niemanden.

Im dritten fand sie Daphne.

Daphne saß auf den Stufen eines kleinen Gebäudes, augenscheinlich verletzt. Blut tropfte von ihrer linken Schulter. Sie sah Lou und stand auf.

„Alles okay?", erkundigte Louise sich. Daphne winkte ab.

„Nichts, nur ein Kratzer. Hast du die anderen gesehen?"

Lou sah noch einmal prüfend zu Daphnes Schulter, aber es schien wirklich nicht allzu schlimm zu sein. Von draußen Drangen gerufene Befehle von der Gegenseite zu ihnen durch.

„Nein. Ist dir aufgefallen, dass die Unbegabten auch Magier bei sich..."

Eine Explosion erschütterte die Erde unter ihnen und erfüllte die Umgebung mit Schreien und Hitze. Louise eilte hinaus, Daphne hinter ihr.

Sie sahen nichts. Zu dem Sand und dem Staub kam nun Rauch hinzu, und das blendende Licht von Flammen.

„In der Mitte ist ein Marktplatz. Von dort aus haben wir einen besseren Überblick.", rief Daphne und führte Lou weiter in die Mitte des Dorfes hinein, ohne eine Antwort abzuwarten.

Um sie herum wurde gekämpft, geweint und geschrien. So hatte es nicht laufen sollen.

Sie schafften es bis zu dem Ort, den Daphne wohl mit Marktplatz gemeint hatte. Es handelte sich um eine freie Stelle von Sand und trockener Erde zwischen den Straßen und Häusern. Dort sahen sie tatsächlich Julian und Chris, die sich Seite an Seite im Nahkampf mit einigen Unbegabten befanden. Anne stand auch da, in der Mitte des Platzes und ließ die Dinge um sich herum einfach geschehen.

Sie sahen auch den Ursprung der Explosion. Stürmisches Feuer drang aus einigen der Häuser gegenüber von ihnen.

Louises Augen brannten. Sie näherte sich Anne.

Neben ihr holte eine Frau mit einer Axt aus und erwischte sie beinahe unschön am Arm. Lou fluchte, wich aus und traf die Frau mit ihrem Messer am Schienbein. Von hinten kam eine andere Frau, nicht in Uniform und packte Louise an der Hüfte um sie gewaltsam zurückzuziehen. Louise stach nach hinten und der Griff lockerte sich. Die Frau mit der Axt hatte sich Daphne zugedreht, welche ihr mit einer kleinen automatischen Pistole eine Kugel in die Seite jagte.

Louise machte einen Sprung nach vorne und stöhnte. Sie legte ihre Hand dorthin, wo man sie gepackt hatte und stolperte noch einen Schritt nach vorne. Ohne hinsehen zu müssen spürte Louise das klebrige Feucht zwischen ihren Fingern. Kurz darauf kam der Schmerz.

Dort stand sie, zwischen den halb eingestürzten

Häusern. Unter ihren Füßen die warme, trockene Erde des Marktplatzes. Sie roch das Blut. Die Hitze des Feuers erreichte sie und sie schmeckte den bitteren Geschmack von Asche.

Das Klagen von leidenden Menschen drang zu ihr durch. Weinende Kinder, schreiende Mütter.

Louise sah sich um.

Sie waren nicht nur in der Unterzahl, bei weitem. Diese Unbegabten konnten kämpfen, sie waren bewaffnet und sie hatten Magier unter sich. Die würden nicht verlieren.

„Lou, wir müssen uns zurückziehen!", hörte sie Chris schreien.

Gerade wolle Louise ihm zustimmen und den Befehl zum Rückzug geben, als es neben ihr hell aufblitzte.

Sie drehte ihren Kopf und sah wie einer der gegnerischen Magier eine weiß leuchtende Kugel hochhielt, die nun blitzte und rauschte.

Irgendwo in ihrem Verstand klickte es. Eine fremde, höhere Macht übernahm die Kontrolle über ihren Körper. Nicht das Medaillon. Nein. Es war eine instinktive Kraft. Eine, die tief aus ihr selbst drang und sie mit Beherrschung erfüllte.

Lou beugte sich hinab. Ihre blutgetränkten Hände gruben sich in den Boden.

Die Magie floss durch sie hindurch, deutlicher als jemals zuvor. Von jeder ihrer Zellen, von ihren Zehen zu ihren Haarspitzen. Die elektrisierende Energie brachte ihr Herz zum Aussetzten. Louise war sich selten so sicher gewesen, das Richtige zu tun. Sie musste nicht verstehen, was sie tat. Es reichte, wenn sie sich auf ihre eigene Kraft verlassen konnte.

Es schmerzte sie nicht, als die Magie sie verließ und aus ihren Fingerspitzen hinausströmte, die sie in die Erde gegraben hatte. Sie hörte das Chaos, roch es, schmeckte es.

Niemals zuvor waren ihre Sinne so scharf gewesen.

Die Magie tastete sich an der Erde entlang, zögerlich in der neuen Umgebung.

Lou hatte keine Angst. Die dicken schwarzen Rauchwolken huschten davon. Nah an der Erde entlang. Schnell und tödlich.

Louise sah nichts, außer den dicken schweren schwarzen Rauch. Sie konnte es dennoch fühlen.

Der Rauch breitete sich aus, verschluckte jedes Leben und erfüllte die Lungen der Feinde, auf Louises stummes Kommando hin. Er hielt den Herzschlag der Unbegabten und Magier zugleich an, so wie er auch Lous angehalten hatte. Doch im Gegensatz zu den anderen starb sie nicht.

Louise richtete sich auf, ihre Arme ausgestreckt und zum Himmel gerichtet. Dort, wo sie den Himmel vermutete. In totaler Schwärze verlor sie die Orientierung.

Die Dunkelheit störte sie nicht, die Orientierungslosigkeit tröstete sie sogar. Sie meinte zu spüren, wie ihre Füße die Erde verließen. Wie sie in die Höhe schwebte, getragen von ihrer eigenen Magie.

Ein absoluter Rausch.

Bis sie den Halt verlor.

Die Schmerzen kehrten ohne Vorwarnung zurück, das Gefühl der unerschöpflichen Macht wich. Schwäche breitete sich aus. Ein Ziehen in ihrer Magengegend rüttelte an ihren

Organen. Etwas zwang ihre Magie zurück. Etwas in ihr selbst schränkte die Macht ein, die sie freigesetzt hatte.

Und so verzog der Rauch sich, langsam.

Zu langsam.

Ihre Magie kehrte zurück, von einem unsichtbaren Mechanismus getrieben, um ihr Herz wieder zum Schlagen zu bringen. Doch sie schaffte es nicht schnell genug.

Zu schwach.

Louise stürzte zur Erde. Und es wurde still.

Jonathan

Johnathan konnte nicht schlafen.

Er drehte und wendete sich seit Stunden in seinem schmalen Bett und stierte frustriert an die Decke. Es war das erste Mal in dieser Woche, dass John nicht in seinem Büro geblieben und stattdessen zurück in sein Apartment gefahren war. Er gab das Schlafen auf.

Manchmal fragte Johnathan sich, warum er diese Wohnung nicht verkauft, niedergebrannt oder in die Luft gejagt hatte. Warum er noch in derselben verdammten Wohnung lebte, wie vor 20 Jahren. Er verließ das Schlafzimmer und wanderte durch das Wohnzimmer in die Küche.

Nichts hatte er verändert, nachdem Sebastian verstorben war. Das Klavier stand noch dort, die Bücher, das Schlafsofa, auf dem sein bester Freund geschlafen hatte und der Fernseher, auf dem Sebastian stets seine grottenschlechten Krimis angesehen hatte. Es war nicht so, das John in den letzten Jahren nicht versucht hatte, etwas davon wegzuräumen. Er konnte es einfach nicht.

Sebastian mochte tot sein, sein Wesen wandelte jedoch noch immer durch diese winzige Zweizimmerwohnung. Oder so ähnlich. Johnathan seufzte.

Müde fiel er auf einen Stuhl am Küchentisch. Was würde Sebastian nur sagen, wenn er noch hier wäre? Würde er ihn verurteilen? Ihn auslachen?

John stellte es sich vor, wie Sebastian in die Küche hinein lief. Mit einem schrägen Schmunzeln und dreckigen blonden

Haaren, die ihm in die Stirn fielen. Mit leuchtenden blauen Augen und Sommersprossen. Er stellte sich vor, wie Sebastian den Kopf schütteln würde. Wie er lachen würde.

„Diesen Gesichtsausdruck kenne ich.", würde Sebastian sagen, „Was hast du nur angestellt?"

„Wenn ich das nur wüsste.", murmelte Johnathan und betrachtete seine Hände im kalten Licht des Abends.

Die Hände, die Sebastians Leben viel zu früh beendet hatten und die Hände, die Louises Leben viel zu früh zerstört hatten. Woran lag es nur, dass alles, was John liebte, starb? Hatte er einen so zerstörerischen Drang in sich, dass er nicht anders konnte, als Menschen, die ihm vertrauten zu verletzen?

John war wütend. Wütend auf sich selbst, wütend auf Samuel, wütend auf das Medaillon und wütend auf Sebastian.

„Also ich kann da nun wirklich nichts für."

John legte seinen Kopf auf die Tischplatte.

„Verschwinde, du bist tot.", jammerte er kläglich und Sebastians Abbild verwischte, verschwand und verstummte.

Seine einzige Tochter hasste ihn. Er hatte die tiefe Abneigung in ihr gesehen, die Abneigung gemischt mit dem Mitleid, welches sie für ihren armen kranken Vater empfand. Johnathan konnte es ihr nicht verübeln. Den Vertrag aus Samuels Büro hatte er mitgenommen und zerstört, doch wen interessierte das schon? Jetzt wo das Medaillon sowieso nicht länger existierte, wo bestand schon das Opfer darin es aufzugeben?

Selbst ohne den Vertrag.

Was er Louise angetan hatte, ging weit über eine Lüge hinaus. Weit über das hinaus sogar, was Lou im Moment erblicken konnte. John hatte sich bei seinem Vater ausgeweint und sogar seinen Bruder hatte er angerufen. Nichts würde ihn retten. Es war hoffnungslos.

Johnathan konnte sich in Selbsthass und Selbstmitleid baden, so lange wie er wollte. Er saß dort wie ein Feigling, anstatt das zu tun, was er sich eigentlich geschworen hatte: Die Konsequenzen seiner Taten zu ertragen.

Sein Handy klingelte. John zog es aus der Tasche.

Stirnrunzelnd ging er ran, als der den Namen las.

„Daphne, ist alles...“

„John. Es ist Lou. Ich glaube, sie ist verletzt.“

Johnathan erhob sich schneller, als der denken konnte.

Er hatte den Flur schon erreicht, als er meinte: „Verletzt? Was ist passiert?“

„Ich bin mir ehrlich gesagt nicht sicher. Sie atmet, aber ihr Puls ist schwach. Sie ist nicht bei Bewusstsein.“

Während Daphne die Fakten runterrasselte, mit hektischen Worten und gedämpfter Stimme, nahm John all seine Kraft in Anspruch, um nicht den Kopf zu verlieren.

„Wir sind immer noch im Dorf, wir haben sie in den Schatten getragen. Sie glüht, aber wir wissen nicht, ob sie fiebrig ist oder eben nur alles hier heiß ist.“

Johnathan war auf die Straße hinausgerannt, ohne eine eigentliche Idee davon zu haben, wo er eigentlich hin wollte. Er unterdrückte seinen panischen lauten Atem, während er sprach. Daphne durfte ihm nicht anmerken, wie besorgt er war. Er war der Anführer. Derjenige, der die Ruhe bewahren musste.

„Könnt ihr sie zurück nach London bringen?“, konnte er sich selbst fragen hören.

„Wir müssten fahren, das würde uns etwa 14 Stunden kosten. Wenn wir Glück haben. Lous Zustand ist stabil, aber ich weiß nicht, wie ich es erklären soll. Sie ist nicht von Außen verletzt worden, John."

Johnathan hörte nicht zu. Wie konnte er auch?

Er sprang in sein Auto.

„Vergiss es, ich bin in etwa drei Stunden da, wenn ich einen Flug kriege. Und ich werde einen kriegen. Bleibt wo ihr seid."

Die nächsten Stunden flogen an ihm vorbei, wie ein Fiebertraum. John jagte seinen Wagen bis zum Flughafen und nahm sich den erst besten Piloten mit der erst besten Maschine, die er finden konnte.

Er erreichte das Grenzgebiet etwa zwei Stunden vor Mitternacht. Langsam aber sicher kühle es ab, in der Wüste. Künstlich war sie hier erschaffen worden, zwischen den Gebirgen und Straßen. Überall hatten die Magier Unmengen an Sand hingebracht, bis sie noch die letzte Spur der Unbegabten vergraben hatten. Oder zumindest vermutete John das.

Er war vor den Kriegen nie in Frankreich oder in Spanien gewesen.

Seine Beine schoben sich über den Sand, bis er die Siedlung entdeckte.

Chris erwartete ihn bereits, an einen Stein gelehnt. Ohne eine Begrüßung vorzugaukeln, winkte Chris ihn mit sich.

„Wir haben Louise in eines der intakten Häuser gebracht, nachdem wie das Feuer gelöscht haben."

„Das Feuer?"

Chris schwieg.

Er führte Johnathan über kaputte Steinwege und zwischen Ruinen hindurch zu einem kleinen Bungalow, das tatsächlich noch einigermaßen unversehrt aussah.

Im Inneren waren Anne, Daphne und Julian.

Und Louise natürlich, die regungslos und bleich auf dem Bett lag. Julian hatte eine Hand an ihren Kopf gelegt und redete mit leiser Stimme. Daphne stand am Fußende des Bettes mit glasigen, ausdruckslosen Augen. Anne stand am Fenster und schaute hinaus in die Nacht.

Johnathan ging zu Daphne und legte ihr eine Hand auf die Schulter. Sie zuckte.

„Was ist passiert?“

Seine Stimme war sanft, aber bestimmend. Gott sei Dank.

Sie konnten seine Angst nicht hören.

„Ich weiß es nicht.“, raunte sie tonlos, „Ich habe nichts gesehen. Louise ist getroffen worden.“

Daphne zeigte zu Lou, die einen Verband um ihre Taille gewickelt hatte.

„Wir wollten uns zurückziehen. Haben eigentlich nur noch auf ihre Befehle gewartet. Dann wurde es auf einmal dunkel.“

Daphne erzählte mit brüchiger Stimme. Johnathan unterbrach sie nicht.

„Mit der Dunkelheit kam ein Magieimpuls. So etwas habe ich noch nie erlebt. Ein so wahnsinnig intensiver Impuls. Er hat alles verschluckt. Ich habe keine Luft bekommen, konnte mich nicht bewegen. Als die Dunkelheit verschwand, verschwand auch die Magie. Und die Gegner, Magier und Unbegabte. Sie waren alle tot. Fielen zur Erde. Einfach so. Und dann... Ich habe mich nach Lou umgesehen. Und da lag sie, bewegungslos im Sand.“

John überlegte. Das ergab alles keinen Sinn, oder nur zumindest nur lückenhaft.

Würde Louise ihm sagen können, was geschehen war, wenn sie aufwachte? Er schluckte. Falls sie aufwachte?

Er näherte sich Lou, setzte sich auf das Bett und besah sie sich eingehend. Julian zog sich zurück, um ihm Platz zu machen.

Ein dünner Schweißfilm hatte sich über ihre Haut gelegt, die aus der Nähe beinahe grau war. Nicht weiß, nicht blass, nicht rein. Sondern ein kränkliches, leidendes Grau.

Johnathan legte seine Hand auf Louises Stirn und mit einem Mal, als würde ein Stromschlag sie durchfahren, klappten ihre Augen auf und sie sah ihn an.

Kapitel 8

Das Erste, was Louise auffiel, war der Schmerz.

Ein heller brennender Schmerz, der sich um ihre Stirn legte, mit einer solchen Gewalt, dass sie nach Luft schnappte und die Augen aufriss.

Dann kamen weitere Schmerzen hinzu. Drückende, lähmende Schmerzen, die sich durch ihre Gelenke zogen und sie zum Stöhnen brachten. Sie sah Schemen und nahm die Stimmen ihrer Freunde wahr. Ihr Kopf schmerzte, ihre Hüfte schmerzte und darunter schmerzte alles andere.

Louise holte Luft in großen, gierigen Zügen, ihre Brust hob und senkte sich hektisch. Sie wollte sich aufrichten, doch ihre Muskeln folgten ihrem Willen nicht.

Lou griff schleppend nach oben und spürte eine Hand, die auf ihrer Stirn lag und die sich gerade ihrem Griff entziehen wollte.

„Nein...", ächzte sie mit schwerer Zunge.

Sie drückte, so gut wie sie konnte, die Hand zurück auf ihre Stirn. Denn der grelle Schmerz, der von der fremden Hand ausging war zwar nicht verschwunden, aber das einzige, was sie bei Bewusstsein hielt.

Ihre Augenlider flogen zu. Es war zu hell. Zu laut.

Durch all den Schmerz, der zerrenden Ohnmacht, der Verwirrung und der Hitze verirrte sich ein einziger Gedanke an die Oberfläche.

Ein Wort. Ein Name.

„Mary.“, hauchte sie undeutlich. Ihre Lippen bewegten sich kaum.

Louise wusste nicht, wer Mary war oder woher sie den Namen kannte.

Trotzdem wiederholte sie ihn, als sei der Name ein Mantra. Eines, welches sie retten würde, sollte es ihr gelingen ihn nicht zu vergessen. Ein wichtiger Name.

„Mary.“, sagte sie wieder, ein wenig deutlicher, als zuvor.

Ihr Blick klärte sich ein wenig und sie sah John, dessen Hand sie immer noch umklammert hielt und der sie anstarrte, als hätte sie sich gerade vor ihm in einen Geist verwandelt.

„Was hast du gesagt?“

Lou holte Luft, um sich noch einmal zu wiederholen, aber ein heißes Stechen in ihrer Brust verwandelte ihre Worte in einen unverständlich gemurmelten Schrei. Sie krümmte sich und ließ dabei im Affekt Johnathans Hand los, die sich sogleich von ihrer Stirn löste.

Louise sank zurück auf die Matratze und schon wieder wurde es Schwarz.

Als sie zum nächsten Mal das Bewusstsein zurückerlangte, war alles etwas anders.

Zunächst war da kein Schmerz. Kein Licht, kein Geräusch. Nur ein lindes Kribbeln, ein sachtes Vibrieren, das von ihrer rechten Hand aus in ihren Körper strahlte und sie aufweckte. Langsam öffnete Lou ihre Augen. Eine angenehme Dunkelheit umfing sie. Neben ihr erkannte sie Umrisse von jemandem, der ihre Hand hielt.

„John?“

Der Schatten bewegte sich.

„Ja. Alles ist gut, ich bin hier.“

Aus irgendeinem Grund beruhigte sie das. Louise drehte ihren Kopf.

„Was...“, sie hustete leise, „Was ist passiert?“

Johnathan wischte ihr mit seiner freien Hand Schweiß von der Stirn.

Lou konnte sich daran erinnern, wie sie gekämpft hatten. Wie sie an der Seite getroffen wurde. Ihre Finger streichelten über den Verband. Wie sie sich hatten zurückziehen wollen.

Danach wurde es schwammig. Bei dem Versuch sich zu erinnern hüpfte ihr Herz und ein Keuchen entfloh ihrer Lunge.

„Schlaf, Lou. Ich erkläre es dir später.“, flüsterte Johnathan mit dünner Stimme.

Louise folgte seinem Ratschlag und schlief.

Sie träumte.

Sie träumte von einem Haus.

Ein Haus, mit einer hellblauen Fassade und weißen Fensterläden. Ein roter Kamin aus Backstein war an der Seite daran gebaut worden und die Haustür war mit buntem Milchglas besehen. Vorsichtig schob Lou die leicht geöffnete Eingangstüre ganz auf und der Geruch von süßem Apfel und bitterem Tee schlug ihr entgegen. Obwohl sie sich sicher war, dieses Haus noch niemals zuvor betreten zu haben, kam es ihr vor, als würde sie ein Stück Kindheit durchwandern. Nur eben nicht ihre eigene.

Ihre Finger fuhren an den Wänden entlang, während sie von Raum zu Raum ging. Die Umgebung war leicht verzerrt, wie in einer entfernten Erinnerung, aber heimisch. In diesem Haus musste eine kleine Familie leben, dachte Lou.

Da war ein Hochstuhl in der schlichten Küche und Spielzeuge lagen auf dem Teppichboden verteilt.

Eine Weile lang konnte sie nichts hören, außer ihren eignen Atem. Dann drang eine singende Stimme an ihr Ohr, eine weibliche Stimme.

Sie sang hübsch, auch wenn Louise die Melodie nicht erkannte.

Bald darauf hörte sie Schritte. Das leise Tippen der Schuhe auf den alten Holzplatten gliederte sich auf unvorstellbar passende Weise in den schön gesummten Reim ein.

Lou folgte dem Gesang und fand eine Wendeltreppe aus weißem Holz, die sich in einem Halbkreis ins Obergeschoss wandte.

Dort auf der Treppe stand eine junge Frau, mit schulterlangen hellblonden Locken, die sie elegant, wenn auch ein wenig altmodisch, zurückgesteckt hatte. Ihre nackten Füße waren weiß wie Porzellan und ihr schmaler Körper steckte in langen weißen Kleidern.

Mit einem traurigen Lächeln auf den Lippen sah sie Louise an, weiter ihr Lied summend. Lou war unfähig zu sprechen.

Die Frau glitt von den Stufen der Treppe hinunter zu ihr. Ihre Stimme war süß und zärtlich. Die Melodie rührend. Sie kam auf Louise zu, hüpfte von der letzten Stufe und lief noch ein paar Schritte, bis sie direkt vor Louise stand.

Erst als ihre Nasenspitze Lous fast berührte, hörte sie auf zu Summen und wisperte: „Ich war mir nicht sicher, ob irgendwann wieder jemand kommen würde, um mich zu besuchen.“

Sie streckte ihre Hand aus und strich über Lous Haar.

„Oh darling. Du hast meine Augen.“

Wie niedlich die Worte aus ihrem Mund klangen. Wie liebevoll ihr Ton war.

Eine Träne rollte Lous Wange hinab, die junge Frau wischte sie hinfort. Sie konnte höchstens Ende 20 sein.

„Ist ja gut, darling. Nicht weinen, ist ja gut."

Die schlanke Gestalt umarmte sie und hielt ihren bebenden Körper fest. Die dünnen Arme kraulten ihren Rücken, bis die Tränen versiegt waren. Umsichtig drückte die Frau sie von sich.

„Du musst mir jetzt zuhören, darling. Wir haben nicht viel Zeit und du musst meinem Sohn etwas von mir ausrichten.", bat sie flehend.

Louise nickte, nicht in der Lage der armen Frau zu sagen, dass sie nicht wusste, wer sie war oder wem sie etwas ausrichten sollte. Sie hatte die dunkle Vorahnung, dass sie es sehr wohl wusste.

„Du musst ihm sagen, dass es nicht seine Schuld ist, dass er den Fluch nicht brechen konnte. Du musst ihm sagen, dass ich in der ganzen Rechnung einen Fehler gemacht habe, dass das Fenster noch offen ist und, dass ich und er komplett falschgelegen haben. Die Schuld muss immer noch beglichen werden. Kannst du dir das merken?"

Erneut ein überfordertes Nicken.

„Gut. Du musst jetzt gehen, bevor du den Weg zurück nicht mehr findest."

Ein letztes Mal lächelte die blonde Frau, gab Lou einen Kuss auf die linke Wange und dann auf die rechte. Daraufhin war sie verschwunden, sank in den Boden und löste sich auf. Mit ihr verschwand auch das Haus. Erst die Wände, dann die Böden und schließlich war das komplette Fundament samt aller Möbelstücke fort.

Louise stand in einem Wald.

Du musst jetzt gehen, bevor du den Weg zurück nicht mehr findest.

Im Gegensatz zu dem Haus erkannte sie diesen Wald. Sie erkannte auch den Teich und die Hütte darin. Lou ging einen Schritt nach vorn. Erst trat sie auf den Waldboden, auf Äste, auf Blätter und Erde. Dann trat sie in Leere. Lou fiel. Sie schrie. Sie landete auf hartem Stein und richtete sich auf.

Danach wurden ihre Träume wilder und bewegten sich immer weiter weg von der Realität. Szenen flogen an ihr vorbei, bunt, laut, schnell und ohne Zusammenhang.

Einmal stand sie an einer Steinklippe, dann in langen, nie enden Gassen einer fremden Großstadt, dann auf einem weiten Feld. Szene nach Szene, nie genug Zeit habend, um zu verstehen, wo sie war oder warum. Bald konnte sie nur noch die Farben ihrer Umgebung ausmachen.

Grün, Blau, Grau, Gelb. Verschwommene Bilder.

Du musst jetzt gehen.

Übelkeit schlich sich in ihren Magen. Es wurde still um sie herum, aber die Stille war erdrückend, als wolle man sie zerbrechen. Sie sank auf ihre Knie.

Die Realität war weit weg. So weit weg, dass Lou sie nicht mehr erreichen konnte.

Es war kalt.

Die Kälte störte sie nicht.

Es fing an zu regnen und sie blinzelte ein paar Tropfen von ihren Wimpern. Der Regen durchnässte sie. Ertränkte sie.

Mit einem Anflug von Willensstärke blickte sie nach oben. Oder zur Seite, oder nach unten. Richtungen ergaben keinen Sinn mehr.

Eine rote Tür.

Da war eine rote Tür, über ihr. Neben ihr. Hinter ihr. Unter ihr. Was auch immer.

Du musst gehen.

Louise kroch. Sie krabbelte, zog sich am Boden entlang, oder an den Wänden entlang, oder an der Decke entlang. Auf die Tür zu. Die kleine rote Tür, die zu dem Schuppen gehörte. Würde sie im Schuppen landen? Egal.

Überall war es besser als hier, im Chaos des Nichts.

Sie war schon viel zu lange hier geblieben, sie gehörte nicht hierher. Sie musste gehen. Mit Mühe und Not erreichte Lou die Tür, griff nach dem Türknauf und stieß sie auf.

Louise erwachte. Mit einem Ruck setzte sie sich auf.

Sie war nicht mehr auf dem Bett, auf dem sie beim letzten Mal aufgewacht war. Sie lag auf einer Ledercouch. Ihr Herz pochte. Hier konnte sie nicht bleiben, Lou musste gehen. Fliehen. Rennen.

Hals über Kopf schob sie sich von der Couch, auf den Fußboden. Panisch schlug sie nach der Hand, die ihr aufhelfen wollte.

„Lou, ganz ruhig. Alles ist okay.“

Johnathans Gesicht tauchte vor ihr auf. Er nahm sie bei der Schulter und half ihr zurück auf das Sofa. Louise nahm sich nicht die Minute, die sie gebraucht hätte, um zu erkennen, wo sie war. Ohne, dass sie sagen konnte, woher die Informationen kamen, sprudelten Worte aus ihr heraus.

„Der Fluch. Sie sagt, es ist nicht deine Schuld, dass der Fluch nicht gebrochen wurde.“

In Johns Gesichtsausdruck spiegelte sich Verwirrung.

„Wessen Schuld?“, horchte John nach, „Lou, wovon redest du?“

Sie nahm sich keine Zeit um zu atmen, ihre Worte waren rastlos und zerrissen. Louise musste es ihm sagen, bevor sie sich nicht mehr nach dem Wortlaut entsinnen konnte. Sie hatte es versprochen und die junge Frau hatte so verzweifelt ausgesehen. Und mit einem Mal fiel Lou der Name wieder ein.

„Mary. Mary hat es mir gesagt."

Johnathan erstarrte. Er packte Lous Gesicht und zwang sie, ihn anzusehen.

„Was ist passiert? Was hast du gesehen?"

„Sie...", setzte Louise an und spürte, wie das Adrenalin sich verflüchtigte und nur Ermattung zurückließ.

„Sie hat es mir gesagt."

Der Rest von Johns eindringlichen Fragen drangen nicht mehr zu ihr durch. Der kurze Schub ihrer Energie war erschöpft worden und Lou sackte nach vorne, gegen Johnathans Brust und schlief ein.

Dieses Mal schlief sie ohne Träume. Keine Gespräche mit geisterhaften Wesen, die ihr ominöse Nachrichten hinterließen. Nur ruhender Schlaf.

Letztendlich öffnete Louise ihre Augen ein viertes Mal.

Sie konnte unmöglich sagen, wie viel Zeit vergangen war. Tage? Wochen? Monate? Sie fühlte sich, als hätte sie Jahre geschlafen.

Hatte sie überhaupt geschlafen? Oder war sie in Ohnmacht gefallen? Ein Koma?

Dann hätte es ihr nicht so einfach fallen sollen, aufzustehen. Lou richtete sich auf, schwang ihre Beine zur Seite bis sie festen Boden traf und erhob sich. Sonnenlicht schien durch ein Fenster und erleuchtete Johnathans Büro. Lou war alleine.

Vorsichtig ging sie ein paar Schritte. Soweit so gut.

Ihre Gelenke waren steif, aber sie hatte keine Schmerzen. Neugierig tastete sie nach ihrem Verband, nur um festzustellen, dass er war nicht mehr da war. An seiner Stelle befand sich nun eine kleine Narbe, noch nicht vollständig verheilt. Sie musste länger bewusstlos gewesen sein, als erhofft.

Louise lief hinüber zum Schreibtisch und setzte sich auf die Kante. Mit ihren Fingern strich sie über einige von Johns Zeichnung, die verteilt auf dem Holz lagen. Sie liebte seine Kunst.

Als Kind hatten seine Zeichnungen ihr manchmal Furcht eingejagt, bevor sie den Wert der Kunst hatte wertschätzen können. Die geschwungenen Linien. Die Abbilder der Gesichter und toten Körper all derer, die Johnathan ihr Leben hatten schenken müssen.

„Du bist wach."

Louise riss ihren Blick von den Traumwelten aus Schwarz und Weiß los. John stand in der Tür, eine helle Tüte in der Hand.

„Wie lange war ich weg?", wollte sie wissen.

Johnathan kam hinein und stellte die Tüte ab.

„Knapp zwei Monate."

Louise hatte so etwas in der Art geahnt. Sie fühlte sich zu ausgeruht.

„Du hättest mich früher wecken können.", stellte sie fest.

Sie hatte sich in einem magischen Koma befunden.

Nicht ganz so dramatisch wie ein echtes Koma. Man nannte es nur so, wenn der Körper eines Magiers sich nach zu hoher magischer Anstrengung in Ohnmacht floh, um Kraft zu tanken.

Theoretisch konnte man aus einem magischen Koma jederzeit geweckt werden, wenn man nicht warten wollte, bis der Körper sich von alleine wieder vollständig erholt hatte.

„Du warst wach, zwischendurch. Kurz zumindest."

Lou zog ihre Augenbrauen zusammen.

Es war nicht äußerst ungewöhnlich, dass man während eines magischen Komas aufwachte und sich nicht daran erinnerte. Die Art aber, wie Johnathan sie ansah, bereitete ihr Unbehagen.

„Was ist passiert?"

Damit meinte sie zwei Dinge.

Sie konnte sich nicht daran erinnern, was genau bei dem Kampf in der Siedlung geschehen war und auch an nichts danach. John vermied es direkt zu antworten und stellte stattdessen eine Gegenfrage.

„Sagt dir der Name Mary etwas?"

Mary? Etwas am Rande ihrer Gedanken kitzelte bei dem Namen.

Mehr war da allerdings nicht.

„Nein. Wer ist Mary?"

Johnathan reichte ihr eine Flasche Wasser aus der Tüte und stellte den Rest der Lebensmittel neben das Bücherregal. Er beugte sich hinab, weg von ihr und daher konnte sie sein Gesicht nicht sehen, als er ihr geschlagen eröffnete: „Mary war der Name meiner Mutter. Sie ist vor vielen Jahren verstorben."

Und dann huschten die Sätze wieder zurück in ihren Verstand.

Du musst ihm sagen, dass es nicht seine Schuld ist.

Als John sich wieder aufgerichtet hatte, wurde er von Louises festem Blick besehen. Sie fixierte ihn und sah für einen Moment nicht den Johnathan, den sie kannte. Sie sah nur den kleinen John, den aus der Scheune. Marys Sohn.

„Du erinnerst dich."

Tat sie das?

Lou merkte, wie ihr die Farbe aus dem Gesicht wich. Die fremde Stimme erklang in ihr, wie aus einer entfernten Erinnerung. Wie aus einem Traum. Lou griff in ihre Locken. Mary hatte die gleichen Locken gehabt, nur dass ihre von strahlendem Blond gewesen waren und nicht rabenschwarz, wie Louises.

„Ich glaube, sie hat mit mir gesprochen."

Entgegen ihrer Erwartung, sah Johnathan sie nicht an, als wäre sie verrückt geworden. Er stellte es nicht einmal in Frage, dass sie mit seiner toten Mutter geredet hatte.

Stattdessen interessierte ihn nur eines: „Was hat sie dir erzählt?"

Mary hatte ihr einiges erzählt. Nichts davon hatte einen Sinn ergeben. Sie hatte von einem Fluch gesprochen, von dem Louise John nichts verraten wollte. Sie hatte von Schuld gesprochen. Von Fehlern. Davon, falsch gelegen zu haben.

Lou zögerte. Vielleicht war der Zeitpunkt unpassend, um ihr Vertrauen in Johnathan infrage zu stellen, aber sie würde darüber nachdenken müssen, bevor sie sich entscheiden konnte, was genau sie John alles erzählen wollte.

„Du musst ihm sagen, dass es nicht seine Schuld ist, dass er den Fluch nicht brechen konnte. Du musst ihm sagen, dass ich in der ganzen Rechnung einen Fehler gemacht habe, dass das Fenster noch offen ist und, dass ich und er komplett falschgelegen haben. Die Schuld muss immer noch beglichen werden. Kannst du dir das merken?"

Das Einzige, was sie unentschlossen wiedergab, war: „Sie sagte, dass irgendetwas nicht deine Schuld ist. Irgendwas über einen Fluch. Ich glaube, ich habe das Haus gesehen, in dem du aufgewachsen bist. Es war ganz hübsch."

Ein wenig albern kam Lou sich schon dabei vor, solche sensiblen Sachen mit Johnathan zu besprechen. Seine tote Mutter hatte ihr Visionen geschickt? Wie sollte man auf so etwas reagieren? Wie war so etwas überhaupt möglich?

John hingegen wirkte nicht im geringsten peinlich berührt. Dazu war er schon bald darauf viel zu tief in beschäftigten Grübeleien versunken.

Er lief an dem Bücherregal vorbei, auf und ab, zog einige Bände hinaus und stellte sie wieder zurück.

„Aber das waren nur Träume. Nur Vorstellungen vom Unterbewusstsein. Die haben nichts zu bedeuten, oder?"

Johnathan beachtete sie nicht.

Er blieb ruckartig stehen, als wäre ihm ganz plötzlich etwas Wichtiges eingefallen. Daraufhin entschuldigte er sich, riet Louise sich weiterhin auszuruhen, drehte sich auf dem Absatz um und eilte davon.

Lou gab zu, es war alles sehr merkwürdig.

Sie hatte nichts von Mary gewusst, wie also hätte ihr Verstand diese Unterhaltung mit der toten Frau erfinden können? Doch was soll es sonst gewesen sein? Geister?

Niemals zuvor hatte sie an Geistergeschichten geglaubt, doch plötzlich schien ihr das nicht mehr ganz so abwegig zu sein.

Nach einigen Momenten des Grübelns hörte Louise jemanden den Flur entlang laufen. Es war nicht John, der zurückkam, weil er etwas vergessen hatte. Die Schritte gehörten zu hohen Absätzen.

Eine Frau erschien in der Tür, mit kurzen feuerroten Haaren, einem frechen Grinsen und einer stolzen Anzahl glitzernder Ketten, die um ihren Hals hingen.

Sie breitete ihre dünnen Arme weit aus, die in enganliegender Spitze steckten.

„Louise. Endlich darf ich dich persönlich kennenlernen, ich fühle mich geehrt."

Skeptisch rutschte Lou vom Schreibtisch, auf dem sie immer noch gesessen hatte. Sie ignorierte die Einladung zur Umarmung von der Fremden.

„Und du bist...?"

„Verzeiht mir. Ich bin Rachel. Ich bin hier, um Johnathan einen Gefallen zu tun."

Die Fremde ließ ihre Arme sinken und verbeugte sich gespielt theatralisch. Louise tastete möglichst unauffällig ihre Kleidung ab. Sie trug keine Waffe bei sich.

Rachel kicherte.

„Hat das Kind keine Pistole zum Spielen mitgebracht?"

Lou ging nicht auf das ein, was Rachel von sich gab. Im Zweifelsfalle würde sie keine Waffen brauchen, um sich zu wehren.

„Woher kennst du John?", wechselte Louise das Thema.

Sollte sie ihn anrufen? Wo war ihr Handy?

„Ach, komm schon. Nicht so ernst. Wir sind Familie, Cousinchen."

Rachel schlenderte zum Weinschrank, holte ein hohes Glas und eine grüne Flasche hervor und goss sich etwas zu trinken ein. Ihre goldenen Highheels klackten bedrohlich.

„Cousinchen?"

„Na, oder so was in der Art. Ich nehme das nicht so genau."

Irgendwie erinnerte Rachel sie an eine Schlange. Sie zischelte leicht beim Reden und ihre engen Augen leuchteten hellgrün. Gefährlich.

Rachel nippte an ihrem Wein.

„Ich habe den richtigen Zeitpunkt abgewartet. Besser als jetzt wird es nicht mehr werden. Du bist verletzt, geschwächt und alleine. Geduld ist nicht meine Stärke, aber sie zahlt sich aus. Ich hätte nicht warten müssen, bis du wach bist, aber so macht es einfach mehr Spaß, findest du nicht auch?“

Sie wollte Louise einschüchtern. Lou allerdings war höchstens überrascht darüber. Diese fremde Frau bedrohte sie, ohne scheinbaren Grund.

„Was genau willst du von mir?“

Keine Antwort nur weiteres, amüsiertes Kichern. Ein zweiter Schluck Wein.

„Weißt du, was dein Fehler ist? Du denkst, du seist die einzige von uns Beiden, der John die ein oder andere Sache über Magie beigebracht hat. Der Unterschied?“

Rachel machte eine Pause und trank.

„Dir hat er nur die langweiligen Sachen gezeigt.“

Mit einer mühelosen Bewegung griff Lou zum Schreibtisch und hob einen spitzen Brieföffner auf. Der sollte es tun. Hoffentlich mochte John diese Rachel nicht sonderlich.

Louise war sich sicher, dass ihre Gegnerin sich maßlos überschätzte. Das musste sie sich nicht länger anhören. Rachel lachte lauter, Lou hob ihren Arm, um anzugreifen.

Mit einem Schlag verschwamm die Umgebung um sie herum vor ihren Augen.

Verwirrt und überwältigt vom plötzlichen Kraftverlust sank Lou auf die Knie, die improvisierte Waffe glitt hilflos aus ihren Fingern. Ein Gefühl, als würde ihr die Luft abgeschnitten werden und schon lag sie mit dem Gesicht vor Rachels Füßen.

Rachel beugte sich zu ihr hinunter.

„Soll ich dir erklären, was passiert? Oder willst du in Stille sterben?“

Louise musste es sich einbilden, aber sie meinte es wiederzuerkennen. Den Schmerz.

Sie musste sich einbilden, wie sie die Magie spürte, die aus ihr heraus gezogen wurde, gewaltsam und quälend. So etwas war nicht möglich. Mit einem letzten aufwand von Kraft rollte sie sich auf die Seite, obwohl es ihr nicht helfen würde.

Lou konnte nichts Weiteres mehr tun als darauf zu warten, dass sie das Bewusstsein verlor. Das war alles so aus heiterem Himmel passiert. Man hatte sie überrumpelt.

Mit einem Ruck verschwand der rote Farbklecks von Rachels Haaren von der Bildfläche. Lou hörte eine laute Stimme, Wortwechsel, dann einen Schuss.

Hände griffen nach ihren Schultern und richteten sie auf.

Die Befangenheit, die Louise erschüttert hatte, verflog genauso unangekündigt, wie sie gekommen war. Der Schleier wurde beiseite gezogen und sie konnte wieder klar sehen.

John hielt sie in seinen Armen fest.

„Keine Sekunde zu früh.“, krächzte sie verhalten.

„Du hast Glück, dass mir eingefallen ist, woher ich den grässlichen Sportwagen kenne.“

Johnathan zog sie auf die Füße.

Lou sah Rachel auf dem Boden liegen. Tot, eine Schusswunde in der Brust. Ihr Blut tauchte einen großen Teil des Raumes in dunkles Rot. Louise folgte John zum Sofa und setzte sich, versuchend zu verstehen, was sich in den letzten Minuten abgespielt hatte.

„Das darf nicht zur Gewohnheit werden, dass du stirbst, sobald ich dir den Rücken zudrehe.", brummte Johnathan gereizt.

„Wie zur Hölle ist das meine Schuld? Wer ist das überhaupt?"

Sie nickte zu der Leiche.

Louise ging es schockierend gut, abgesehen von ein wenig Schwindel. John knurrte etwas Unverständliches, was, wenn Lou hätte raten müssen, etwa klang wie: „Sei froh, dass du den Rest meiner Familie nicht kennst."

Er hielt ihr eine Dose hin. Lou schraubte den Deckel ab und fand ein fein geriebenes hellgraues Pulver darin.

„Asche.", merkte Johnathan überflüssiger Weise an.

„Das sehe ich auch.", sagte Louise.

John stand auf, ging zu Rachel hinüber und zog einen langen schmalen Stab aus einer Lederlasche, die sie über ihren kaputten Strumpfhosen getragen hatte. Ein Zauberstab.

So einen kleinen sah man immer seltener. Sie waren bei Magiern vor einigen Jahren Mode gewesen, zumindest bei denjenigen, die Stäbe verwendeten. Louise dachte, vielleicht würde Johnathan ihn einstecken. Sie lag falsch. Mit einem Knirschen zerbrach er ihn und warf die beiden Hälften zurück zu Rachel.

„Was soll ich mit der Asche anfangen?"

John winkte sie an sich heran. Sie trat zu ihm.

„Ich werde dir zeigen, was Rachel dir angetan hat. Und was du dir selbst angetan hast, vor zwei Monaten. Streu die Asche um den Körper."

Lou tat wie ihr geheißen. Diese Seite von John, die belehrende Mentor Seite, hatte sie seit Jahren nicht mehr so deutlich herausgehört wie jetzt.

Als die Asche vollständig um die Leiche gestreut war, wartete Louise.

„Ich kann dir leider nur mehr oder weniger zeigen, was heute passiert ist und ich kann dir erklären, was Rachel getan hat. Was ich nicht kann, ist dir zu erklären, wie du es in Frankreich geschafft hast. Das weiß ich nicht.", erläuterte Johnathan und deutete Lou Abstand zu nehmen.

Aus einer Schublade seines Schreibtisches holte er weiße Kreide.

Er kniete sich auf den Boden und malte Symbole auf das Holz. Halbkreise, Ringe, Linien, Formen und Buchstaben. Ein paar davon erkannte Louise, die anderen benannte Johnathan, während er arbeitete. Alte Namen und Bezeichnungen, die sie kaum aussprechen konnte. Überreste von antiken Magiekünsten. Nachdem John fertig war, stand er auf und griff in seine Hosentasche um eine Packung Streichhölzer hinauszuziehen.

„Kannst du mir sagen, was passieren würde, wenn ich jetzt die Leiche in Brand setze?"

„Die Magie würde freigesetzt werden."

Keine gute Idee.

Man konnte, unter bestimmen Voraussetzungen, aus einer frischen Leiche mit magischen Ritualen Magie herauslösen. Magie war jedoch nicht dazu bestimmt getrennt vom Magier zu existieren.

Sie würde unkontrollierbar werden und unkontrollierbare Magie einer Toten wollte man nicht herumfliegen haben.

„Warum?", hakte Johnathan kritisch nach.

„Die Kraft des magischen Feuers würde sie vom Körper lösen."

John bestätigte mit einem Nicken.

„Kannst du dir vorstellen, dass so etwas in der Art auch mit einem lebenden Magier geht? Ganz ohne Feuer?"

Lou konnte es sich nicht nur vorstellen, sie hatte es erlebt. Es gespürt.

Johnathan musste ihre Antwort nicht abwarten, sie wussten es beide. Nur wusste Louise nicht, wie das möglich sein konnte. Sie hatte nie zuvor davon gehört, dass Magie sich von lebenden Magiern trennen ließ. Geschweige denn, dass sie herausgezogen werden konnte.

„Was Rachel getan hat, ist nicht mal sonderlich kompliziert. Nein, ich werde es dir nicht beibringen. Ich möchte nicht, dass du mit einer solch dunklen Seite antiker Magie rumspielst."

Lou rollte mit den Augen.

„Wirklich? Nach allem was du mir beigebracht hast? Nach dem Medaillon? Da ziehst du die Grenze?"

John nahm ein Streichholz aus der Schachtel, aber er zündete es nicht an. Er reichte es Louise.

„Das mit dem Medaillon war etwas vollkommen anderes. Und nein, heute würde ich dich auch da nicht mehr heranlassen, wenn ich die Wahl hätte. Aber das ist nun mal schon passiert. Ist aber auch völlig egal, denn was du in Frankreich getan hast ist weitaus machtvoller. Und wenn ich richtig liege, kannst du lernen es zu kontrollieren."

Bevor Johnathan ihr weiter darlegen konnte, was sie nun mit dem Streichholz tun sollte, klingelte ihr Handy. Lou tastete danach, doch es war nicht in ihrer Hosentasche. John ging hinüber zu seinem Mantel, der über der Tür hing und fischte Louises Handy aus seiner Manteltasche.

Verwundert las er den Namen vom Bildschirm.

„Nic ruft dich an?“

Ohne Kommentar nahm Lou ihm das Telefon ab und ging ran.

„Hey Nic, gibt es was?“

John beobachtete sie scharf, während sie mit Nic telefonierte. Sie störte sich nicht daran.

Louise besaß kein Interesse daran ihre Freundschaft mit ihrem Onkel geheim zu halten, nur weil es Johnathan missfallen könnte.

Wenn man es denn eine Freundschaft nennen konnte.

„Ich störe dich nicht bei etwas, oder? Ich wollte nachfragen, wie es läuft. Mit dir, mit der Schachtel und dem Medaillon.“

Nic tastete sich nach vorne, als wolle er ihre Reaktionen testen.

Lou wählte ihre Worte umsichtig, John stand immerhin direkt vor ihr.

„Ich bin nicht sehr weit gekommen.“

„Habe ich mir schon gedacht. Meine Behörde versucht den Ursprung der Schachtel zu ermitteln und eine eventuelle Verbindung zum Forschungsgegenstand, ich meine dem Medaillon, herzustellen. Das Verfahren läuft eher schleppend. Wie funktioniert die Mixtur?“

„Gut.“, Lou drehte sich von Johnathan weg und senkte ihre Stimme, „Beeindruckende Arbeit.“

Nic prustete.

„Ist mein Bruder da, oder warum flüsterst du auf einmal? Er kann ruhig mal hören, wie ich für meine Arbeit gelobt werde.“

„Ich habe ihm nichts erzählt.“, murmelte sie noch leiser und entfernte sich ein wenig von John.

„Oh, natürlich. Das solltest du auch nicht tun, wenn du mich fragst.“

Sie hatte ihn nicht gefragt.

„Hör zu Lou, meine Arbeit hier ist im Moment zwar langsam, aber durchaus relevant für dich. Ich möchte dir keine Flausen in den Kopf setzten. Ich möchte dich lediglich fragen, ob du dir nicht überlegen könntest eine Weile nach Nordamerika zu kommen und mit mir zu Arbeiten."

Etwas lauter als beabsichtigt sagte Louise: „Ich kann London nicht einfach so verlassen."

Über die Schulter guckte sie zu John, der äußerst unglücklich wirkte.

„Weil du wichtigeres zu tun hast?", höhnte Nic.

„Ja, tatsächlich."

Ein ungewollt schnippischer Unterton schlich sich in ihre Stimme.

Johnathan sah etwas weniger unglücklich aus.

„Nimm es mir nicht übel, aber das bezweifele ich."

Nic meinte es nur gut, das wusste Lou und sie war seiner Hilfe dankbar. Sie konnte aber nicht einfach alles stehen und liegen lassen, um nach Kanada davonzulaufen. Dieses Land brauchte sie.

„Und nimm es mir nicht übel, aber ich lege jetzt auf. Ich melde mich, wenn ich etwas über die Schachtel weiß."

Louise legte auf.

Sie steckte das Handy weg und hielt wieder das Streichholz hoch.

„Wo waren wir?"

„Was für eine Schachtel?", hakte John nach und Lou wog ihre Entscheidungen ab.

Sie hätte sich dafür schlagen können, dass sie vor Johnathan die Schachtel erwähnt hatte. Konnte sie ihm davon erzählen, ohne das Medaillon anzusprechen?

Er bemerkte, wie sie zögerte.

„Sollte es mich stören, dass du und mein Bruder zusammen Geheimnisse vor mir habt?"

Louise biss sich auf die Zunge, eine giftige Bemerkung über Geheimnisse herunterschluckend. Sie hatte weder die Lust noch die Ausdauer, um sich jetzt mit John zu streiten.

„Es ist nichts. Ich kümmere mich darum.", wich sie also aus.

Johnathan ließ es fallen.

Er schien das, was er mit der Leiche und dem Streichholz vorhatte weitaus interessanter zu finden. John hatte dieses Blitzen in den Augen, als er Louise näher zu sich heranzog. Dieses Blitzen, welches man immer in ihm fand, wenn er eine Idee hatte und kaum darauf warten konnte, zu sehen, ob sie funktionierte.

„Sieh auf das Streichholz. Konzentriere dich darauf."

Er griff nach ihren Armen und stellte sich hinter sie.

„Atme ein. Und aus. Konzentriere dich auf den roten Punkt vor dir. Atme ein. Werde dir klar, dass alles was du brauchst, um deine Magie zu nutzen, in dir steckt. Deine Willenskraft. Atme aus. Die Kunst der Kontrolle ist eine anstrengende... atme ein. Aber keine unmögliche."

Zunächst kam Louise sich dämlich vor. Atemübungen brachte man kleinen Kindern bei, die zum ersten Mal etwas über Magie lernten. Louise hatte gehofft die Zeiten des langsamen Atmens und Meditierens seien lange an ihr vorbeigezogen. Doch nach wenigen Sekunden merkte sie, wie sich etwas veränderte. Sie wusste nicht, ob es das war, was John erreichen wollte, aber um sie herum schien alles ein wenig dunkler zu werden.

Der rote Punkt des Streichholzes flimmerte.

Das Streichholz brannte nicht. Sie schon.

Zumindest fühlte es sich so an. Nicht in einem grauenhaften Sinne, nicht so, als würde sie verbrennen. Es tat weh, aber es tat ihr nicht auf einer physischen Ebene weh. Es war, wie eine überdehnte Sehne anzustrengen. Nur, dass es keine Sehne war, sondern ihr Geist.

Ihre Konzentration brach, als die ersten Tränen fielen. Lou senkte das Streichholz und wischte sich übers Gesicht.

„Einen Versuch war es wert.", urteilte Johnathan, „Ich hätte dir mehr Zeit lassen sollen, um dich zu erholen, aber die Leiche lag gerade hier und hat sich angeboten."

„Wir können es nochmal versuchen.", bot Louise an.

Was auch immer sie versucht hatten. John lehnte ab.

„Komm ich fahr dich nach Hause. Du solltest es langsam angehen lassen. Um Rachel kümmere ich mich später."

Sie hatte so viele ungeklärte Fragen.

Was war in Frankreich passiert? Was hatte Rachel ihr angetan? Wie hatte sie es gemacht? Warum hatte sie Johnathans tote Mutter in ihren Träumen gesehen?

Diese Fragen mussten warten.

Denn kaum waren sie eingestiegen, lehnte Lou ihren Kopf gegen die kühle Scheibe des Autos und schlief ein.

Kapitel 9

Eine unspektakuläre Woche verging.

Relativ unspektakulär. Louise hatte sich nicht länger mit den Vorfällen in Frankreich und mit Rachel beschäftigt. Sie wollte Johns Rat folgen und sich eine Pause nehmen. In dem Rahmen, in dem sie sich eine Pause nehmen durfte.

Statt also über die letzten Monate nachzudenken, wandte Lou sich wieder ihren eigentlichen Aufgaben zu. Zwischen Gesprächen mit politischen Entscheidungsträgern, täglichen Treffen mit Samuel und dem Lesen und Schreiben von Briefen verzogen sogar die Alpträume sich für eine Weile.

Das Medaillon war immer noch der Fokus ihrer Aufmerksamkeit, jedoch verhielt es sich ruhig. Genauso wie Adalar. Für eine Woche also konnte Louise meinen, es hätte sich gar nicht so viel verändert im letzten Jahr.

Der Frühling brach an. Der Schnee schmolz, die Pflanzen und Tierwelt erwachte und füllte die länger werdenden Tage mit Vogelgezwitscher und blühender Natur.

Lous Laune war dementsprechend gut. Es war Sonntagabend und sie lief durch die Straßen von London, auf dem Weg zum Versteck der ersten Söldner.

Die ersten Söldner waren eine kleine Gruppe, mit der Johnathan zusammengearbeitet hatte, schon lange bevor Louise geboren worden war. Ab und zu ließ sie sich an den Standorten ihrer Verbündeten sehen, um die Lage zu prüfen und vor allem aufgrund der aktuellen Spannungen hatte Lou den Drang gehabt, den Söldnern einen Besuch abzustatten.

Das Versteck befand sich zwischen den Ruinen der zerstörten Wohnsiedlungen, vor Samuels Viertel. Von außen wirke es wie ein weiteres heruntergekommenes und lange verlassenes Reihenhaus. Louise klopfte.

Ein Schlitz in der Tür öffnete sich.

„Dass du dich mal wieder blicken lässt.", grüßte Kyra sie.

Der Spalt schloss sich und sie hörte die Ketten der zahlreichen Schlösser klicken, bevor man sie hinein ließ.

„Ich dachte schon, sie hätten dich dran gekriegt, so lange warst du nicht hier."

Kyra lachte laut und klopfte Louise freundschaftlich auf den Rücken. Kyra war eine hochgewachsene Frau, mit schulterlangen weißen Haaren und bunten Brillengläsern.

„Mich doch nicht."

Lou folgte Kyra den Flur entlang, durch den unbenutzten Teil des Gebäudes. Hier waren die Wände kahl und die Decken löchrig. Am Ende des Flures war eine Kellertür. Kyra öffnete weitere Schlösser und Verriegelungen und bald darauf stiegen sie die Treppen in den Keller hinunter. Ein bärtiger Schrank in Lederweste öffnete ihnen die letzte Tür.

Das Kellergewölbe war riesig und wurde von baumelnden Deckenlampen beleuchtet.

Hinter einem kurzen Flur befand sich eine große Küche, die angeschlossen war an ein Esszimmer mit einer schweren Eichentafel.

An manchen Tagen konnte dieser Tisch beinahe hundert Leuten Platz bieten, jetzt aber war das Versteck relativ leer. Bis auf Kyra und Louise waren nur fünf weitere Personen anwesend, die sie flüchtig beäugten und sich dann wieder ihrem eigenen Zeug widmeten. Alle, bis auf eine.

„Meine Güte, Fesselmädchen!“

Ein Mädchen mit neon pinken Haaren und einem kurzen engen Kleid aus schwarzem Leder sprang aus einer Ecke des Raumes auf sie zu. Eine dunkle Sonnenbrille mit herzförmigen Gläsern versteckte ihre Augen.

„Chloé.“, erkannte Louise freudig überrascht, „Die Farbe steht dir.“

Chloé umarmte sie und winkte Kyra ungeduldig davon. Lou ließ sich von Chloé an eine freie Stelle des Tisches ziehen, dorthin wo man sie nicht überhören konnte, solange sie leise waren.

An der Tafel standen massive Holzstühle, auf die sie sich nun setzten.

„Was tust du in London? Blond hat dir wohl nicht lange gefallen.“

Chloé zeigte sich nur wenig gewillt Louise zuzuhören.

Chloé hörte sich viel lieber selber als andere reden, egal wessen Identität sie gerade angenommen hatte.

Es machte Lou nichts aus. Sie ließ sich gerne von Chloé unterbrechen. Sie hatte sowieso meist die interessanteren Informationen und Gerüchte mitzuteilen.

„Ach, du weißt. Man muss überall mal seine Nase reinstecken, um nichts zu verpassen und in London scheinen im Moment mehr spannende Sachen zu passieren, als sonst wo. Es sollte mich nicht schockieren, dass das meiste davon deine Schuld ist, Fesselmädchen.“

Fesselmädchen. Diesen Spitznamen würde Lou nicht so schnell loswerden, dabei war es schon Jahre her, dass Chloé sie aus Fesseln hatte retten müssen. Damals in der Wüste.

Wenn Chloé nicht aus Zufall zur richtigen Zeit am richtigen Ort gewesen wäre, wäre Louise nicht mehr am Leben, um dieses Gespräch mit ihr zu führen.

„Wie kommst du darauf, dass irgendetwas davon meine Schuld ist?"

Chloé brach in spöttisches Gelächter aus und Louise lächelte vor sich hin, wissend was Chloé denken musste. Wie konnte etwas Seltsames, was in London geschah, nicht auf Lou zurückzuführen sein?

„Ich bin nur in der Nähe, falls du meine Dienste brauchst. Will nichts verpassen, wenn alles den Bach runtergeht. Habe alle meine Karten auf dich gesetzt. Und darauf, dass du unsere Freundschaft nicht vergisst. Was auch immer du brauchst, ich bin dir loyal ergeben."

Zum Ende hin meinte Louise einen Hauch von Ironie zu hören. Sie ließ es zu.

Technisch gesehen arbeitete Chloé nicht für sie, Chloé arbeitete für niemanden. Bei jemand anderem, jemandem, der tatsächlich für sie arbeitete, hätte Lou solch sarkastische Respektlosigkeit kommentiert. Bei Chloé fand sie es charmant, denn ihre Loyalität beruhte weniger auf Hochachtung und eher auf Freundschaft.

„Wie lange bist du schon hier, bei den Söldnern?", fragte Louise nach.

„Seit etwa drei Wochen. Ist nett hier. Wenn auch langweiliger, als gedacht."

Die Söldner hatten in letzter Zeit wenig zu tun gehabt, davon war Lou ausgegangen. Sie und John waren nicht die einzigen, die der Gruppe Aufträge gaben. Die Söldner arbeiteten für jeden, der sie bezahlte und waren dementsprechend nicht die vertrauenswürdigsten Soldaten.

Vertrauenswürdiger, als die Drogenkartells und Banden mit den Samuel hin und wieder Absprachen traf waren sie allerdings schon. Alle diese Gruppen hatten sich vor dem Radar der Öffentlichkeit versteckt, seit Adalar auf der Bildfläche erschienen war.

Ein weiterer potenzieller Grund, Adalars Angebot anzunehmen. Es würde den Druck auf ihre Verbündeten verringern und der offiziellen Regierung im Kampf gegen die Kriminalität den letzten Gnadenstoß geben.

Als hätte sie ihre Gedanken gelesen erwähnte Chloé: „Ist es komisch, dass ich immer davon ausgegangen bin, einer von euch würde irgendwann Samuel den Platz streitig machen? Und dann kommt einfach ein anderer und schnappt es euch weg.“

„Wie viel weiß man über die Lage in England im Ausland?“

„Ich fürchte, da kann ich dir nicht die Neuigkeiten liefern, die du hören willst. Man hört die Gerüchte überall. Samuels Macht wird beinahe stärker angezweifelt, als die des Parlaments. Und das nicht nur außerhalb.“

Chloé nickte in Richtung einiger Söldner. Zwei Männer, die am anderen Ende des Raumes standen und sich raunend unterhielten.

Das waren schlechte Nachrichten. Natürlich, die Söldner waren Samuel gegenüber immer kritisch gewesen da sie alles ablehnten, was als halbwegs etablierte Autorität galt. Sie waren von Natur aus Rebellen. Beunruhigend. Noch hing Louises Status direkt von Samuels ab, in mehr als einer Hinsicht.

Adalar brachte den Namen zum Wackeln. Samuel gab sich entspannt. Lou viel es schwerer ihr Lächeln zu behalten. Es half auch nicht gerade, als Chloé hinzufügte: „Banden unten im Süden des Landes bewaffnen sich. In Manchester ruft Mr. Andrews seine Leute zusammen. In Bristol haben sich Nomaden-Gruppen aus Osteuropa und Deutschland niedergelassen.“

Sie umzingeln uns.

Sie bereiteten sich vor. Zum Angriff? Für den Fall, das Samuels Krone endgültig fiel?

Im Grunde stellten sich Louise drei Optionen.

Sie konnte abwarten und darauf hoffen, dass Samuel wusste, was er tat. Lou schüttelte sich. Samuel vertrauen? Das war mehr als nur unklug, das grenzte an Wahnsinn. Zu glauben, dass alles gut werden würde, weil Samuel einen Plan hatte fiel also raus.

Sie konnte ihre eigenen Truppen auf einen Krieg vorbereiten. Verbündete sammeln, Waffen aufstocken, Pläne machen. Doch warum riskieren zu verlieren, wenn man einen Krieg auch verhindern konnte?

Was sie zur dritten Option führte: Adalars Angebot anzunehmen. Säure stieg ihre Speiseröhre hoch. Adalar heiraten? Taktisch sinnvoll. Es wäre nicht das erste Mal, dass Louise sich opferte, um die Macht ihrer Leute zu sichern. Bisher war es dabei vor allem um Johnathans Macht gegangen. Jetzt sorgte Lou sich eher um sich selbst und um ihre Freunde.

„Willst du mir einen Rat geben, Chloé?“

Chloé schnalzte mit der Zunge, lehnte sich vor und grinste glücklich, wie ein kleines Kind an Weihnachten. Erwartungsvolle Freude wurde von ihrer Stimme getragen.

„Mein Rat? Wir brennen sie alle nieder und setzen dir ne hübsche Krone auf."

Louise grinste zurück. Der Ratschlag gefiel ihr.

„Alle?"

„Alle."

Ein unschöner Gedanke kam ihr.

Wenn sie Adalar heiratete, dann war ihre Macht wieder von einem verrückten Mann abhängig.

John, Samuel, Adalar.

Lou war es satt sich von ihnen abhängig machen zu müssen. Wo wären diese Leute ohne sie, von Adalar vielleicht abgesehen?

Samuel und Johnathan mochten sich fühlen, als würden sie regieren, aber machte Louise nicht eigentlich die ganze Arbeit? Sie sollte Chloés Rat folgen und sie alle in der Hölle schmoren lassen, während sie endlich den Platz einnahm, der ihr zustand.

Ihre eigene impulsive Art mischte sich mit den Machtgelüsten des Medaillons. Wie verlässlich waren ihre eigenen Pläne also noch? Louise musste sich auf wichtiges fokussieren. In kleinen Schritten denken, um nicht die Kontrolle zu verlieren.

„Du bleibst in London?", versicherte Lou sich.

„Du wirst mich hier finden.", bestätigte Chloé.

Sie wollte Chloé in der Nähe behalten. Nur für den Fall. Kleine Schritte.

Louise stand auf.

Was war als Nächstes zu tun? Was war jetzt gerade ihre höchste Priorität?

Eine Sache kam ihr in den Sinn, als sie Chloé ansah. Eine Sache, die sicherlich nicht ihr eigener Einfall war, aber einer, der das Medaillon mit einem solchen Schwung von Energie erfüllte, dass sie sich nicht dagegen wehren konnte. Sie verabschiedete sich, erst von Chloé und dann von Kyra.

Ohne genau zu wissen, was sie tat, lief sie durch die Ruinen der verlassenen Straßen. Die Sonne war bereits untergegangen und hatte nur einen einzelnen orangen Streifen zwischen den Wolken hinterlassen, der auch bald in der Dunkelheit zu verschwinden drohte.

Die Woche endete, die letzten Stunden des Sonntages liefen ab. Lou hatte eine gute Woche hinter sich.

Eine normale Woche. Eine langweilige Woche. Ihr Körper hatte sich ausruhen müssen und ihre Magie hatte sich ausruhen müssen, nachdem, was in Frankreich passiert war. Nur was war eigentlich in Frankreich passiert? Mit Johnathan hatte sie in der letzten Woche nicht gesprochen, nicht seitdem er sie nach Hause gebracht und in ihr Bett getragen hatte.

Wenn ich richtig liege, kannst du lernen es zu kontrollieren.

Lou war angekommen. Sie blieb stehen und befand sich in einem Wald.

Sie hatte nicht mitbekommen, wie ihre Füße sie hergetragen hatten. Sie wusste dennoch wo sie war.

Absolute Dunkelheit umgab den Wald, die Baumkronen verschluckten jegliches Mondlicht, welches die Umgebung hätte erhellen können.

Louise setzte sich auf den Erdboden. Atmete ein und aus, ihren Instinkten folgend. Ihre Augenlider schlossen sich flatternd, ohne das Louise es aufhalten konnte. Gänzlich erstarrt saß sie da und atmete die frische Nachtluft ein und aus.

Ihre Handflächen legten sich neben ihr auf das Laub und den Dreck des Waldes. Sie musste nichts sehen, es reichte zu erkennen. Obwohl es dunkel war und ihre Augen geschlossen blieben, erkannte sie Licht. Kein sichtbares Licht, keines was ihre eigenen Sinne hätten wahrnehmen können.

Licht in Form von nicht sichtbarer Energie. Erst schwach, dann immer deutlicher. Waren es Magieimpulse, die sie spürte?

Jede einzelne Zelle hier in diesem Wald gab Energie ab.

Eine magische Energie. Eine, die so gering war, dass sie niemals hätte ins Gewicht fallen dürfen. Lou musste es sich also einbilden.

Sich einbilden, wie sie jede Bewegung jedes einzelnen Atoms spürte. Wie sie die Schritte spürte, die Magier durch diese Wälder gemacht hatten und wie sie ihre Stimmen hörte. Ihr Lachen.

Wie sie in den Bäumen spürte, wie sie wuchsen. Wie sie erschaffen worden waren.

Ihre Augen waren immer noch geschlossen. Sie musste sie nicht öffnen, wo sie doch alles um sich herum wahrnehmen konnte. Selbst wenn Louise es gewollt hätte, sie hätte nicht gewusst, wie sie ihre Augen öffnen sollte. Sie konnte es nicht. Auch die anderen Teile ihres Körpers konnte sie nicht bewegen.

Sie meinte dieses Gefühl zu erkennen. Lou konnte sich nicht erinnern, woher sie es kannte. Unwichtig.

Der Wald war hell erleuchtet.

Die Dunkelheit der Nacht war noch da, aber solch weltlichen Perspektiven wurden irrelevant. Die Energie leuchtete so hell, Louise erkannte die tanzenden Schatten hinter ihren Lidern. Ein weiterer Atemzug.

Kein Zerren, kein Reißen. Unverlangt floss die Magie durch ihre Adern, zu ihren Händen und drang hinaus in die Welt. Kein schwarzer Rauch, kein Schmerz.

Ihre Magie tastete sich durch die Erde, an den Energieströmen entlang zu den Pflanzen und weiter hinaus in die Fernen der Natur. Spielend leicht wanderte die Magie durch die Umgebung und hüpfte, nicht zwischen weltlichen Objekten, sondern zwischen den Spuren der Impulse hin und her.

Dann schnürte etwas ihr die Kehle zu.

Eine äußere Energie, die eindeutig nicht zu ihr gehörte, hielt sie auf. Als würde ein Gummiband zurückflutschen, mit gewaltiger Kraft.

Eine Hand, die sie zurückschubste. Sie festhielt.

Und als das Gummiband und damit ihre eigene Magie wieder zu ihr zurückgezwungen wurde, traf sie Louise mit aller Härte.

Ein Schlag in ihre Magengrube. Eine Faust in ihrem Gesicht.

Kraftlos sank Louise auf dem Waldboden zusammen.

Kapitel 10

Die ersten Sonnenstrahlen des Tages weckten Lou.

Sie lag mit dem Gesicht auf der Erde. Qualvoll klagend richtete sie sich auf. Ihr Rücken und ihr Nacken hatten die Nacht auf dem Boden nicht gut vertragen. Ihr war kalt und ihre Finger waren taub. Louise lehnte sich an einen Baum, streckte sich und nahm sich eine Minute.

Als sie ihre Finger wieder bewegen konnte, fischte sie nach dem Handy in ihrer Jackentasche um John anzurufen.

„John? Kannst du mich in der alten Hütte treffen?"

Johnathan gähnte verschlafen.

„In der Hütte? Jetzt? So früh am Morgen? Na gut, gib mir ein paar Minuten."

Während Lou sich auf den Weg zur Hütte durch den Wald machte, erreichten sie einige Erkenntnisse. Was auch immer sie in Frankreich getan hatte, sie konnte es wieder tun. Allerdings konnte sie es nicht kontrollieren, da sie nicht genau wusste, wie sie es getan hatte. Johnathan hingegen wusste mehr darüber, als er zugeben wollte.

Alle Gesetze und alle Regeln, die sie jemals über Magie gelernt hatte, wurden infrage gestellt. Wo da das Medaillon reinpasste, konnte sie noch nicht sagen.

Sie erreichte die Hütte schnell, stieg über die quietschenden Holzlatten und setzte sich in die Küche um auf John zu warten.

Er kam bald darauf herein, mit ungekämmten Haaren und Müdigkeit in der Stimme.

„Guten Morgen. Was ist denn mit dir passiert?"

Er lief hinüber zum alten Wasserkocher, spülte ihn im Waschbecken aus und durchsuchte die Schränke nach etwas von dem Louise ausging, dass es Kaffeepulver war.

Sie klopfte sich getrockneten Schmutz von der Kleidung und der Haut, zog sich ein paar kleine Äste aus den Haaren und erwiderte: „Das wollte ich eigentlich dich fragen."

„Mich? Na gut, dann frag mich."

Johnathan zog eine Schale aus einem der Hängeschränke und kippte das dunkelbraune Pulver in eine Tasse, bevor er den Wasserkocher anschaltete. Unwillkürlich dachte Lou an Julian und an seine Anmerkung. Hatte sie die Liebe für Kaffee von John geerbt?

John lehnte sich gegen die Arbeitsplatte, verschränkte seine Arme vor der Brust und sah sie wartend an.

„Du weißt etwas. Über Mary und über das, was ich in Frankreich getan habe."

Sie schluckte ihre eigenen Worte hinunter bevor sie und über das Medaillon dahinter schieben konnte. Johnathan überlegte. Er goss kochendes Wasser zu dem Pulver und verrührte das grauenhafte Gebräu mit einem Löffel.

„Wollen wir wirklich darum spielen, wer die meisten Geheimnisse hat? Ich glaube, das könntest du verlieren."

Louise hatte nicht erwartet, Ärger in John zu finden. Was hatte *sie* bloß getan?

Und wie hatte er es geschafft das Gespräch innerhalb eines Satzes so zu drehen, dass sie Schuldgefühle bekam? Er war es doch, der etwas über sie wusste und es ihr verschwieg.

Das einzige Geheimnis, welches sie vor ihm verbarg, war...

„Du willst wissen, was ich weiß. Okay."

Johnathan setze sich zu ihr an den Tisch.

„Als ich in Frankreich ankam, hatte ich keine Ahnung. Ich war so dumm. So unfassbar frustrierend dämlich. Selbst, als ich meine Hand auf deine Stirn gelegt habe und du aufgewacht bist. Selbst, als ich gemerkt habe, wie die Magie floss. Von mir zu dir. Ich gehe davon aus, dass so etwas nur bei kompatibler Magie möglich ist. Ähnlich wie bei Blutgruppen oder so. Das ist bisher nur eine Vermutung"

Lou hob ihre Hand halb, im Ansatz ihn zu unterbrechen. Doch John hörte gar nicht mehr damit auf, wilde Behauptung an unmögliche wirkende Ausführungen zu knüpfen.

„Ich gehe außerdem davon aus, dass es einen Auslöser gegeben hat. Etwas, das deine Magie aus meinem Schutzkreis befreit hat. Ich gehe auch davon aus, dass du nur wegen meines Schutzes überlebt hast. Also an dieser Stelle, gern geschehen. Deswegen hast du mich wohl hergeholt? Darf ich zu Ende sprechen, bevor du mir an die Kehle springst?"

Johnathan nahm einen Schluck und verzog das Gesicht.

Es kostete Lou einiges an Willenskraft, um stumm zu bleiben und ihre Fragen zurückzuhalten. Sie hatte John hergeholt, weil sie am Abend zuvor gemerkt hatte, wie irgendetwas ihre Magie zurückgehalten hatte und sie davon ausgegangen war, dass dies auf Johnathans Konto ging. Sie schien richtig gelegen zu haben. Der Rest der Geschichte war ihr absolut rätselhaft.

„Als ich sechs Jahre alt war, habe ich angefangen mit schwarzer Magie zu experimentieren. Meine unkontrollierte Magie hat drei Menschen, bei drei unterschiedlichen

Gelegenheiten, das Leben gekostet. Ich habe dich kennengelernt und sofort erkannt, wie mächtig deine Magie ist. Also habe ich dich mit einem Schutzzauber belegt, der die Magie zurückhalten sollte, im Notfall. Offensichtlich funktioniert er noch und du wurdest von Erfahrungen verschont, die ich machen musste. Wie du sicherlich schon weißt, hat die Magie deinen Körper verlassen und ist, dank meines Zaubers, zurückgekehrt. In Frankreich wärst du gestorben, hätte ich nicht herausgefunden, dass ich dir einen Teil meiner Magie geben konnte. Du siehst, deine Magie ist nicht vollständig zu dir zurückgekommen und sie hat sich zwar in dir regeneriert, aber nur äußerst langsam."

Louise hütete sich etwas zu sagen, bis sie sich sicher sein konnte, dass John mit seinem kleinen Monolog fertig war.

Den Auslöser, den Johnathan erwähnt hatte, schob sie auf das Medaillon. Machte es sie stärker? Inwiefern genau nahm es Einfluss auf ihre Magie?

„Sollte das alles nicht vollkommen ausgeschlossen sein? Magie, die den Körper verlässt? Schutzzauber auf einen Magier anwenden? Magie auf jemand anderen übertragen?"

Sie dachte zurück an die leuchtenden Runen auf ihrer Haut, damals. In einer Zeit, bevor sie das Medaillon an ihrer Seite gehabt hatte. Jemand hatte sich ihrer Magie bedient. War es das, was auch Rachel getan hatte? Wenn all das stimmte, wie war Louise ihr ganzes Leben davon ausgegangen, dass solche Dinge außerhalb der Möglichkeiten von Magie lagen?

John nickte: „Ja, sollte es. Offenbar ist es das nicht. Es gibt Dinge, Geschichten und Legenden, von denen ich dir nie etwas erzählt habe und es gibt Formen von Magie, mit denen du nicht herumspielen solltest. Meine Bemühungen, dich von so etwas fernzuhalten sind zum Scheitern verurteilt. Hält mich nicht davon ab, es zu versuchen. Und jetzt bist du dran."

Johnathan legte eine Pause ein, fixierte Lou mit seinem Blick und seufzte.

„Willst du es mir so sagen, oder soll ich einfach zugeben, dass ich es schon weiß?"

In ihrer Brust klopfte ihr Herz ein wenig lauter.

Sie hing an der Hoffnung, dass sie sich irrte und John über etwas vollkommen anderes redete.

„Dass du was weißt?"

„Na schön, dann halt der lange Weg.", verkündete Johnathan so, als hätte er sich gewünscht die Unterhaltung abkürzen zu können, „Es ist mir erst nicht aufgefallen, sogar dann nicht, als ich dich untersucht habe, während du bewusstlos warst. Natürlich ist es mir viel zu spät eingefallen. Die Magie, die Art, wie sie verwendet wurde. Das kam mir alles irgendwie bekannt vor. Der Groschen ist gefallen, übrigens, nachdem ich mich um Rachels Leiche gekümmert hatte. Hat unschöne Erinnerungen aufgebracht. Aber ich sollte wohl dankbar dafür sein, weil mir eingefallen ist, dass ich bei dir nicht zum ersten Mal gesehen habe, dass Magie sich so untypisch verhält. Willst du erraten, wo ich das zuletzt beobachtet habe?"

Ohne darüber nachzudenken, stand Louise auf.

Sie dachte nicht über Mary nach, die sie gebeten hatte, John Informationen zu übermitteln und sie dachte nicht über Nic nach, der ihr das Gegenteil geraten hatte. In diesem Augenblick konnte sie in Johnathan nur eines erkennen: Eine Bedrohung.

Er regte sich nicht, als sie an die Wand der Küche zurückwich.

„Ich sehe, meine Vermutung stimmt.", stellte er bloß fest, ganz ohne Wertung. Ohne Urteil.

Lous Hände griffen zitternd hinter sich ohne, dass ihr bewusst war, wonach sie suchte. Hatte sie etwa Angst vor Johnathan?

Nein.

Sie hatte Angst davor, dass er versuchen könnte es ihr zu nehmen. Ihr das einzige wegzunehmen, was von Bedeutung war.

Er blieb sitzen, wie die Ruhe selbst, während Louise sich an ihrem wilden Atem verschluckte und hustete. Johns Augen folgten ihr. Trauer schwamm in ihnen.

Wie konnte ich es nur zulassen?, sagten sie, *Was ist nur aus dir geworden?*

Lou zwang sich zur Selbstbeherrschung.

Für eine Weile stand sie da, verzweifelt und niedergeschlagen.

„Was ist mit Mary?"

Irgendwo herkam diese Frage, aus den Tiefen ihres Verstandes. Wie gerne sie einfach das Thema wechseln wollte, zu etwas, was ihre Schläfen nicht zum Pochen brachte.

„Das ist eine längere Geschichte. Eine, von der ich nur die Hälfte kenne."

Johnathan machte eine Handbewegung und deutete ihr, sich wieder zu setzen. Unentschlossen näherte sie sich ihm und nahm Platz.

Behutsam fuhr er fort: „Entgegen dem Glauben meines Vaters und meines Bruders, ist meine Mutter nicht an der Seuche verstorben. Sie war Magierin, eine ziemlich talentierte sogar. Was sogar ich erst viel später herausgefunden habe. Ihr Tod war merkwürdig, auf mehr als eine Weise. Ich denke nicht, dass sie vorhatte, so früh zu sterben. Etwas muss schiefgelaufen sein. Die Vision, die du von ihr gesehen hast, kann ich mir nicht erklären. Aber ich glaube dir. Ich habe so etwas in der Art auch gemacht. Früher. Mit sehr viel mehr Aufwand, allerdings."

Louise hörte ihm zu, doch nicht vieles von der Geschichte kam tatsächlich bei ihr an. Ihr Verstand sprang von einem zum nächsten Einfall und schließlich sagte sie, ohne zu ahnen, wie sie darauf gekommen war: „Adalar hat mir seine Hand zur Ehe angeboten."

Und noch ohne, dass John die Chance hatte zu antworten ergänzte sie: „Und ich denke, ich werde annehmen."

Erst nachdem sie es ausgesprochen hatte, realisierte Lou, dass sie es auch so meinte. Wann hatte sie sich dazu entschieden? Zwischen Chloés Berichten und der Nacht auf dem Waldboden? Davor? Schon, als ihr das Angebot zum ersten Mal gemacht worden war? Oder erst in dieser Sekunde, in der sie Johnathan ansah und sich etwas in ihr veränderte?

„Wie bitte?"

„Ich werde Adalar heiraten."

Sie stand hinter dieser Entscheidung. Auch dann noch, als sie den Schock und die Ablehnung von John vernahm. Es gefiel ihr doch auch nicht. Aber wenn interessierte das schon? Wie lächerlich.

Wie dämlich würde sie sich fühlen, wenn sie das Schicksal des Landes riskierte, nur weil es ihr nicht gefiel Adalar zu heiraten?

Taktisch war es der einzige Entschluss, der sinnvoll war. Ihre Prioritäten durften nicht durcheinander geraten. Sie musste der Verantwortung gerecht werden, die ihr, wenn auch unfreiwillig, zuteil wurde.

Der fremde alte Mann kam ihr in den Sinn.

Hing vielleicht nicht nur die Zukunft Englands, sondern auch die der gesamten Menschheit an ihren Entscheidungen? Sollte das stimmen musste sie erst recht ihre Position ausbauen. Als Königin wäre sie zunächst von Adalar abhängig, was ihr missfiel. Trotzdem würde sie von jener Stellung aus mehr Möglichkeiten haben. Mehr Freiheiten und mehr Macht. Macht, die sie einsetzen konnte, um endlich tun zu können was sie für richtig hielt.

„Bist du noch ganz bei Trost? Lou ist dir klar… Ist dir klar, was für ein politisches Fiasko das geben wird? Mal abgesehen davon, dass dieser Mann mir eine höllische Angst einjagt. Wer weiß, was er dir antun könnte?"

Zweifel, die auch in Louise aufgekommen waren.

Warum hatte Adalar ihr die Ehe angeboten? Welchen Vorteil erhoffte er sich davon? Fragen, die Furcht bei ihr auslösten und offenbar auch bei John. Dabei wusste Johnathan noch gar nichts von der Nacht, die sie bereits mit Adalar verbracht hatte. An die sie sich nicht erinnerte.

Die politischen Vor- und Nachteile hatte sie abgewogen. Mit ihrer Aktion würde sie sich Samuel potenziell zum Feind machen und somit auch alle Verbündeten, die ihn unterstützten, sollte es Lou nicht gelingen Abmachungen mit ihnen zu schließen.

Was sie wieder zu der alles umfassenden Frage zurückführte: Wie viel politische Macht besaß Samuel? Wenn man den Palast, das Gold, die Kostüme und die rätselhaften Aussagen strich? Wo stand er dann? Dasselbe Dilemma eröffnete sich genauso bei Adalar. Hatte er wirkliche Macht oder nur eine hübsche Krone?

Lou würde es herausfinden. Das Risiko war es wert.

Johnathan hatte das Militär des Landes unter seiner Kontrolle, das war ein nicht unwichtiger Punkt. John konnte sie so oder so auf ihrer Seite zählen, oder etwa nicht?

„Ich bin mir der Risiken bewusst, ja. Ich bin nicht töricht und dumm bin ich auch nicht.", erklärte Louise, die Unruhe der letzten Minuten unterdrückend.

„Das habe ich nie behauptet.", machte Johnathan klar, „Ich stelle nur infrage, wie gut dein allgemeines Urteilsvermögen im Moment ist."

Etwas an der Art wie Johnathan das sagte, störte sie. Er war freundlich und gelassen, aber kalt. Fast, als sei er wütend auf sie. Plötzlich fühlte sie sich sehr unwohl in seiner Anwesenheit und Lou bekämpfte den Drang zugehen. Die Blöße wollte sie sich nicht vor ihm geben.

„Die letzten Monate waren anstrengend und chaotisch. Ehrlich gesagt, weiß ich nicht mehr, was ich denken soll. Aber einfach abzuwarten und zu hoffen, dass Samuel die Situation schon regeln wird ist kein wirklich guter Plan. Irgendetwas muss ich tun."

John lehnte sich in seinem Stuhl zurück.

„Das ist das erste Mal in deinem Leben, dass du dich direkten Befehlen widersetzt. Du wirst wirklich erwachsen, so scheint es."

So hatte Lou es noch nicht betrachtet.

Vor einem Jahr noch wäre sie auf Johnathans Befehl hin die tiefste Klippe hinuntergesprungen. Mittlerweile war sie sich sicher, nicht mehr auf seine Meinung hören zu wollen. Nicht, wenn sie glaubte es besser zu wissen und in diesem Fall wusste sie es einfach besser. Wo hatte Johns Vertrauen auf Samuel ihn hingeführt? Nicht zum Medaillon jedenfalls.

Früher hatte sie gedacht, es wäre Johnathans Weisheit, die sie im Leben weit bringen würde. Alleine schien sie es jedoch sehr viel weiter zu schaffen.

Wenn sie so darüber nachdachte, wusste sie nicht viel mehr über Johns Wünsche und Ziele, als sie über Samuels wusste. Wer war dieser Mann, der sie aufgezogen hatte?

„So scheint es.“, bekräftigte Louise.

John gab sich geschlagen. Leicht hoffnungslos warf er seine Hände in die Luft und erhob sich.

„Dann tu, was du nicht lassen kannst. Erwarte allerdings nicht, dass ich dabei zusehen werde.“

Er ging zur Tür, blieb in der Tür stehen und drehte sich noch einmal zurück zu Lou um.

„Wenn du etwas brauchst, oder meine Hilfe annehmen möchtest, weißt du wo du mich findest. Ich wünsche mir nur das Beste für dich, Lou.“

Damit war er verschwunden.

Eine so glatte Lüge hatte sie selten von John gehört. Das war nicht länger wichtig.

Ein Schritt nach dem anderen. Kleine Gedanken. Sie sollte die anderen über ihren Entschluss informieren und dann sollte sie ein paar Dinge regeln, bevor sie Adalar informierte. Ihre Verbündeten abklappern, versuchen Abmachungen herauszuschlagen und gleichzeitig Samuel in Sicherheit wiegen.

Eine Abmachung mit Johnathan erübrigte sich wohl. Oder etwa nicht?

Würde seine Loyalität zu Samuel über die Zuneigung zu ihr gewinnen? Louise konnte darauf nicht mit absoluter

Sicherheit eine Antwort geben und das machte ihr Angst.

Sie verwarf den Gedanken. Die Anderen informieren. Kleine Schritte machen, anstatt zuzulassen, dass ihr Verstand sich in einer verwirrten Spirale verfing.

Zunächst jedoch sollte sie duschen. Der Schmutz der Nacht klebte an ihr.

Von der Küche aus ging sie also in den Flur und stieg dann die wackeligen Holzstufen in den zweiten Stock hinauf.

Hier in diesen Räumen war sie seit drei, vielleicht vier Jahren nicht mehr gewesen. Es befanden sich drei Räume auf dieser Etage. Um das Badezimmer zu erreichen, musste Lou den alten Schlafsaal durchqueren.

Fünf Himmelbetten, ein bunter runder Teppich und ein hohes Fenster gegenüber der Tür.

Es war schwierig nicht nostalgisch zu werden. Hier hatten sie immerhin fast fünf Jahre lang gelebt. In dem Alter, indem John befunden hatte, sie seien zu alt um bei Frank zu wohnen, aber nicht alt genug um alleine zu sein.

Da waren die Malereien, die Anne auf die Wände gekritzelt hatte. Der Brandfleck im Vorhang von Chris' Himmelbett. Risse in der Tapete. Das Loch in der Tür zum Badezimmer. Der Sprung in der Fensterscheibe.

Trotzdem wirkte es, als hätte jemand aufgeräumt. Keine Kleidung, kein Spielzeug und kein Geschirr lag herum. Sogar die Betten waren gemacht.

Louise fand Handtücher im Badezimmer und frische Kleidung in einer Kommode. Mit etwas Hoffnung würde sie in einige Sachen noch hineinpassen. Zwar stand in der Dusche keine Seife, aber das warme Wasser reichte, um die Reste der Erde und Pflanzen aus ihrem Haar und von ihrem Körper zu waschen.

Danach zwängte sie sich in ein buntes Wollkleid, welches ihr damals bis zu den Schienbeinen gegangen war und heute knapp über ihren Knien endete. Ein Geschenk von Johnathan.

Lou stieg die Treppe hinunter und kehrte in die Küche zurück. Dort fand sie Anne, die mit dem Rücken zu ihr Stand und hinauf zur Wanduhr blickte.

„Hallo Anne. Hast du den anderen Bescheid gesagt?"

Ohne sich ihr zuzuwenden, sagte Anne: „Sie werden in fünf Minuten alle hier sein."

Anne trug auch ein Kleid, ein Sommerkleid mit schwarzweißen Streifen und einem Rückenausschnitt. Ihre Haut war weiß, wie Marmor. Wenn sie still stand, so wie jetzt, konnte man glauben sie sei eine Porzellanpuppe. Ihre langen schwarzen Strähnen waren in einen Zopf geflochten und ihre Füße steckten in rosaroten flachen Sandalen.

Während Louise leicht fror und sich eine Gänsehaut über ihrer feuchten Haut ausbreitete, hätte Anne genauso gut in einem Schneesturm stehen können, ohne eine Regung von sich zu geben. Lou lief von hinten an Anne heran und zog sie in einer festen Umarmung an sich.

Anne kannte sie länger, als jeder andere Mensch in ihrem Leben. Länger, als Lou zurückdenken konnte. Und nach all den Jahren, war sie immer noch da. Die eine Konstante, die ihr Halt gewährte.

Sie wusste nicht, was Anne war. Warum ihre Augen silbern leuchteten, ohne eine Pupille zu zeigen. Warum sie magische Kräfte besaß, die sie noch nie bei einer anderen Person gesehen hatte. Anne wusste es selber nicht. Trotz allem glaube

Lou, dass sie Anne besser kannte als sonst jemand und, dass dieser Umstand auf Gegenseitigkeit beruhte.

Louise löste sich von Anne und sie drehte sich zu ihr um.

„Du wirst schön aussehen. Mit einer Krone.", lächelte Anne freundlich und legte mit ihren schmalen Fingern Lous Locken zurecht.

Lou lächelte zurück und senkte ihren Kopf.

„Eine Krone?"

Louise blickte zur Tür und sah Daphne, die hereingekommen war und sie nun skeptisch anstarrte.

„Du bist zu früh.", begrüßte Anne sie, „Ganze drei Minuten."

Daphne ignorierte Anne und hob eine Augenbraue. Ihre langen Nägel glitzerten im Licht der Tagessonne. Ihre goldenen Haare leuchteten hell, ihre grünen Augen glänzten. Die weiße Handtasche, die um ihre Schulter geschlungen war, blitzte. Mit einem Mal wurde es ein wenig heller in der kleinen Küche.

„Eine Krone? Lou, eine Krone?"

Lou bat Daphne sich zu setzen. Vergeblich.

Daphne urteilte: „Dafür brauche ich Wein.", ging und kam kurz darauf mit zwei gefüllten Weingläsern aus dem Wohnzimmer wieder. Eines reichte sie Louise.

„Ich bin davon ausgegangen, dass du keinen Wein willst, Anne?"

Anne schüttelte den Kopf und sah wieder zur Uhr. Daphne und Louise setzten sich.

„Wir haben Wein im Wohnzimmer?", fragte Lou und nippte.

Daphne nahm einen Schluck und grinste.

„John hat überall Alkohol versteckt. Man muss nur wissen wo."

Louise zupfte den engen Ärmel ihres Kleides zurecht.

Der Wein, das Kleid, die Hütte. Nichts davon wäre

ohne Johnathan jetzt hier. Abgesehen davon wäre ohnehin niemanden von ihnen jetzt hier. Lou wäre... Ja, wo eigentlich? Bei ihrer Familie? Alleine? Tot?

In jedem Fall besser dran, als in diesem Augenblick.

Louise trank ihren Wein und schwieg. Ihre Stimmung war ungewohnt düster.

„Du wirst das Angebot also annehmen?", hakte Daphne nach, die Stille durchbrechend.

Lou öffnete den Mund um zu antworten, als hinter Daphne Julian und Chris in die Küche kamen. Julian kam auf sie zu, gab ihr einen Kuss und setzte sich neben sie. Chris blickte stehend auf sie herab.

„Was, ich kriege keinen Wein?"

„Unter dem Sofa ist eine Diele locker. Bedien dich.", schickte Daphne ihn fort und Chris kam kurz darauf mit einer roten Flasche zurück.

Lou wurde seltsam ruhig. Sie atmete durch und nahm sich eine Minute, um sich zu sammeln. Sie schwenkte den Wein in ihrem Glas und leerte es.

Sie fühlte sich schlecht, dafür, wie sie mit John gesprochen hatte. So viele verwirrende Dinge offenbarten sich um sie herum und mit jedem Geheimnis, welches sie löste, kamen fünf neue dazu. Mit den meisten davon wusste sie nichts anzufangen und dennoch kam Louise nicht von ihnen los. Julian hatte einen Arm um sie gelegt, Lou lehnte sich an ihn an.

„Danke Daphne. Das wird es einfacher machen.", sagte sie, als sie erkannte, was Daphne ihr in den Wein gemischt hatte.

Daphne grinste nur etwas breiter.

Sie sammelten sich alle um den Tisch herum und Lou fing ohne Umschweife an.

„Ich habe mich dazu entschieden, Adalars Angebot anzunehmen und ihn zu heiraten.“

Erst in der Sekunde, in der diese Worte aus ihr herauskamen, erkannte sie, dass sie einen Fehler gemacht hatte. Louise biss sich auf die Zunge, aber es war zu spät. Zu spät um es rückgängig zu machen. Die Erkenntnis, dass sie zuerst mit Julian hätte reden müssen war zwar löblich, aber nicht mehr hilfreich.

Der Widerspruch kam schnell und hitzig.

„Du wirst was?“, prustete Chris und spukte Rotwein über den Tisch.

„Lou, ich bin mir nicht…“

Daphne wurde unterbrochen von Julian, der knurrte: „Das meinst du nicht ernst.“

Louise ließ die Rufe auf sich einprasseln.

„Das kann sie nicht ernst meinen.“, stimme Chris zu.

„Ich fürchte, sie meint es sehr ernst.“

Daphne schluckte leise und ihre Augen brannten sich in Lous, die nur zurückstarrte. Anders als die Jungs wurde sie nicht wütend. Ihr Ausdruck blieb neutral. Lou war nicht naiv genug, um das als Unterstützung zu interpretieren. Daphne konnte die Idee der Hochzeit unmöglich gefallen, jedoch verstand sie wahrscheinlich, wie unumgänglich diese Entscheidung gewesen war.

„Lou, sag mir, dass du es nicht tun wirst.“

Sie löste sich von Daphnes Blick und sah zur Seite, zu Julian, der sie angesprochen hatte.

„Es ist die einzig sinnvolle Sache, die ich tun kann. Zwischen John und Samuel weiß ich nicht, wem ich weniger vertraue. Von einer anderen Position aus haben wir mehr Sicherheit.“

„Wir?"

Chris hatte sich die roten Tropen vom Kinn gewischt und warf trotzig ein: „Das hat nichts mit uns zu tun. Wenn du Adalars Angebot annimmst, tu doch nicht so, als würdest du an uns denken. Was soll ‚wir' überhaupt sein? Ohne John? Sind wir überhaupt irgendetwas? Ich sag nicht, dass ich Johns größter Fan bin, aber mal ehrlich. Worin liegt der Zweck in unserer Zusammenzuarbeit, ohne ihn?"

Daphne machte ein empörtes Geräusch und mit ihrer flachen Hand schlug sie Chris auf den Hinterkopf, welcher ein entrüstetes: „Au, das tut weh.", von sich gab.

„Das sollte es auch. Warum wir zusammenarbeiten, du Vollidiot? Weil wir Freunde sind, deswegen. Reicht das etwa nicht?"

Chris grummelte etwas wie: „Hättest wenigstens deine Ringe abnehmen können."

„Nein, Chris hat recht.", schob Julian ein, „Wenn es tatsächlich um uns alle geht, haben wir dann kein Mitspracherecht?"

Louise ahnte, dass sie sich in Erklärungen und Verteidigungen verstricken konnte, solange sie wollte. Am Ende würde niemand ihre Entscheidung gutheißen. Das war okay.

Sie brauchte die Zustimmung der anderen nicht, um zu wissen, dass sie die richtige Wahl getroffen hatte.

„Kein Mitspracherecht, nein. Wenn ihr es mir nicht glauben wollt, dann glaubt mir eben nicht. Ich..."

Lou konnte ihren Satz nicht beenden. Julian war aufgestanden, um den Raum zu verlassen.

„Julian warte, verdammt."

Julian blieb nicht stehen. Louise holte ihn auf der Veranda

ein und packte ihn am Handgelenk. Zähneknirschend ließ Julian sich von ihr aufhalten. Als er sie endlich anschaute, waren seine sonst so warmen Augen kalt und wütend. Nicht die wilde impulsive Wut, die Chris in sich trug. Eine sanfterer, sehr viel schmerzvollerer Art der Wut.

„Lou, weißt du. Mach, was du willst. Ich wünsch dir viel Glück, ehrlich."

Er machte sich von ihr los und stieg die Stufen zur Lichtung hinab.

Zu gerne hätte Lou ihm etwas hinterhergerufen, es fiel ihr nur nichts ein. Betrübt stand sie dort, mit halb ausgestreckten Armen und sah Julian hinterher, der sich zwischen den Bäumen einen Weg bahnte. Ohne sich noch einmal nach ihr umzusehen.

Mit gesenktem Kopf ging Louise zurück zu Chris, Anne und Daphne.

Daphne erhob sich ebenfalls.

„Vielleicht sollten wir alle gehen. Danke, dass du uns informiert hast, schätze ich. Ruf mich an, wenn du was brauchst."

Daphne umarmte sie flüchtig und lief dann hinter Lou aus der Tür hinaus. Anne folgte Daphne stumm.

Chris saß noch immer dort und trank seinen Wein.

„Willst du nicht wütend herausstürmen?"

Sie setzte sich neben ihn und stieß einen jammernden Seufzer aus. Würde sie ihre Freundschaften opfern müssen, um ihre Freunde zu beschützen?

Chris schenkte ihr ein und meinte dann trocken: „Jemand muss dich schließlich trösten."

„Trösten?"

Er gab ihr keine Antwort. Es war auch keine nötig.

Sie saßen dort in der Stille, nur mit dem Ticken der Uhr im Hintergrund. Sie tranken Rotwein und schwiegen, bis die Sonne unterging. Ein letzter Tag des Friedens.

Kapitel 11

Chaos.

Wenn Louise ihr Leben in diesen Monaten mit einem Wort hätte beschreiben müssen, wäre es dieses gewesen. Lou war schon oft in chaotischen Situationen gewesen. Sie war schon oft in dramatischen Situationen gewesen. In lebensbedrohlichen und traumatischen Situationen. Noch nie allerdings hatte sie diesen Eindruck, des nicht zu bändigenden Zerfalls ihrer Umgebung in diesem Maße erlebt.

Die nächsten Wochen zogen an ihr vorbei, wie ein Film. Vielleicht, war es eine Wunschvorstellung, die ihr eigener Geist ihr präsentierte. Wenn es doch nur ein Film wäre. Einer, den sie von außen ansehen und danach vergessen konnte, ohne ein Teil davon zu sein.

Wahrscheinlicher war es wohl, dass sie ihren Verstand überforderte und all die verrückten Ereignisse nicht anders aufnehmen konnte, als durch einen rauschenden Schleier des Deliriums.

Lou war alleine. Seit dem Tag in der alten Hütte hatte keiner ihrer Freunde sich bei ihr gemeldet, genauso wenig wie Johnathan. Sie selbst hielt sich zurück, jemanden anzurufen oder um Hilfe zu bitten. Alleine hatte Louise diesen Weg eingeschlagen, alleine würde sie die Konsequenzen ertragen.

Der einzige, der sie regelmäßig anrief war Nic, den sie geflissentlich ausblendete und dessen Anrufe sie wegdrückte. Bei Frank war sie ein oder zweimal gewesen. Sie wusste es nicht genau und sie konnte nachher auch nicht mehr sagen, worüber sie mit ihm geredet hatte.

Die Suche nach Verbündeten war mühselig. Solange sie ihren Hinterhalt vor Samuel geheim halten wollte, konnte sie nicht einfach beliebige Leute fragen, ob sie sich nicht ihr und Adalar anschließen wollten. Offiziell waren Samuel und Adalar keine Feinde, noch nicht. Falls Lou etwas dazuzusagen hatte, könnte sich das bald ändern. Könnte war das Stichwort. Wie überzeugte man also Menschen von einer Abmachung zu einem Plan, den es noch nicht gab?

Nach Lous Erfahrungen lautete die Antwort: Mit viel Geschick, vielem Händeschütteln und einer Menge Summen Geld, die hin und her geschoben wurden. Insgesamt würde sie ihre Erfolge als durchmischt bezeichnen.

Von einer bestimmten Person allerdings hatte Lou noch keine Antwort erhalten.

Sie hatte Cole Haffner etwa vor einer Woche geschrieben. Vor zwei Tagen hatte er sich zurückgemeldet und sie zu einer Besprechung bei einem Abendessen eingeladen. Von ihm hätte Louise so etwas nicht erwartet.

In der Regel schätze sie es, dass er schweigsam und distanziert mit seinen Geschäftspartnern umging. Lou war aber auf der anderen Seite klug genug, um einem Mann wie ihm keine solch simple Bitte abzuschlagen.

Deswegen steckte sie an diesem Abend in teurer Kleidung, saß auf einem hohen Stuhl und spielte mit ihren Fingern an dem Stiel des Sektglases vor ihr.

Das letzte Mal hatte sie Haffner im Vorbeigehen auf Adalars Ball gesehen. Noch war er nicht hier.

Neben ihr, vor einem schweren Samtvorhang, der halb die hohe Fensterfront verdeckte, stand ein anzutragender Mann. Ein anderer stand am Eingang und ein dritter an der Tür, die zur Küche führte. Man hatte sie hereingelassen und an einen gedeckten Tisch geführt. Eine rote Tischdecke, weißes Geschirr und polierte Gläser. Louise saß mit gehobenem Kopf und gestrecktem Rücken, ihre Knie übereinander geschlagen. Ihr dunkelroter Lippenstift besaß dieselbe Farbe, wie ihr Cocktailkleid.

Die entspannte Atmosphäre des Lokals kippte schlagartig, als die Tür zum Eingang sich öffnete und ein eisiger Windzug sich hineinstahl. Während alle anderen Anwesenden sich reckten, zur Seite beugten und umdrehten, um einen Schimmer von Cole Haffner zu erhaschen, ließ Lou sich nicht von ihrem Sektglas ablenken. Sie schenkte ihm erst Beachtung, als er vor ihrem Tisch stehen blieb und auf sie hinabblickte.

„Sie sind meiner Einladung gefolgt.", stellte Haffner fest.

Sein graues Haar war lang und wurde in einem Dutt zusammengehalten. Er trug eine weiße Anzughose und ein weißes Jackett, darunter ein schwarzes Rüschenhemd und schwarze Lederstiefel, deren hohe Absätze ihn etwa zehn Zentimeter größer machten. Gepflegt und glatt rasiert.

„Wie könnte ich Ihnen ein Abendessen abschlagen?"

Er spiegelte ihr Schmunzeln und ließ sich gegenüber von ihr nieder. Augenblicklich wurden ihre Gläser mit Champagner gefüllt und Kellner in schwarzen Schürzen brachten ihnen Speisekarten.

Über den Tisch hinweg besah sie sich Haffner. Sie mochte ihn, hatte ihn schon immer gemocht. Haffner war clever, wusste, was er tat und war damit zu recht erfolgreich. Nicht wie die zahllosen reichen Speichellecker, mit denen Louise sich sonst herumschlagen musste.

„Ich bin in der Regel, nicht die Art von Mann, die eine solche soziale Interaktion aktiv sucht. Also können Sie sich vielleicht vorstellen, Ms. Scriven, dass es mir sehr wichtig war, Sie persönlich sprechen zu können.“, äußerte Haffner sich räuspernd.

Seine Stimme hatte einen tiefen Klang, rauchig aber nicht kratzend. Geschliffen von teurem Alkohol und jahrelanger Übung, sie ruhig und warmherzig klingen zu lassen. Jedes einzelner seiner Worte wirkte bedächtig und gehaltvoll.

Lou stimme zu: „Das habe ich mir gedacht, Mr. Haffner. Es ist eine seltene Ehre, Sie in einem Kontext wie diesem zu treffen.“

Haffner winkte den Anzugträger, der neben Louise gestanden hatte, an sich heran und wisperte ihm etwas ins Ohr. Der Anzugträger streifte den Raum mit einem Blick, nickte knapp und ging dann geschäftig davon.

Louise tat, als sei es ihr nicht aufgefallen. Sie nippe an ihrem Glas und tat ihr Bestes um ihr Lächeln aufrechtzuerhalten.

Ein paar Minuten lang wurde nichts gesagt. Irgendwann brachte man ihnen Essen, gebratenes Gemüse und mageren Fisch. Aus Champagner wurde Weißwein. Erst als die Kerze in der Mitte ihres runden Tisches kurz davor war vollständig herunterzubrennen, ergriff Haffner wieder das Wort.

„Mir ist bewusst, warum Sie hier sind und worüber Sie reden möchten. Also bringen wir das doch hinter uns, bevor wir zu dem kommen, worüber ich mit Ihnen reden möchte. “

Lou legte ihre Gabel nieder und eröffnete: „Ich bin schon davon ausgegangen, dass es sich herumgesprochen hat.

Viel mehr muss ich dementsprechend vermutlich nicht dazu sagen? Manche Abmachungen bleiben wohl besser unausgesprochen."

Haffner nahm sich Zeit.

Er trank einen Schluck Wein und stocherte in seinem Gemüse herum, während sein Ausdruck versteinert blieb. Die beiden anderen von Haffners Männern standen noch an Ort und Stelle. Nur der eine, den er fort geschickt haben musste, war nicht mehr anwesend. Die anderen Tische waren gefüllt mit Gästen, dazwischen waren Kellner die hin und her liefen, mit Tabletts und Tellern, die sie in ihren Händen balancierten.

Als Haffner antwortete, sprach er so unvermittelt, dass Louise sich aus Versehen auf die Zunge biss. Sie schmeckte Blut.

„Ich hege keinerlei persönliche Verbindungen zu geschäftlichen Kontakten. Ich folge nicht meinen Empfindungen. So verdient man kein Geld. Ich folge meinen Erfahrungen. Sagen Sie mir daher bitte nur eines, Ms. Scriven. Wie schätzen Sie, und seien Sie bitte ehrlich, die Chance ein, dass Samuel Adamson den nächsten Sommer überleben wird?"

Lou ließ ihr Lächeln galant etwas breiter werden.

„Rein hypothetisch? Nicht sehr hoch."

Johnathans Versprechen, dass sie Samuel eines Tages ermorden würden dürfte war bedeutungslos geworden. Sobald Louise sich in einer politisch stabilen Lage befand und Samuel nichts mehr war, als ein Relikt der Geschichte, würde es keinen Anlass mehr geben ihn am Leben zu lassen.

Oh, die Befriedigung würde endlos sein. Rache. Was für ein zeitloses Konzept.

Niemals zuvor hatte Lou aus persönlichen Gründen an jemandem Rache geübt. War sie, wie das Sprichwort besagte, süß? Sie musste es sein.

„Das ist gut. Nicht, dass jemand sterben wird selbstverständlich. Das ist immer eine Tragödie. Doch heißt es, dass wir uns da einig sind. Es scheint mir also clever zu sein, mein Geld auf ein neues Pferd zu setzen.“

In einer anerkennenden zustimmenden Geste hob Lou ihr Glas.

„Setzen Sie auf mich und ich kann Ihnen versprechen, Sie werden es nicht bereuen.“

„Das habe ich bisher noch nie.“, willigte Haffner ein und hob ebenfalls sein Glas, um anzustoßen.

Lange hielt das Hochgefühl allerdings nicht an, denn als sie ihre Gläser wieder abstellten, wechselte Haffner zum nächsten Thema.

„Kommen wir zum schwierigerem Teil des Abends.“

Aufmerksam horchte Louise auf.

Haffner strich über die Tischdecke und malte geschwungen unsichtbare Muster darauf, für einen Augenblick vollkommen von dieser Tätigkeit gefangen. Es was hypnotisierend mitanzusehen.

Weshalb sie aufschreckte, als jemand ihr auf die Schulter tippte. Es war der Anzugmann, der nun wieder da war und Louise stumm einen großen braunen Umschlag hinhielt. Auf Haffners Aufforderung hin, nahm sie ihn an und Anzugmann stellte sich zurück zu seinem Posten am Vorhang.

Unter Haffners interessierter Beobachtung öffnete sie die Lasche und schüttelte den Umschlag, um den Inhalt auf dem Tisch auszubreiten. Eine Reihe von Fotografien fiel heraus.

Argwöhnisch schob Lou sie auseinander und rutschte auf ihrem Stuhl nach vorne, um besser sehen zu können.

Auf der ersten Fotografie war ein hohes Gebäude mit einer gläsernen Eingangstür abgebildet. Eines, welches sie zunächst nicht erkannte und das ihr trotzdem bekannt vorkam. Das zweite Foto zeigte ein junges Mädchen, mit langen blonden Haaren, Zahnspange und einer hässlichen Brille, auf einer Schaukel sitzend, welches fröhlich in die Kamera winkte. Bei dem dritten Foto stockte Lou.

Diese blonde Frau erkannte sie. Sie erkannte das herzförmige Gesicht, die schwarze Brille und das rote Blut, das den weißen Teppich einfärbte.

Und natürlich erkannte sie die Wand. Die Wand und die Nachricht, die darauf geschrieben worden war und die ihr auch ohne Foto jedes Mal vorschwebte, bevor sie einschlief.

Es sieht euch.

Lou war mitten in der Bewegung erstarrt. Alles woran sie dachte, war, dass sie sich nichts anmerken lassen durfte. Haffner durfte nicht bemerken, welche Reaktion dieses Bild bei ihr auslöste. Also zwang sie sich dazu, das nächste Foto zu betrachten.

Da war Tante Graces Landhaus, mit der weißen Verkleidung an der Fassade und den grünen Fensterläden.

Auf dem fünften Foto war eine alte Weide, die Louise nichts sagte. Das letzte Bild war ein abfotografierter Zeitungsausschnitt. Dr. Matthew McHarris war darauf abgebildet, wie er seinen Arm um seine Frau geschlungen hatte. Eine Verlobungsanzeige?

Durcheinander, bestürzt und dennoch halbwegs gefangen fragte sie: „Was ist das?"

„Kompliziert. Das ist es. Louise, ich sage dir das nur, weil ich dich mag und zu schätzen weiß. Du verdienst es, das hier zu wissen."

Es fiel Louise sehr wohl auf, dass Haffner ihren Vornamen verwendete und sie duzte. Als hätten sie den professionellen, den offiziellen Teil der Unterhaltung hinter sich gelassen. Oder als wären sie gute Freunde, die sich schon lange kannten und schon viele dieser Unterhaltungen geführt hatten.

Das was folgte, war einzig und allein privat.

„Ich weiß, was Samuel dir erzählt hat. Und was dein Bruder herumerzählt hat. Aber Samuel Adamson hat weder Helena Jones, dir besser bekannt als Grace Madeline Scriven, noch Doktor Matthew McHarris umgebracht. Ich weiß nicht, warum er es behauptet oder welche Rolle Jake darin spielt. Aber Matthew McHarris ist gestorben, weil ich es so angeordnet habe und weiß Gott, ich habe nicht deinen Bruder angeheuert. Und Ms. Jones ist eine ganz andere Geschichte. Sie war in viele Dinge verwickelt und hatte sicherlich mit einigen Leuten Probleme. Aber Samuel Adamson hat sie nicht umgebracht, das kann ich mit absoluter Gewissheit sagen."

Lou schob die Fotografien zusammen, nahm sie und steckte sie wieder in den Umschlag. Ihr war klar, dass diese Neuigkeiten sie treffen sollten und zweifelsohne war sie beunruhigt. Dennoch hielt sich ihre emotionale Resonanz gering. Louise hatte entweder keinen Platz dafür, oder keinen Grund dazu.

Haffner hatte ihr die Bilder präsentiert, als würden sie seine Aussagen unterstützen. Sie bewiesen allerdings rein gar nichts. Sollten seine Angaben stimmen, würde nichts mehr einen Sinn ergeben und in dem Fall hatte Lou vieles, worüber sie sich Gedanken machen musste. Die simpelste Lösung schien es allerdings zu sein, dass Haffner log. Nur warum sollte er das tun?

Die Morde waren es gewesen, die sie zu Johnathan und seinen Geheimnissen geführt hatten. Oder etwa nicht? Jetzt, wo sie so daran zurückdachte, war die Verbindung doch recht dünn gewesen. Trotzdem hatten sie die Morde irgendwie zu John geführt, dazu, dass sie seine Tochter war. So war es doch gewesen, nicht wahr?

„Es ist sehr ehrenvoll von Ihnen, diese Informationen mit mir zu teilen.", erwiderte Louise letzten Endes.

Sie konnte nicht verhindern, dass eine Spur Skepsis in ihren Ton rutschte. Haffner wirkte davon glücklicherweise nicht beleidigt.

„Verständlich, dass du meine Motive infrage stellst. Ich bin ein ehrlicher Mann. Kein guter Mann, aber ein ehrlicher. Ich schätze es nicht, wenn Leute Lügen in meiner Stadt herumerzählen. Egal, wer diese Leute sind. Verzeihe mir, dass ich dir erst jetzt davon berichte. Die Fotos sind nicht unsere solltest du wissen, es sind Bilder, die wir von Informanten entwendet haben. Informanten, die mir unter anderem zugetragen haben, was Samuel Adamson dir erzählt hat."

Obwohl Haffner eindeutig versuchte, seine Schilderungen glaubwürdiger klingen zu lassen, wurde Lou mit jedem seiner Sätze unsicherer. Jede seiner Aussagen ergab weniger Sinn, als die letzte.

Für Cole Haffner war der Abend an dieser Stelle beendet.

Er wies Louise an, den Umschlag zu behalten und stand ohne eine Verabschiedung auf, um das Lokal zu verlassen. Mit ihm verzogen sich auch seine Anzugträger.

Louise wartete ab, bis sie ihren Atem gesammelt hatte und machte sich anschließend daran, selber das Restaurant zu verlassen.

Und dann, aus purem Zufall, sah Lou hinab zu ihrem rechten Arm, als sie damit nach ihrer Handtasche griff. Dort, knapp unter der Beuge ihres Ellenbogens, zeichnete sich in einem hellen Rotton ein Zeichen ab.

Eine magische Rune.

Kapitel 12

Louise erreichte ihr Apartment in den frühen Morgenstunden, noch lange bevor die Sonne aufgegangen war. Die letzten Stunden hatte sie mit Nic am Telefon verbracht, den sie über die Runen ausgefragt hatte, ohne dabei ein Stück weiterzukommen.

Ja, Nic kannte die Runen. Johnathan hatte sie ihm gezeigt, noch während er sie entwickelt hatte. Bald darauf hatte Nic jedoch realisiert, welchen schwarzmagischen Gehalt diese Art von Magie ausstrahlte und sich davon distanziert.

Ja, Nic hatte davon gehört, dass man auf Magie eines fremden Magiers zugreifen konnte und, dass sich ein solcher Vorgang auf der Haut mit hellen roten Linien abzeichnete.

Alles Dinge, die Lou ohnehin gewusst hatte. Genauere Zusammenhänge hatte Nic ihr nicht erschließen können, oder zumindest hatte er es nicht zugegeben.

Sie hätte Johnathan besucht, wenn sie es ertragen hätte ihn zu sehen. Durch die unerklärliche Abneigung, die das Medaillon gegen John hegte, würde es Louises Ausdauer in Anspruch nehmen sich mit ihm zu treffen. Ausdauer, die dieser Abend zur Genüge aufgezehrt hatte. Wer konnte überhaupt garantieren, dass Johnathan ihr helfen wollte? Er hätte jeden Grund es nicht zu wollen.

Am Morgen würde sie herausfinden, wo ihr Bruder wohnte und ihm einige Fragen stellen. Zunächst brauchte sie Schlaf. Den braunen Umschlag hielt sie immer noch fest. Louise war kurz davor gewesen, ihn in den nächsten Müllkorb zu werfen, doch dann hatte sie sich eines besseren besonnen. Diese Fotografien waren nichtssagend, aber nicht nichtssagend genug, um in die falschen Hände zu fallen ohne Schaden zu verursachen.

Der Umschlag landete auf ihrem Küchentresen.

Louise ging ins Schlafzimmer und blieb stehen. Sie war müde, geradezu ausgelaugt. Dennoch, bei dem Anblick des Bettes überkam sie ein Schauer von Protest. Jetzt war nicht der richtige Zeitpunkt für Schlaf, noch nicht. Ihre Schritte trugen sie von Raum zu Raum, schwach und ziellos. Die Decke und die Wände des Hauses drückten sie nieder, rückten auf sie zu und nahmen ihr die Luft.

Zehn Minuten später stieß sie einen jammernden Klageschrei aus und flüchtete rastlos aus den Fängen des Gebäudes, zurück in die Nacht.

Ein Spaziergang. Den Kopf frei kriegen. Weil sie ja die letzten Stunden nicht genug durch düstere Straßen und Gassen gewandert war. Ihre Füße schmerzten in den hohen Schuhen. Sie lief ungeachtet dessen weiter. Alles war besser, als die einsame Ruhe ihrer Wohnung.

Nichts lag ihr ferner, als alleine mit ihren Gedanken zu sein. Also bog sie ab, rechts. Dann links. Auf dem Weg zum einzigen Ort, an dem niemand jemals alleine sein würde.

Samuels Viertel hieß sie willkommen, mit dröhnendem Bass und buntem Glitzern.

Lou schob sich zwischen mehr oder weniger betrunkenen Leuten hindurch und näherte sich einer der endlos aneinandergereihten Bars. Die Außenseiten des Ladens waren bedeckt mit schwarzen Polstern und ein roter Teppich führte zwei Stufen hinauf zu einem weißen Schleier aus Seide, vor dem ein einzelner Türsteher in einem roten Kleid stand, dessen Saum den Boden streifte. In silberner Farbe stand über dem Eingang der Name: Essence. Der Mann im roten Kleid winkte Lou durch, als sie die Bar betrat.

Hier drängten sich die Menschen nicht ganz so eng aneinander.

Die Leute, die hierherkamen bevorzugten es, sich auf den weißen Ledersofas niederzulassen und teure Liköre zu trinken, zulassend, dass die dumpfe Musik ihre Worte verschluckte. Louise erkannte Lenny, den Barkeeper, hinter dem Tresen stehen und stellte sich an die Bar. Lenny begrüßte sie. Sein rotes Haar fiel ihm in die Stirn und die Ärmel waren leicht hochgekrempelt, während er Gläser spülte.

„Wenn das nicht meine liebste Kundin ist."

Lou bestellte und ruhte ihre Beine aus, indem sie sich auf einen der Barhocker setzte. Lenny bediente sie und sie wechselte ein paar Floskeln mit ihm, bevor er den nächsten Kunden bediente.

Die Musik war laut genug um ihre Sorgen auszublenden und trotzdem fast dezent, sodass sie hören konnte, wie jemand neben ihr hustete: „Ich glaub's ja nicht. Du schon wieder. Habe ich es nicht gesagt, dass wir uns wieder begegnen werden?"

Neben ihr auf einem Hocker saß der fremde alte Mann, der in ihre Wohnung eingebrochen und daraufhin spurlos verschwunden war. Er sah nicht ganz so heruntergekommen aus, wie beim letzten Mal. Sein Haar und sein langer Bart waren noch immer grau vom Staub, jedoch trug er ein weißes Hemd und ordentliche Jeans, statt seiner braunen Lumpen.

„Das tun Sie also, wenn Sie nicht in fremde Wohnungen einbrechen, um Leuten kryptische Nachrichten zu hinterlassen? Sie betrinken sich?“

Der Alte hatte ein Whiskyglas vor sich stehen. Er grinste und zeigte dabei seine kaputten Zähne, auf denen Louise selbst bei den blinkenden Lichtern gelbe Flecken ausmachen konnte.

„Was soll ich sonst machen? Du hast es möglicherweise noch nicht festgestellt, aber ich habe versagt. Dieser Welt steht nun ein Zeitalter der Zerstörung bevor. Beim Weltuntergang bleibt uns nichts übrig, als Alkohol und Chaos.“

Wie üblich verstand Lou nichts. Der Fremde wirkte sehr viel freundlicher, als bei ihrem ersten Zusammentreffen, doch vielleicht spielte die Mischung aus Wein, Champagner und Sekt ihr dabei auch einen Streich.

„Sie haben sich mir nie vorgestellt.“, merkte Lou an.

Der Fremde streckte ihr seine vernarbte Hand hin. Sie schüttelte sie. Die raue Haut hinterließ einen Eindruck von Dreck an ihren sanften Fingern.

„Robert. Du musst dich nicht vorstellen, deinen Namen kenne ich. Selbst, wenn ich ihn nicht kennen würde. Bei uns wirst du seit dem letzten Jahr nur noch Trägerin genannt.“

„Bei uns?“

Keine Antwort.

Roberts Grinsen war ersetzt worden, von einem Ausdruck unermesslicher Trostlosigkeit. Er murmelte etwas in sein Glas, was Lou nicht hören konnte und leerte es in einem Zug.

Also sagte Louise nach einer Weile: „Weltuntergang? So etwas gibt es nur in Geschichten.“

Wieder nichts. Louise gab es auf, mit dem wundersamen Robert zu reden, folgte seinem Beispiel und trank schweigend.

Die laute, bunte Menge rauschte an ihr vorbei, bis ihre Sicht verschwamm.

„Ich kann es mir nicht erklären.", hörte sie Robert irgendwann über den Lärm hinweg rufen, „Wieso es dir so einfach gefallen ist, das Ding zu finden. Jahrhunderte bleibt es versteckt und du? Musstest dich nicht einmal richtig anstrengen. Du lässt mich aussehen, als wäre ich ein Idiot und dabei weißt du wahrscheinlich selbst nicht, wie du es geschafft hast."

Das wusste sie in der Tat nicht.

Louise hatte genug davon, immer mehr unbeantwortete Fragen um sich herumschwirren zu haben. Die Fragezeichen wirbelten um sie herum, legten sich um sie und erstickten sie.

Irgendwo aus ihrem benebeltem Zustand drangen Stimmen zu ihr durch. Stimmen, die sich aus ihren verdrängten Zweifeln herausgebildet hatten. Stimmen voller moralischer Bedenken und Selbstvorwürfen.

„Vielleicht ist es Karma.", zischte Lou undeutlich und brachte Robert dazu, kopfschüttelnd zu lachen.

Warum nicht?

Es erschien ihr eine so gute Antwort zu sein, wie jede andere. Louise hatte schreckliche Dinge getan. Verwerfliche Dinge. Bösartige Dinge. Nach Mord, Verrat, Folter und Lügen würde sie es verstehen, wenn das Universum für ein wenig Gerechtigkeit sorgen musste.

Robert hingegen widersprach: „Karma gibt es nicht. Es gibt nur Zeugs das passiert. Es gibt Realität und es gibt den Zerfall jener Realität. Da steckt nicht mehr hinter."

Er stellte sein Glas ab und stand auf.

„Komm. Ich zeig dir was."

Ihre Neugier überwog die Skepsis. Sie zahlte und ließ sich von Robert nach draußen führen. Er hatte sich bei ihr eingehakt, um sie vom Schwanken abzuhalten.

Sie verließen Samuels Viertel und gingen durch die verlassenen Ruinen, bis sie an einem Ort halt machten, der früher einmal ein Park gewesen sein musste. Mittlerweile war da nur noch vertrocknetes Gras, bewachsene Kieswege und eine freie Fläche zwischen verwahrlosten Wohnhäusern.

Robert zog sie in die Mitte.

„Dieser Ort. Kennst du ihn?", wolle er wissen.

Louise schüttelte den Kopf.

„Das liegt daran, dass er vorgestern noch nicht hier gewesen ist. Und obwohl du schon hunderte Male durch dieses Viertel gelaufen bist, wäre dir nichts Merkwürdiges daran aufgefallen, oder?"

Lou sah sich um. Nichts an diesem Ort war seltsam, nichts davon wirkte so, als solle es nicht hier sein. Louise wäre einfach, davon ausgegangen, er sei ihr bisher nicht aufgefallen.

„Solche Kleinigkeiten passieren jeden Tag. Wir nennen sie Bruchstellen. Orte, an denen die Realität bricht und uns ihre Fehler aufzeigt. Manchmal sorgen besondere Umstände dafür, dass die Realität mehr Bruchstellen bekommt, als sie sollte."

Robert ließ sie los und entfernte sich von ihr.

„Achte darauf, Trägerin. Du wirst es von alleine bemerken. Die kleinen Ungereimtheiten, sie werden sich häufen. Bis die Realität zerfällt. Den Tag, den wir Weltuntergang nennen."

Louise wandte ihren Blick nach oben.

Der Nachthimmel war schwarz, kein einziger Stern war daran zu sehen. Selbst den Mond konnte sie aus dieser Perspektive nicht erkennen. Der Park drehte sich um sie herum.

Wie viel Uhr war es? Sie sah zu Robert zurück, doch er war bereits verschwunden. Alleine stolperte Lou durch London, zurück zu ihrer Wohnung.

Als sie endlich in ihr Bett fiel und einschlief, reckte sich vor ihrem Fenster gerade der erste Sonnenstrahl über den Horizont.

In ihren Träumen war es dunkel.

Nicht vollkommen dunkel, denn von einer unbekannten Lichtquelle strahlte genug Helligkeit, um die Umrisse der Umgebung zumindest sichtbar zu machen. Sie stand in einem Hausflur.

Neben ihr waren Wände, so hoch, dass sie die Decke nicht sehen konnte. Unter ihr war Teppichboden. Die Wände neben ihr waren behangen mit Wandvorhängen und geschmückt mit abstrakten Schwarzweißzeichnungen. Hinter ihr ertönte ein hohes Kreischen. Eines, welches das Blut in Louises Adern erfrieren ließ. Lou rannte.

Das Kreischen verfolgte sie, dieses unmenschliche grauenerregende Schreien. Flackernde Schatten vor ihr zeigten lange Figuren, tanzende Kreaturen des Todes. Der Gang war unendlich lang. Es gab keine Türen und keine Fenster. Keinen Ausweg, nur geradeaus. Immer weiter. Louise rannte schneller.

Lou hielt nicht an, selbst dann nicht, als der Teppich in Flammen aufging. Flammen, die sich an den schweren Stoffen die Wände hoch räkelten und ihr mit ihrer blendenden Hitze die Sicht nahmen. Die Kreaturen kreischten lauter, schmerzerfüllt. Der Steinboden unter dem Teppich zerfiel.

Er bröckelte, brach unter ihrem Gewicht und zwang sie dazu noch schneller zu laufen. Ihre Lungen brannten, ihre Augen tränten. Hinter ihr war nun kein Fußboden mehr, nur schreiende Schatten, Flammen und Leere. Vor ihr der nie endende Korridor. Louise war nicht schnell genug. Der Zerfall holte sie ein.

Sie sprang, als der letzte Stein unter ihren Füßen wegfiel. Sie landete nicht mehr.

Lou fiel.

Mit drückenden Kopfschmerzen erhob Louise sich von den Laken. Blinzelnd setzte sie sich auf.

Die Sonne schien ihr freundlich entgegen und verhöhnte sie.

Der vergangene Abend war mit Abstand der absurdeste Abend in Lous Leben gewesen und sie erinnerte sich an jedes surreale Detail davon. An Haffner, an die Fotos, an Robert. Daher wusste sie leider auch, was als Nächstes für sie anstand. Louise musste dringend ihren Bruder finden.

Sie schob sich ins Badezimmer und unter die Dusche. Danach versteckte sie den Umschlag aus der Küche in einer Schublade. Die Schachtel lag noch unter dem Sofa. So weit war sie davon abgekommen herauszufinden, was es mit damit auf sich hatte. Es kam ein wichtigeres Problem nach dem anderen auf.

Lou beugte sich hinab um sie herauszuziehen, als ihr ein weißer Umschlag auffiel, der vor ihr auf dem Boden lag.

Samuel. Das hatte ihr gerade noch gefehlt.

Gut, würde sie sich eben später um Jake kümmern. Wäre zu schön gewesen, wenn sie einmal einem Plan hätte folgen können.

Louise kam vor Samuels Herrenhaus an, als die Sonne ihr bereits tief im Rücken stand und das Gold des Anwesens zu flüssigem Feuer machte. Dorea empfing sie, fröhlich wie immer.

„Hallo, Lou. Wie geht es dir?"

„Gut, gut.", log Louise, „Dein Vater erwartet mich?"

Dorea hieß ihr, hinein zugehen und ohne es weiter hinauszuzögern betrat sie Samuels Büro.

Samuel saß auf seinem Schreibtischstuhl, die Hände vor seinem Gesicht gefaltet. Seine Perücke war schwarz und so lang, dass Lou nicht sah, wo sie endete. Er trug einen gewebten Umhang in unterschiedlichen Grautönen und darunter ein rotes Hemd. Seine Kontaktlinsen waren golden.

Er stierte durch sie hindurch, ohne Reaktion auf ihre Anwesenheit.

Louise knickte nicht ein. Sie stand dort mit aufrechtem Rücken und wartete ab. Samuel neigte seinen Kopf, zwei goldene Steine hingen an seinen Ohren. Dicke goldene Ketten lagen um seinen Hals und sie klirrten leise, als er sich bewegte.

„Kann ich dir vertrauen, mein Engel?"

Seine träge Stimme waberte durch den Nebel des Parfums zu ihren Ohren. Ohne einen Hauch von Ungewissheit antwortete Lou: „Ja.", während sie sich in ihren Vorstellungen all die Wege ausmalte, wie sie ihn würde umbringen können.

Erschießen? Das würde zu schnell gehen, so unpersönlich. Louise wollte es auskosten. Sie würde ihn anketten. Ihn die Angst spüren lassen und das Messer ganz langsam an seiner Haut anlegen.

„Das ist schön zu hören."

Samuel nahm einer der Strähnen seiner Perücke und spielte damit.

Lou ging etwas näher an ihn heran, um sein Gesicht trotz des dämmrigen Lichts gut sehen zu können.

Oh, ja.

Zuerst würde sie ihm seine Zunge herausschneiden.

Nein. Dann würde er nicht mehr so schön schreien können. Sein Ohr also?

„Es ist nämlich so, mein Engel, dass sich sehr bald einige Dinge ändern werden. Ich muss mir sicher sein, dich auf meiner Seite zu wissen. Du und ich, wir können zusammen gewinnen. Wie klingt das?"

Ekelerregend.

Louise erzitterte, als die Erinnerungen an all das, was Samuel ihr angetan hatte, zurück zu ihr schwappten. Normalerweise betäubte sie diese, unterdrückte sie und schickte sie in die Tiefen ihres Unterbewusstseins, wo sie hingehörten. Dieses Mal nicht.

„Klingt perfekt."

Acht Jahre alt war sie gewesen, als sie Samuel zum ersten Mal kennengelernt hatte. Ein Jahr später wurde ihr zum ersten Mal offenbart, welch ein Monster sich hinter dem Make-up verbarg.

Er würde dafür zahlen.

Er würde den Tag bereuen, an dem er geboren worden war und jeden einzelnen Tag verfluchen, an dem er Louise verletzt hatte. Sie spürte seine alte, faltige Hand auf ihrem Knie.

„Du wirst sehen, es wird perfekt sein. Ich irre mich niemals. Wir beide, wir gehören an die Spitze und wir gehören zusammen dorthin."

Es war perfekt, viel zu perfekt.

Wie Samuel sich in Sicherheit wiegte. Lou konnte es nicht erwarten ihm zu zeigen, wie sehr er sich irrte.

Wie er sich wohlfühlen würde? Würde er Reue verspüren? Sie wünschte es sich, sie wünschte sich eine weinende, schluchzende Entschuldigung und dann würde sie ihm Gnade zeigen und sein Leben beenden. Rachegelüste. Daran könnte Louise sich gewöhnen. Sie erfüllten Lou mit einer neuen Energie und beflügelten ihre Lügen. Sie konnte sich sogar mühelos eine Verbeugung abgewinnen.

„Das zu hören ist mir eine Ehre, mein Lord.", flötete sie.

„Eine Sache gibt es da, die du für mich tun musst. Eine klitzekleine Angelegenheit, um die du dich kümmern musst, mein Engel."

Er war dank Lou bester Laune, seine Stimme wurde melodischer und süß.

Samuel stand auf, lief um den Tisch herum und blieb vor ihr stehen. Er schob eine ihrer Locken hinter ihr Ohr und Louise musste all ihre Selbstbeherrschung aufbringen, um still zu bleiben.

Warte nur ab, sagte sie sich stumm, *Lange lebt er nicht mehr. Geduld.*

Samuel beugte sich zu ihr, seine Wange berührte ihre. Sie gab keinen Mucks von sich.

Keine Regung verriet ihre Angst, als sein Flüstern ihre Haut streichelte.

„Du wirst den neuen König für mich töten, mein Engel."

Nic

Nic nahm die Lesebrille von seiner Nase und rieb sich die Augen. Rebecca neben ihm las in ihrem Buch. Sie hatte das Telefonat mit seiner Nichte nicht kommentiert. Das war auch gut so, denn er hätte ihr kaum erklären können, warum Louise ihn zu dieser Uhrzeit anrief und nach Magiepraktiken fragte, wo es doch in London bereits tiefste Nacht war. Nic legte das Telefon auf den Nachttisch und verließ das Schlafzimmer in einer ruhelosen Sorge. Er lief durch den Flur und spähte durch den Spalt der Kinderzimmertür.

Noah und Hannah schliefen, eingewickelt in ihre Bettdecken, mit offenem Fenster. Nic ging leise hinein, stieg über Spielzeuge hinweg und schloss es. Seine Kinder öffneten das Fenster in der Nacht, die kalte Luft beruhigte sie und half ihnen beim Schlafen. Bei Nic allerdings löste das Bild eines geöffneten Fensters bangen Kummer aus. Er verließ das Kinderzimmer und stieg die Stufen hinunter, ins Erdgeschoss.

Die Sorge trieb ihn um.

Die Sorge um seine Kinder, um seine Frau, um seinen Bruder, um seinen Vater und um seine Nichte. Wenn doch nur eine Person in dieser Familie auf ihn hören würde. Nic hatte nie viel zu sagen gehabt und in der Regel würde es ihn nicht stören, unterschätzt zu werden. Es dürstete ihm nicht nach Lob oder Anerkennung. Er war nicht sein Bruder. Nur war Nic eben der Einzige, der die kommende Katastrophe aufhalten konnte. Wenn man ihn denn ließe.

Leider hatte Nic frustriert feststellen müssen, dass man niemandem helfen konnte, der sich weigerte Hilfe anzunehmen und selbst seine engsten Kontakte zu den Kultisten brachten ihn da nur wenig weiter. Sie hatten ihm berichtet, dass sie Kontakt mit Louise aufgenommen hatten, aber die Kultisten würden nicht weiter in das Geschehen eingreifen. Nicht, solange sie an die albernen Prophezeiungen glaubten.

Nic hatte darüber nachgedacht, nach London zurückzukehren, da er Lou ja offensichtlich nicht davon überzeugen konnte, zu ihm nach Kanada zu kommen.

Es war alles so furchtbar ärgerlich. Hatte er die letzten zwanzig Jahre seines Lebens verschwendet? Eine Lüge gelebt, die er sich selbst erzählt hatte, um sich nützlich zu fühlen? Wie hatte ihm die ganze Sache mit der Schachtel nicht auffallen können? Seine Gedanken drehten sich im Kreis.

So viele Mysterien er auch um das Medaillon der Engel gelöst hatte, die Schachtel bereitete ihm Unbehagen. Irgendwie war er davon ausgegangen, dass man den Forschungsgegenstand eben in eine Schachtel gelegt hatte, nachdem er gefunden worden war. Die Schachtel hatten sie danach nicht öffnen können, was Nic auf einen Schutzmechanismus des Forschungsgegenstandes geschoben hatte. Stone hatte es eben geschafft, es herauszuholen.

Wer hatte das Medaillon in die Schachtel gelegt? Wo kam sie her?

Für seine Behörde waren diese Fragen uninteressant. In Frankreich hatte man ihm geraten, sich vom Fall zurückzuziehen und seine Vorgesetzte hatte ihn in den Zwangsurlaub geschickt.

Korrupte Narren.

Man hatte ihn nicht darüber informiert, dass Stone in Gewahrsam der Regierung gewesen war. Hätte man ihn hinzugezogen, hätte er Stone das Medaillon vielleicht abnehmen können, bevor Louise ihn erreicht hätte. Wieso man sie einfach so zu ihm gelassen hatte, konnte ihm im Nachhinein auch niemand erklären. Keiner wollte dafür verantwortlich sein.

Selbst die Kultisten hatten ihn danach gefragt.

Wie konnte sie es so einfach finden?

Konnte die Antwort eine so simple sein wie *inkompetente Behörden,* oder steckte mehr dahinter? Eine Prophezeiung? Die Kultisten sagten, Louise sei schon lange vor ihrer Geburt als Trägerin auserwählt worden und alles was passiert war bestätigte einfach nur, was sie schon immer gewusst hatten. Nic weigerte sich, an solche Dinge zu glauben.

Es mussten pure Zufälle sein. Unglückliche Zufälle, ja. Aber nicht mehr und nicht weniger.

Nic dachte daran zurück, wie er seinen Bruder jahrelang bei erfolglosen Versuchen das Medaillon zu finden beobachtet hatte. Bei Louise war zwischen dem ersten Mal, dass sie davon gehört, bis zu dem Zeitpunkt, zu dem sie es in den Händen gehalten hatte, gerade mal ein halbes Jahr vergangen. Allen Bemühungen zu Trotz. Helena war umsonst gestorben.

Seine Aufgabe war mittlerweile eher zur Schadensbegrenzung geworden.

Nic würde darauf achten, alles in seiner Macht Stehende zu tun, um Louise möglichst lange bei Verstand zu halten. Schon jetzt, musste es ihr grauenhaft gehen.

Nic hatte all die Experimente gesehen, hatte die Versuchspersonen untersucht und Protokoll geführt. Und wichtiger noch, er hatte lange genug seinen Bruder beobachten können.

Er wusste von den Alpträumen, von den Halluzinationen, von den Stimmen, von den falschen Erinnerungen und den Gedächtnislücken. Wusste, wer die Kontrolle darüber hatte.

All das, was die Kultisten entweder Brüche in der Realität oder dämonische Kräfte nannten. Dabei waren es tatsächlich nicht mehr, als altbekannte Phänomene, die besonders mächtige Magie eben in der Welt auszulösen vermochte. Ein Dämon konnte ebenso gut ein mächtiger Magier mit einer korrupten Seele sein. Eine Prophezeiung nicht mehr als ein Märchen. Ein Engel nicht mehr, als die Vorstellung eines verzweifelten Verstandes.

Davon wollten die Kultisten nichts hören.

Beeindruckend fand Nic, wie gut seine Nichte sich anstellte. Wie mühelos, sie die mentale Folter wegsteckte, die sie zweifellos Tag für Tag erleben musste. Seinem Eindruck nach ging es ihr besser, als es ihr hätte gehen dürfen. Noch war Louise am Leben. Äußerst beeindruckend. Wie lange würde sie es noch aushalten können, bevor sie brach?

Nic wünschte sich, er könnte mehr tun. Doch er hatte niemanden auf seiner Seite. Er war doch nur Wissenschaftler und er kämpfte alleine gegen die zerstörerischen Mächte dieser Welt an. Ohne den geringsten Erfolg aufzuzeigen.

So, wie er es schon sein ganzes Leben lang getan hatte. War er dazu verdammt sich an unlösbaren Herausforderungen festzubeißen, bis zum Tag an dem er starb?

Wenn Nic gekonnte hätte, hätte er aufgegeben. Zu gerne hätte er sich selbst davon überzeugt einzusehen, dass er nichts tun konnte. Dass er alleine nichts ausrichten würde. Er musste es trotzdem versuchen.

Irgendjemand musste es doch versuchen, oder?

Nic sah zur Uhr. In London musste es jetzt etwa 3Uhr Morgens sein. Er wusste, dass in zwei Stunden der nächste reguläre Flieger nach England gehen würde. Er hatte schließlich Urlaub und es gab da eine Sache, die er viel zu lange aufgeschoben hatte.

Hinter sich hörte er Rebecca, welche die Treppe hinuntergestiegen war und nun von hinten ihre Arme um seine Brust legte.

„Sag mal, würde es dir etwas ausmachen, wenn ich über das Wochenende nach London fliege?"

Rebecca zog ihn näher an sich und lehnte ihren Kopf an seinen Rücken an.

Manchmal musste Nic seine Frau für ihre Geduld bewundern. Sie hatte sich bereiterklärt mit ihm an einen Ort zu ziehen, der Abseits von allem lag, was Zivilastion nahekam. Sie störte sich nicht daran, dass er mit ihr nicht über seine Arbeit reden durfte und nicht über seine Familie reden wollte. Rebecca nahm alles hin.

„Natürlich nicht, Liebling. Fliegst du noch heute?"

Nic nahm ihre Hände und zog sie um sich herum. Ihre ordentlichen Korkenzieherlocken umrahmten ihr mahagonifarbenes Gesicht. Sie war das schönste Wesen, welches Nic jemals zu Gesicht bekommen hatte. Er fuhr über das Grübchen in ihrem Kinn.

Das zweitschönste, spöttelte die zynische Seite seines Verstandes. *Hast du Helena so schnell vergessen?*

Er ignorierte es.

„Wahrscheinlich. Wenn ich den Flug bekomme. Es macht dir wirklich nichts aus?"

Rebecca löste sich von ihm und schubste Nic lachend vor sich die Treppe hoch.

„Dann solltest du packen. Vielleicht nehme ich die Kinder Morgen und fahre in die Stadt. Unsere Vorräte werden sowieso knapp.", überlegte Rebecca laut.

Sie folgte ihm nach oben und stand im hölzernen Türrahmen, während Nic Kleidung in eine Reisetasche legte.

„Darf ich fragen, was du in London tun wirst?"

Nic nahm ein Buch und eine kleine Kiste von der Kommode und platzierte sie sorgsam auf seinem restlichen Gepäck. Er schloss den Reißverschluss.

„Ich werde meinen Vater besuchen.", verkündete er und warf sich seine Tasche über die Schulter.

Zur Verabschiedung küsste er Rebecca, verließ das Blockhaus am späten Abend und landete exakt 11 Stunden später am frühen Nachmittag in London.

Das Haus seines Vaters war noch da, wo es vor zwanzig Jahren gestanden hatte. Zögernd stand er vor dem Vorgarten, mit seiner Tasche unter dem Arm und zauderte mit sich.

Mit fünfzehn Jahren war er wütend aus dieser Tür herausgestürmt und nicht mehr zurückgekommen. Nur einmal hatte er seitdem mit Frank Kontakt aufgenommen, im letzten Jahr, nachdem John Helenas Leiche gefunden hatte.

Nic gab sich einen Ruck, ging zu der Veranda und betätigte die Türklingel.

Sein Vater erschien in der Tür. Er war definitiv gealtert, sein Haar war ergraut und Falten zogen sich über sein bebrilltes Gesicht. Bevor Nic ein Wort der Entschuldigungen herausbringen konnte, die er sich sorgfältig zurechtgelegt hatte, lagen Franks Arme um ihn und drückten ihn an sich.

„Mein Junge."

Kapitel 13

Als Louise Samuels Viertel auf dem Weg zurück durchkreuzte war es dunkel.

Nicht in diesem Viertel natürlich, in dem es niemals dunkel wurde. Dafür war der verlassene Teil der Stadt umso stiller.

Lou war am Ende ihrer Weisheit angekommen.

Es gab nicht eine einzige Sache, die sie noch tun konnte. Kein Plan, keinen Ausweg.

Louise würde Adalar nicht umbringen, so viel war klar. Samuel würde dieses Jahr nicht überleben. Darum ging es ihr nicht. Ihre Ziele fokussierten sich an diesem Abend einzig und allein auf das Medaillon. Denn nachdem Lou Samuels Büro verlassen hatte, war ihr ein Einfall gekommen.

Samuels Anwesen war das am besten bewachte Gebäude in ganz London. Niemand konnte in Samuels Büro eindringen, niemand außer sie und eine Handvoll von Vertrauten und sicherlich würde man auch ihnen den Zugang verweigern, sobald Louise Adalar geheiratet hatte. Ein nicht unwichtiger Punkt, denn wenn Lou das Medaillon erst einmal versteckt hatte, musste sie sicher gehen, selber nicht mehr dranzukommen.

Jedes Mal, wenn ihre Gedanken sich in diese Richtung bewegten stieg ein bitterer Geschmack in ihr auf und ihre Kehle wurde zusammengedrückt.

Sie musste mit jemandem reden. Nicht über das Medaillon, einfach über etwas Belangloses. Etwas Langweiliges, bei dem ihr Verstand sich entspannen konnte.

Ihre Beine trugen sie zu Franks Haus und sie klingelte an seiner Tür, kurz nach Sonnenuntergang.

Frank ließ sie hinein. Sein Ausdruck war trotz der späten Stunde glücklich und er begrüßte sie herzlich.

„Lou, wie schön. Sieh mal, wer hier ist.“

Er zog sie mit sich in das Wohnzimmer, in dem Nic saß. Nic hatte eine Tasse Tee auf dem Schoss und neben sich eine große blaue Reisetasche auf dem Fußboden. Seine schulterlangen schwarzen Haare waren durcheinander und seine eisblauen Augen matt. Nic wirkte angeschlagen. Dennoch lächelte er, als Louise in den Raum kam und stand auf, um sie zu umarmen.

Frank brachte ihr eine Tasse und sie setzte sich neben Nic auf die Couch.

„Ich hoffe, ich störe nicht.“, merkte beiläufig Louise an.

Nic zum zweiten Mal innerhalb weniger Monate in England zu sehen hätte sie deutlich gravierender überraschen sollen, als es der Fall war. Viel eher war Lou nicht davon ausgegangen, dass Nic und Frank wieder Kontakt zueinander pflegten. Dadurch, dass Nic sein Gepäck noch bei sich hatte, vermutete sie, dass er spontan oder sogar überstürzt abgereist war, um seinen Vater zusehen. Einfach aus sentimentalem Drang heraus?

„Nein, du störst doch nicht. In diesem Haus stört nie jemand, der zur Familie gehört.“, deklarierte Frank überzeugt und fiel in seinen Ledersessel.

Nic fügte hinzu: „Tatsächlich, ist es sehr praktisch, dass du hier bist. Ich wollte dir etwas geben."

Er öffnete den Reißverschluss seiner Tasche und zog ein schmales Buch und eine quadratische Holzkiste heraus. Beides reichte er Louise.

Auf dem Einband des schmalen Buches war in Grau das Porträt eines Mannes abgebildet. Ein alter asiatischer Mann, mit großen Ohren und Baskenmütze. Darunter stand: Die Tagebücher des Tsuyoshi.

Der Umschlag war abgegriffen und tiefe Rillen zogen sich durch das Papier. Lou legte es beiseite und hob den Deckel der Kiste an. Darin lagen mindestens zwanzig Schriftrollen, zusammengehalten von roten Schnüren und dicht aneinander geschoben.

„Es sind Rechercheunterlagen.", erläuterte Nic bereitwillig.

„Deine?", hakte Lou nach.

Sie schloss die Kiste und legte sie, mit dem Buch, auf den Kaffeetisch vor sich ab. Frank lauschte neugierig. Zu Louises Überraschung ergänzte Nic: „Nein, nicht meine. Johnathans."

„Wie kommst du an Johns Unterlagen?"

Nic blickte zu seinem Vater, der diese Frage dazwischen geworfen hatte, und antwortete: „Er hat sie mir zugeschickt."

An Lou gewandt erklärte er weiter: „Johnathan dachte, das in diesen Dokumenten der Schlüssel zum Medaillon liegt. Dass sie ihm verraten könnten, wie die Magie des Medaillons funktionierte. Vor einigen Jahren schickte er mir diese Dinge zu und fragte mich nach meiner Meinung. Damals sagte ich ihm, dass ich es für Humbug halte, was ich auch tue. Aber vielleicht helfen sie dir ja, oder du kannst sie ihm zumindest zurückgeben."

Louise hatte nicht vor, Nic zu verraten, dass sie und John im Moment nicht miteinander sprachen. Wenn sie mit Frank alleine gewesen wäre, hätte sie es möglicherweise erwähnt. Nicht, dass sie Nic nicht mochte, sie kannte ihn eben noch nicht so lang und sie war ohnehin nicht gut darin, so persönliche Dinge anzusprechen.

Glücklicherweise rettete Frank sie davor, eine Erwiderung geben zu müssen.

„Was treibt dich denn hierher, Lou? Es ist ja doch recht spät.“

Exzellente Frage, eigentlich.

Lou war am Ende. Die Erschöpfung kroch ihr den Nacken hoch und ihre Kopfschmerzen hallten noch immer nach. Ohne sich etwas davon anmerken zu lassen, kramte sie innerlich nach einem plausiblen Anlass für ihren Besuch. Ihr fiel nicht mehr ein als: „Ich weiß nicht. Ich wollte nur mal vorbeischauen.“

Sie wusste, wie das klang.

Offenbar hatte Louise Probleme. Es ging ihr schlecht. Doch bevor jemand ihren Zustand mit dem Medaillon in Zusammenhang bringen konnte schob sie hinterher: „Ich werde heiraten.“

Sowohl Frank als auch Nic gaben schockierte Reaktionen von sich.

Nic zog seine Augenbrauen hoch und biss sich auf die Unterlippe. Frank spukte Tee zurück in seine Tasse und stellte sie ab.

„Heiraten?“

„Ja. Der König, Adalar meine ich, hat mir die Ehe angeboten. Ich habe entschieden einzuwilligen.“

Frank war wie versteinert. Er starrte Louise stumm an, eine Mischung aus Verwirrung und Panik in den Augen.

Nic lachte. Als Lou ihn verwundert anschaute, meinte er: „Entschuldigung. Ich sollte nicht lachen. Ich kann mir vorstellen, dass mein Bruder von dieser Neuigkeit nicht begeistert war? Angenommen, dass du es ihm schon erzählt hast."

Louise gluckste lautlos. Nics Belustigung hob ihre Stimmung.

„So kann man es auch sagen."

Mit einem Schlag wurde ihr klar, dass Frank nichts von all dem wusste.

Nichts von dem Medaillon, nichts von Samuels heimlichen Krieg gegen den neuen König. Bei Nic konnte sie sich da nicht so sicher sein.

„Es war die sinnvollste Wahl. Adalar zu verärgern kann ich mir nicht leisten und im Prinzip ist ja doch nur ein weiterer Vertrag, der unterschrieben wird.", legte Lou möglichst beruhigend ihre Beweggründe dar.

Frank zuckte mit den Schultern, immer noch etwas vor den Kopf gestoßen.

„Ich verstehe nichts von Politik."

Nic urteilte: „Mir scheint es eine durchaus weise Entscheidung zu sein. In langfristiger Sicht. Es ist sehr verantwortungsbewusst von dir."

Es war das erste Mal, dass jemand ihren Entschluss unterstützte und nicht als inakzeptabel abstempelte. Am liebsten wäre Lou Nic um den Hals gefallen, aber sie beließ es bei einem Lächeln und einem: „Danke."

Frank schnaubte, nicht überzeugt.

Louise realisierte, dass sie vermutlich gehen sollte. Sie hatte hier nichts zu suchen und sie wollte wirklich nicht stören, also erhob sie sich, stellte ihre Tasse beiseite und schnappte sich die Unterlagen, die sie von Nic bekommen hatte.

Nic stand ebenfalls auf und hielt Lou fest, bevor sie das Wohnzimmer verlassen konnte. Sein Blick fixierte sie, viel ernster, als noch Sekunden zuvor.

„Wie geht es dir, Lou?"

Einen Atemzug lang war sie versucht zu lügen. Doch das eisige Blau, dasselbe, welches auch in Frank steckte, bohrte sich zu ihr durch und sie sagte: „Nicht gut."

Natürlich ging es ihr nicht gut.

Ihre Gedanken waren nicht länger ihre eigenen, jede ihrer Bewegungen zerrte an ihren Gliedern. Ihre Augenlider drohten zuzufallen. Sie konnte keine Luft holen, alles schmerzte.

Ihr Verstand zwang sie von Alptraum zur Realität und zurück in den Alptraum, bis sie nicht mehr wusste, was wohin gehörte. Ihre Wünsche waren unmenschliche, ihre Ziele unmögliche. Lohnte es sich noch, dagegen anzukämpfen? Louise war alleine, kraftlos und unbeständig.

Jedes Mal, wenn sie glaubte am Ende der Straße angekommen zu sein, musste sie trotzdem weitergehen. Lou sehnte sich danach, sich auszuruhen. Doch selbst wenn sie schlief, besonders dann, wenn sie schlief, wurde sie geplagt von wirren Bildern und flüsternden Stimmen. Es endete niemals.

Nic schien nichts anderes erwartet zu haben.

„Es ist beeindruckend, wie weit du es geschafft hast. Wenn es einer tun kann, dann du. Ich glaube an dich, Lou. Vertraust du mir?"

Frank setzte sich auf, Louise sah es von der Seite. Er hörte aufmerksam zu.

Vertraute sie Nic?

Sie hatte John vertraut, viele Jahre lang und war enttäuscht worden.

Nic hatte sie anders behandelt. Von Anfang an hatte er nichts vor ihr versteckt. Er hatte sie bereitwillig an seinem Wissen teilhaben lassen und er hatte sich um sie gesorgt. Allem Anschein nach wollte Nic ihr tatsächlich bloß helfen.

„Ich denke schon, ja.“

„Gut. Dann hör mir zu.“, setzte Nic an und schob sie aus dem Raum, außer Hörweite von Frank, „Du musst das Medaillon vor der Hochzeit loswerden. Es darf unter keinen Umständen in eine solch mächtige Position kommen. Wenn du es wegsperrst, gehe sicher, dass du das Schloss danach nicht mehr öffnen kannst.“

Er hatte sie an beiden Schultern gepackt, um sie daran zu hindern sich abzuwenden oder wegzugehen. Lou schaffte es nicht, ihn direkt anzusehen. Sie gab sich Mühe ihm zu folgen, doch er kam mit seiner Stimme kaum zu ihr durch. Die Sätze gingen unter in einem lauten Rauschen, einem fauchendem Störgeräusch. Nic gab nicht auf.

„Wenn du das Schloss verzauberst, gehe sicher, dass jemand anderes den Schlüssel behält und versteckt. Du kannst dir selber nicht vertrauen. Platziere das Medaillon an einem Ort, an den du selber nicht herankommst. Und derjenige, der den Schlüssel hat auch nicht.“

Nic sagte ihr nichts Neues. So viel konnte sie selbst durch das Keifen des Medaillon hindurch verstehen. Lou wusste, was sie zu tun hatte. Sie wusste, wo sie das Medaillon platzieren würde und sie wusste, wem sie den Schlüssel anvertrauen wollte.

Dafür musste Louise allerdings erst mal an einen Punkt kommen, an dem sie in der Lage dazu war.

„Vor der Hochzeit.", echote sie.

Die Uhr tickte. Mit jeder Sekunde, die sie verschwendete würde es schwieriger werden.

Nic zog sie noch einmal in einer Umarmung an sich.

„Du schaffst das. Wenn du es nicht schaffst, wer dann?"

Niemand, dachte Louise. Nur munterte diese Wahrheit sie nicht besonders auf. Wenn sie scheiterte, wie weitreichend waren die Konsequenzen dann? Falls sie die wirren Warnungen von Robert richtig deutete, wären die Folgen ihres Misserfolges drastischer, als sie zu diesem Zeitpunkt ahnte.

Lou löste sich von Nic, verabschiedete sich und lief hinaus in die Dunkelheit.

Über die letzten Tage hatte eine schwüle Wärme England überschattet.

In dieser Nacht erreichte die Hitze ihren Höhepunkt und läutete mit starken Windböen einen Regenschauer an. Hinter ihr schlug in einiger Entfernung ein Blitz ein. Louise eilte durch die leeren Straßen, während der Wind an ihrem Shirt und ihrem Haar zog. Laub und leere Flaschen fegten über den Asphalt, aus der Ferne ertönte ein Donnerschlag.

Die ersten Regentropfen fielen sachte und leicht, wenig später wurden die Tropfen größer und schlugen härter auf ihre Haut ein. Sie rannte durch den Regen, durchnässt und frierend... und hielt an. Das Wasser umfing sie, der Wind ließ die Regentropfen aus jeder Richtung auf sie zukommen. Direkt über ihr beleuchtete eine Straßenlaterne den Bürgersteig. Lou war orientierungslos. Sie blinzelte den Regen von ihren Wimpern und fuhr sich mit ihrem nassen Ärmel über die Stirn.

Warum war sie stehen geblieben? Weil ihr etwas aufgefallen war. Nur was?

Louise stand dort, mitten auf dem einsamen Gehweg im aufkommendem Sturm. Ein weiterer Blitz erhellte kurz die Häuserwand neben ihr und die Schaufenster der angrenzenden Geschäfte. Sie sollte Schutz suchen, wenn sie nicht im Sommergewitter gegrillt werden wollte. Etwas hatte sie aufgehalten. Lou konnte ihren Finger nicht darauf legen, was es war. Alles schien normal zu sein.

Sie hörte nichts, außer dem Fallen des Regens und dem Wind. Nichts außerhalb der Normalität. Rein gar nichts. Der Groschen fiel.

Hektisch kramte sie nach ihrem Handy. Sie brauchte viel zu lange, um in dem schüttenden Regen ihren Bildschirm zu entsperren und den richtigen Namen in der Kontaktliste auszuwählen.

Chris kam nicht zu Wort.

Er kam nicht dazu, sie zu fragen, warum sie anrief. Warum sie es in, was sich anhörte wie die Mitte eines Sturmes, tat. Er kam nicht einmal dazu *Hallo* zu sagen.

„Chris. Ich habe nicht viel Zeit. Ich weiß, wie wir das Medaillon verstecken können. Triff mich in einer halben Stunde bei mir.“

Dann legte sie auf. Lou wartete darauf, dass das Medaillon sich wehrte. Sie erwartete die Schmerzen, den Schwindel und die Müdigkeit. Nichts passierte. War es der Regen? Da war es wieder, wie vor einigen Monaten erst.

Louise konnte kaum glauben, dass es schon so lange her war, dass sie in der Badewanne die gelegen und von fremden Erinnerungen und Alpträumen heimgesucht worden war. Das

Medaillon wich vor dem Wasser zurück, als würde die Nässe es gefährden.

Nur, dass die schiere Panik dieses Mal ausblieb. Keine Bilder vergangener Alpträume und keine Tränen. Das Medaillon war für den Moment verstummt.

Es gab keinen ersichtlichen Grund dafür, doch Lou ahnte, dass der Effekt schwinden würde, sobald sie sich abtrocknete.

Daher fand Chris sie noch immer durchnässt und mit an sich klebenden Stoffen in ihrem Wohnzimmer vor. Von ihr tropfte das Wasser und bildete Pfützen auf dem Fußboden.

„Soll ich überhaupt nachfragen?", meinte Chris skeptisch.

Louise fiel ihm ins Wort: „Uns bleibt nicht viel Zeit. Ich habe einen Plan."

Vor ihr auf dem niedrigen Tisch stand die Schachtel des Medaillons, die sie aus ihrem Versteck unter dem Sofa geholt und dort platziert hatte. Daneben stand eine zweite Schachtel, oder eher, dieselbe Schachtel nochmal. Eine davon öffnete Louise. Sie war leer.

„Eine Kopie?"

Sie brauchte Chris nicht zu antworten. Lou hatte die Kopie der Schachtel erschaffen, bevor er angekommen war. Das Original ließ sich noch immer nicht öffnen, ohne den Schlüssel. Die Kopie allerdings hatte kein verzaubertes Schloss. Noch nicht.

Neben der Kopie lag ein passender, schlichter goldener Schlüssel.

Wenn Louise die Zeit gehabt hätte, hätte sie Chris ihr Vorhaben erklärt. Doch sie spürte bereits, wie sich die ersten wehrenden Gedanken des Medaillons in ihr formten. Sie musste sich beeilen, sie hatte bereits wertvolle Sekunden verschwendet.

Chris beobachtete Lou, wie sie ihre Hände vor sich ausstreckte und zu einer Kugel formte. Sie schloss ihre Augen, konzentrierte sich und stöhnte schmerzerfüllt auf. Ihr Herz klopfte laut, aber sie hielt ihren Atem ruhig und öffnete ihre Hände. Louise wagte es nicht hinzusehen, obwohl es jeder ihrer Zellen jede Willenskraft kostete, die sie aufbringen konnten. Chris hatte dieses Problem nicht.

Sein Blick klebte an dem Metall. An dem geformten Silber, an dem Bernstein, an den eisernen Kettengliedern.

Ohne hinzusehen, legte sie das Medaillon der Engel in die kleine Holzkiste. Es musste ganz friedlich da liegen, wunderschön und stumm. Beinahe stumm. Sie konnte es flehen hören und sie spürte eine unsagbare Trauer tief in sich.

Es war, wie ein Abschied. Kein richtiger, kein endgültiger und dennoch ein Abschied. Obwohl Lou sich verkrampfte, rutschte ihr das Schmuckstück aus den Händen und landete auf dem dünnen Holz. Louise tastete nach dem Deckel und schloss ihn, erst danach wandte sie sich der Kiste zu.

„Chris, nimm den Schlüssel.", sagte Lou laut, doch bekam keine Antwort.

„Chris?"

Chris starrte die Holzschachtel an. Seine hellen blauen Augen wanderten an ihr entlang und musterten sie durchdringend. Louise schubste ihn leicht.

„Mhn, was?", nuschelte er abwesend und schüttelte sich.

„Den Schlüssel.", wiederholte Lou, „Nimm ihn."

Chris tat wie ihm geheißen und hob den kleinen Schlüssel

vom Tisch auf. Er wiegte ihn und streckte dann bereitwillig seinen Arm aus, wissend was als Nächstes folgte.

Louise nahm die Schachtel an sich. Sie drehte die Schachtel so auf ihrer linken Hand, dass das Schlüsselloch etwa einen halben Meter vor ihrem Gesicht schwebte. Chris hielt den Schlüssel direkt daneben. Mit der Spitze ihres Fingers fuhr sie in der Luft die Linien einer Rune nach. Einen Strich nach oben, einen Halbkreis der daran anschloss und einen weiteren, kleineren Strich auf der anderen Seite des Halbkreises. Ihren Bewegungen folgte ein kaum sichtbarere blauer Nebel, der umherwirbelte und sich zu dem Gold des Schlosses bewegte, nachdem Lou ihre Hand zurückgezogen hatte.

Der blaue Nebel berührte das Material und auf dem Gold breitete sich für einen Moment ein unnatürlich pulsierendes Leuchten aus. Dann hob sich der Schlüssel wie von selbst, überbrückte die kurze Distanz und schloss selbstständig das goldene Schloss der Holzschachtel ab.

Es gab durchaus schwierigere Dinge, als ein Schloss mit einem Zauber zu belegen. Louise war nicht einmal wirklich ins Schwitzen gekommen.

Viel anstrengender war es, die stärker werdende Stimme, der ihr sagte, sie solle die Kiste zerstören und das Medaillon herauszuholen, zu verdrängen. Sie stellte die Schachtel ab. Chris nahm den Schlüssel heraus und in dem Moment, indem seine Haut das Gold berührte, leuchtete es noch einmal kurz blau auf. Chris war nun Schützer des Schlüssels, niemand außer ihm konnte den Schlüssel verwenden, um das Schloss zu öffnen.

„Was genau tun wir als Nächstes? Wohin mit der Schachtel?"

Chris' Fragen waren berechtigt und Louise wollte sie beantworten.

Der Moment hielt sie jedoch gefangen, mit einer Mischung aus Schmerz und Schuld. Es verschlug ihr die Sprache. Das Medaillon war nun getrennt von ihr, auf einer physischen Ebene. Zugleich hallte es lauter in ihren Gedanken nach, als jemals zuvor.

Ihre leicht feuchte Kleidung konnte nichts gegen die schmerzverzerrten Schreie der leidenden Seele in der kleinen Holzschachtel ausrichten. Lou drehte sich um, damit Chris ihr Gesicht nicht sehen konnte.

„Nimm sie.“, brachte Louise heraus. Sie entfernte sich von Chris und von dem Medaillon mit zögerlichen Schritten in Richtung Schlafzimmer.

„Nimm sie und geh.“

Dann, mit einem entschiedenem Ruck, schlug Louise die Schlafzimmertür hinter sich zu und schloss sie hinter sich ab. Sie hörte nicht, wie Chris die Wohnung verließ.

Aber sie spürte es. Sie spürte, wie sich ein Teil ihrer Seele weiter von ihr entfernte. Weiter, als gut für sie war. Das konnte nicht gesund sein, es fühlte sich nicht richtig an. Etwas stimmte nicht. Hatte sie einen Fehler gemacht? Oder bestätigten ihre Zweifel nur ihren Plan? Chris das Medaillon zu überlassen, war nicht der Plan gewesen. Es war auch keine Endlösung für ihre Probleme. Jetzt gerade allerdings war sie nicht in der Lage etwas anderes zu tun, auch wenn es Chris in unmenschliche Gefahr brachte und zudem ihren Geist mit zusätzlichen Sorgen erschwerte.

In diesem Moment zählte nur eines: Das Medaillon musste weit weg von ihr. So weit, dass sie es nicht mehr hören konnte. So weit, dass die Versuchung und ihr Verlangen nach dem kleinen Objekt in ihr verrauchte. Und noch weiter.

Ihre Hände legten sich auf ihre Ohren, doch das Rauschen ihres eigenen Blutes konnte das Kreischen der verletzten fremden Seele nicht übertönen. Sie musste weg, weiter weg. Louise wollte aus dem Schlafzimmer stürmen, doch die Tür war abgeschlossen.

Ein todbringendes Grausen breitet sich in ihr aus.

Jedes einzelne ihrer Haare stand ab, ihr Körper elektrisiert von einer neuen Energie. Einer neuen Kraft? Aber warum fühlte sie sich so schwach, zur gleichen Zeit, in der ihre Adern durchflutet wurden mit Adrenalin?

Die Wände um sie herum schmolzen, zerflossen im Nichts und lösten sich auf, bis nur noch Leere zurückblieb. Träumte sie?

Dicke rote Fäden fielen von der Decke wie Blut, zogen sich zum Boden und brachten den Rest der Umgebung zum Einsturz. Noch immer war es laut, das Schreien. So laut, dass es weh tat.

War die Realität gewichen, nur um diesem Schrecken eine Bühne in ihrem Verstand anzubieten? War es das Medaillon, welches sie bestrafte? So lange war es her, dass sie das letzte Mal in ihrem Leben wegen Ungehorsam bestraft worden war. Solange her …

Kaum hatte sie diesen Satz gedacht, veränderte sich die Szene um sie herum.

Lou stand nicht länger, sie saß. Unter ihr war das weiche Polster ihres Bettes, ihr kurzen Beine hingen über der Bettkante und baumelten nervös hin und her. Tränen benetzten ihr kleines Gesicht.

Es war eine Erinnerung. Louise blickte hinab auf ihre bunten Socken, bedruckt mit Farben und Formen. Ihre Finger krallten sich in die gelbe Bettdecke neben ihr.

Eine Stimme drang an ihr Ohr. Johnathans Stimme. Sanft und gezwungen verständnisvoll.

„Du musst nicht weinen. Sag mir einfach, was passiert ist."

Er kniete vor ihr auf dem Holzfußboden. Sie waren in Franks Haus, in dem Kinderzimmer, welches einmal Johns gewesen war. Sie teilte es sich mit den anderen Vieren. Es war etwas eng, aber es ging schon.

Lou schüttelte den Kopf. Nur eine Erinnerung.

So viele Jahre waren seitdem vergangen.

„Ich weiß nicht."

Die schluchzende Lüge drang aus ihrer eigenen Kehle. Ihre Stimme war dünn und hoch, wie die eines neunjährigen Mädchens eben war. Lou wusste, das es Lügen waren. John wusste das auch.

Er seufzte. Dunkle Augenringe gruben sich in sein Gesicht.

Johnathan senkte seine Stimme. Auf Louises Armen breitete sich Gänsehaut aus.

Wenn Johnathan flüsterte, wusste man, dass man lieber die Wahrheit sagen sollte. Die Spielereien waren vorbei. Seine Geduld war erschöpft.

„Lou. Wir wollen das Ganze so schnell wie möglich hinter uns bringen. Wir beide, glaub mir. Also erzähl mir bitte einfach, was wirklich passiert ist und wir können die Sache vergessen."

Sie spielte mit der Bettdecke herum und schluckte.

Ihre Beine hörten auf zu Baumeln.

„Es war nicht meine Idee."

Johnathan seufzte erneut und erhob sich. Er begann, in dem Kinderzimmer auf und ab zulaufen. Er raufte sich die Haare.

„Ist dir klar, Lou, wie viel Geld mich das kosten wird, diese Angelegenheit unter den Teppich zu kehren? Wenn du mir wenigstens sagen würdest, wo es ist."

„Es war wirklich nicht meine Idee. Und ich hab es nicht geklaut.", beharrte Louise, eine Spur zu wütend. Zu trotzig. Zu laut. Sie hatte Johnathan noch niemals zuvor angeschrien.

John blieb stehen. Er knirschte frustriert mit den Zähnen.

Dabei war es nur eine halbe Lüge. Es war Chris' Idee gewesen, in den Juwelier einzubrechen und die Halskette zu stehlen. Julian und sie hatten versucht es ihm auszureden, vergeblich. Jetzt befand sich die goldene Kette mit dem schweren Rubin in einem von Louises Schuhen.

Versteckt hatte sie den Schuh, bis an den hintersten Rand ihres Kleiderschrankes hatte sie ihn geschoben. Sie würde Chris und Julian ganz bestimmt nicht verraten, indem sie ihren Schatz aufgab.

„Lou. Ich meine es Ernst. Sag mir, wo sie ist."

Sie alle drei waren erwischt worden, bei dem Versuch nach ihrem Diebstahl davonzulaufen. Johnathan hatte sie gefunden, mit dreckigen Kleidern und ohne Geld am Straßenrand entlanglaufend.

Oh, John war so wütend gewesen. Trotzdem hatte Louise es geschafft, die Kette in das Haus einzuschmuggeln und zu verstecken. Sie konnte nicht leugnen, dass sie ein wenig stolz darauf war.

Ihre Finger ließen die Bettdecke los. Ihr Körper erzitterte in ihrer eigenen Wut.

„Ich weiß es nicht!", rief sie, weitere Tränen liefen über ihre rot angelaufenen Wangen.

Die Ohrfeige kam schnell und unerwartet. Ihre Wange brannte, sie schrie.

Damals, in ihrem kindlichen naiven Denken hatte Louise nicht begriffen, dass Johnathan es bereits gewusst hatte. Es war die Mischung aus ihren Lügen und ihrem weinenden Geschrei, die ihn verärgerte.

Nein. Verärgert hatte. Vor fast zehn Jahren.

Von der Treppe her kamen schwere Schritte hinauf. Johnathan drehte sich halb um, seine eigene Hand anstarrend, als könne er nicht fassen, was er gerade getan hatte.

Etwas veränderte sich. Das Bild vor ihr verschwand.

Ein Wirbel aus Dunkelheit holte sie ohne Vorwarnung ein und die Vergangenheit wurde mühelos hinfort gewischt. Stille kehrte ein.

Kapitel 14

Trübe Stimmen erreichten sie.

Louise konnte nicht ausmachen, woher sie kamen, oder wem sie gehörten. Sie selbst lag, weiterhin gebettet in die Dunkelheit ihres Traumes. Ruhe und Wohlempfinden hatten sie umfangen. Das Stimmengewirr drohte, sie in Unruhe zu versetzen.

„… Und ich kann mich nicht erinnern, dich hergebeten zu haben. Du solltest …“

Die Worte wurden nur langsam deutlicher, einige davon gingen in einem knisterndem Rascheln unter, als würde jemand wild an den Rädern eines Radios drehen. Erst nach und nach nahm Lou ihre Umgebung wahr. Den Stoff unter ihr. Die Polster, auf denen sie ruhte.

„…bitte. Ihr seid doch keine Kinder mehr. Können wir uns …“

Ihre Lunge füllte sich mit Luft. Ihr Atem wanderte an ihr entlang, von ihrer Brust aus nach unten, zu ihrer Mitte. Weiter nach unten, an ihren Hüften entlang zu ihren Oberschenkeln. Über ihre Knie, zu ihren Waden, bis hin zu ihren Zehen. Ihre Arme entlang, bis hin zu ihren Fingerkuppen. Nach oben, durch ihren Hals und über ihren Nacken bis hin zu ihrer Stirn.

„Ich bin nur hier um zu helfen, John.“

Lou bewegte sich. Langsam hob sie ihre Schulter, um sich auf die Seite zu rollen. Ihre Hand stützte sie dabei auf die weiche Ablage neben sich und ein ungewolltes Wehklagen flüchtete über ihre Lippen hinaus. Sofort griff jemand nach ihr.

„Lou, bleib still. Es ist alles in Ordnung, leg dich hin."

War das Johnathan? Was tat Johnathan hier? Wo war *hier* überhaupt?

Beschwerlich blinzelte sie, doch ihre Augen weigerten sich etwas in ihrem Umkreis zu fokussieren. War sie noch in ihrer Wohnung? Die Nässe des Regens klebte noch an ihr, so lange konnte sie also nicht bewusstlos gewesen sein.

„Lass mich helfen, John.", sagte eine zweite Person. Nic?

Eine Welle von Hitze überkam Louise und ihre Brust krampfte sich schmerzhaft zusammen. Sie keuchte. Gab es etwas, was sie übersehen hatte? Würde sie sterben, weil sie das Medaillon aufgegeben hatte? So war es doch bei Stone geschehen, oder etwa nicht? Nur hatte sie sich so viel selbstbewusster gefühlt.

„Verschwinde. Wage es ja nicht, deine Hände an meine Tochter zu legen. Denkst du ich weiß nicht, was Helena passiert ist?"

Lou wollte sich aufrichten, aber zwei starke Arme drückten sie in die Kissen zurück. Vermutlich Johns.

In Louise kam ein beängstigender Gedanke auf. Musste sie sich selbst Opfern, um das Medaillon davon abzuhalten zu tun, was auch immer es zu tun plante? Denn in diesem Augenblick war sie sich sicher zu sterben, sollte es ihr nicht gelingen so schnell wie möglich das Medaillon zurückzuholen. Doch wo war es hin? In einem Versuch die anderen zu warnen, schüttelte Lou energisch ihren Kopf, weil sie nicht die Kraft fand zu sprechen. Ein Fehler.

Schwindel schubste sie hilflos zurück, näher zu der Bewusstlosigkeit hin.

„Ich habe keine Ahnung wovon du redest.", protestierte Nic.

Lou lauschte dem Gespräch hilflos, ohne dass sie einen

Sinn herauslesen konnte. Das Medaillon war nicht mehr hier, die Schreie der Seele waren verstummt. Die dröhnende Stille, die sie hinterlassen hatten, war nicht viel angenehmer. Louise konnte nur erraten, wo es war und wie es dem Medaillon ging. Die Ungewissheit war vielleicht noch schlimmer, als der Schmerz.

„Du weißt genau, wovon ich rede. Stell dich nicht dümmer, als du bist."

Hatte Chris es mitgenommen? Wohin mochte er es nur gebracht haben? Der Schwindel wich ein wenig und Lou gab ihr bestes, um ihren Mund zu öffnen und zu sprechen. Kein Ton verließ sie und sie rutschte noch ein Stück weiter in die Dunkelheit hinab.

„Jungs, lasst es bleiben."

Frank.

Frank war da und er würde ihr sicherlich helfen wollen. Immerhin, Louise schaffte es ihre Augen vollständig zu öffnen und blickte nun die verzerrten Umrisse von Johnathan an. Seine Mimik war gezeichnet von Zorn und er hatte seinen Blick nicht ihr zugewandt, obwohl er sie noch immer kräftig auf die Polster drückte, um sie davon abzuhalten, sich zu bewegen.

„Schaff ihn raus, aus dieser Wohnung. Oder ..."

John drückte seine eigene Stimme gewaltsam nach unten, um nicht zu schreien. Selbst Lou hörte seine Wut, dabei konnte sie sich nicht einmal wirklich auf die Unterhaltung konzentrieren, die um sie herum stattfand. Daher wusste sie nicht, warum Johnathan so wütend war. Oder auf wen.

„Oder was?", hakte Nic spöttisch nach.

Louise hatte ihn noch nie mit dieser Art Spott in der Stimme gehört.

Das Gewicht verschwand von ihren Schultern.

Johnathan war aufgestanden. Langsam wurden die Schatten und Silhouetten klarer. Louise erkannte Nic und Frank, in ein paar Metern Entfernung stehend. John ging auf Nic zu, riss ihn von Frank fort und stieß ihn gegen die Wand. In seinen Händen blitze etwas Silbernes auf.

Frank packte Johnathan an der Schulter. Er sagte etwas zu Johnathan, doch Louise konnte ihn nicht hören. John beachtete seinen Vater nicht. Er hatte seinen kleinen Bruder fest im Griff.

Lou war schwindelig und schlecht, ihre Schmerzen schnürten ihr jegliches Verständnis über das ab, was sie da gerade mitansah. Trotzdem hob sie sich von dem Sofa, auf welches man sie gelegt haben musste. Es war ihr Wohnzimmer, in dem sie sich befand. Die Wohnung hatte sie also nicht verlassen.

Der Streit zwischen John und Nic war unwichtig, jemand musste ihr helfen. Louise wollte nicht sterben, nicht so. Nicht hier. Und obwohl die Ohnmacht abklang, stieg in ihr Hysterie.

Halb lag sie, halb saß sie auf dem Sofa und wollte auf sich aufmerksam machen. Niemand sah sie an. Sie war zu heiser, zu leise. Man konnte sie nicht hören. Sie musste etwas tun.

Lou streckte ihren Arm aus, als könne sie nach Johnathan greifen, doch sie rutschte ab, verlor das Gleichgewicht und kippte zur Seite.

Hilflos fiel sie auf den Fußboden, rollte sich zusammen und spürte, wie die Kraft sie verließ.

Vermutlich war es besser so, dachte Lou.

Jedenfalls würde das Sterben einiges leichter machen. Wie lange wollte sie noch kämpfen? Sie würde nicht wissen, woran sie gestorben war. War es das Medaillon gewesen? Etwas anderes?

Wie unwichtig solche Details waren, wenn die eigenen Gedanken zu undeutlich wurden, um sie zu verstehen. Lou verspürte kein Wehmut. Keine Reue.

Die einzige Emotion, die sie erreichte, in diesen Momenten, von denen sie glaubte, es seien die letzten ihres Lebens, war eine alles umfassende Erleichterung. Noch nie in ihrem Leben war sie so voller Glück gewesen. Gleich würde sie sterben.

Nichts mehr sehen, nichts mehr hören, nichts mehr spüren. Louise wurde hochgezogen.

Jemand hielt sie, fest an sich gedrückt und glättete zitternd ihre Locken. Sie krallte sich fest, an den Stoff der Kleidung, die zu der Person gehörte, die sie gerade in den Armen hielt und sammelte all ihre Kraft um müde und heiser zu wispern: „Bitte... Nein."

Die Erleichterung trat zurück und machte Platz, als die Todesangst wiederkehrte.

Es war dunkel, so dunkel und kalt. Alles, was Lou tun wollte, war zu schlafen, aber nichts erschien ihr schrecklicher zu sein, als wieder in ihre Alpträume zurückzugleiten. Also tat sie alles, was sie konnte, um wach zu bleiben.

Man hatte das Medaillon von ihr entfernt. Nein, sie hatte es selbst von sich entfernt und zugelassen, dass man es ihr wegnahm. Sie hatte es weggeben. Dabei war es doch ein Teil von ihr. Ein Teil ihrer Seele. Wie hatte sie wissentlich und willentlich einen Teil ihrer eigenen Seele wegschicken können?

„John, ich kann ihr helfen. Lass mich, ich bitte dich."

War es Johnathan, der sie hielt? Sie lag an seiner Brust und konnte sein Herz schlagen hören. Sie hörte noch etwas. Ein leises Wimmern.

Lou konnte nicht sagen, ob es von ihr selbst oder von jemand anderem kam. Man löste sie von John und legte sie flach auf den Boden. Louise ließ es zu, obwohl sie noch immer krampfhaft den dicken Stoff des Mantels umklammert hielt.

Was auch immer Nic geplant hatte, es war zu spät dafür. Lou bekam es nicht mit, ihr Verstand wurde gewaltsam zurückgedrängt, in die Abgründe eines Traumes.

Dieses Mal wandelte Louise in ihren Träumen durch einen Wald. Das Licht der untergehenden Sonne leuchtete die Natur mit einem gedeckten Orange aus. Ab und zu lief sie an einem plätschernden Bach entlang, dessen Wasser gelegentlich über den Rand schwappte und Pfützen zwischen dem im Wind wehenden Schilf hinterließ.

Lou summte einen alten, längst vergessenen Kinderreim, zu dem ihr die Zeilen nicht mehr einfielen. Der Ort hatte etwas Friedliches. Etwas Vertrauenerweckendes.

Eine Stimme drang wie aus dem Nichts zu ihr durch.

„Ich hatte gehofft, dich nochmal zu sehen."

Louise blieb stehen und versuchte zwischen den Bäumen den Ursprung der Worte zu entdecken. Diese liebevolle Art zu reden…

Lou meinte sie zu erkennen.

Zwischen zwei hohen Laubbäumen hindurch, erreichte sie eine Lichtung.

Unter den riesigen Wurzeln einer mächtigen Eiche stand eine junge Frau. Ihre hellblonden Locken strahlten im Licht und ihre Lippen zeigten ein süßes Lächeln.

„Mary.", erkannte Louise und die junge Frau nickte.

Es wunderte Lou, dass sie nicht beim ersten Mal erkannt hatte, wie ähnlich Mary ihrem ältesten Sohn war. Johnathan hatte fraglos viel von seiner Mutter geerbt, von den hellbraunen Augen bis hin zu der sanften Stimme.

„Es ist ein schöner Wald, den du ausgesucht hast, darling.“

Gemeinsam setzten sie sich in das trockene Gras, im Schatten der Wurzeln. Wieder steckte Mary in weiten weißen Kleidern und ihre Haut war so hell, dass sie beinahe transparent wirkte.

„Ich habe ihn ausgesucht?“, fragte Louise nach.

Mary lachte sanft: „Nun. Ich habe ihn nicht ausgesucht. Vielleicht kann man sich manche Dinge einfach nicht aussuchen. Wir hätten uns an einem weitaus weniger hübschen Ort wiedertreffen können, also bin ich dankbar dafür.“

Bis auf den Wind zwischen den Blättern und ein paar zwitschernden Vögeln in den Baumkronen war es still im Wald. Lou wartete, bis Mary das Schweigen durchbrach.

„Weißt du, warum es John so wichtig war, dass du Louise heißt? Selbst dann, als er nicht wusste, wer du werden würdest? Selbst dann, als er nicht daran dachte, dich jemals kennenzulernen?“

Louise verneinte.

Sie erinnerte sich daran, wie Johnathan ihr bei ihrem ersten Treffen erklärt hatte, dass sie nicht länger Eve hieß. Wie er ihr gesagt hatte, dass sie eine Magierin war und einen Namen brauchte, der ihrer Magie würdig sein würde. Sie hatte nicht verstanden, warum er ihren Zweitnamen bevorzugte. Vor John hatte niemand sie mit diesem Namen angesprochen. Für alle anderen war sie Evangeline gewesen , oder Eve, weil es einfacher auszusprechen war.

Später dann hatte sie herausgefunden, dass Louise der Name ihrer Urgroßmutter gewesen war. Und noch später, dass diese Johnathans Großmutter gewesen sein musste. Über all das hatte Lou nie nachgedacht, es war von wichtigerem beiseite geschoben worden.

„Louise war der Name meiner Mutter.“; bestätigte auch Mary ihre Gedanken, „Sie war eine stolze Magierin, mit hohen Zielen. Es gibt vieles, was ich dir über meine Mutter erzählen möchte, aber wir haben nicht viel Zeit. Du kannst nicht lange bleiben. Es gibt da draußen Dinge, um die du dich kümmern musst.“

Alles, was außerhalb dieses Waldes lag, kam Lou so unendlich weit weg vor. Sie wusste noch von den Namen, den Orten und den Sorgen, die sie geplagt hatten, doch all diese Sachen gehörten in eine andere Welt. Warum sollte Louise nicht einfach hier bleiben können? So schön und ruhig, wie es hier war.

Nichts da draußen konnte wichtiger sein, als dieser Wald. Nichts konnte ihr Herz mehr rühren, als die satten Farben und die lebhafte Frische dieser nie endenden Abenddämmerung.

Mary erriet ihre Überlegungen. Sie neigte ihren Kopf zur Seite, sodass einige ihrer blonden Locken über ihre Schulter nach vorne fielen.

„Louise, du gehörst nicht hierher. Noch nicht, darling. Es ist zu früh für dich.“

Lou verstand nicht, was Mary meinte. Es fühlte sich nicht so an, als würde sie nicht hierhergehören. Alles an diesem Ort wirkte so perfekt, so friedfertig. Wieso sollte sie in die andere Welt gehören, die voller Chaos und Verwirrung war?

Mit einem Hauch von Protest fragte Louise: „Was ist das hier für ein Ort? Wo sind wir?“

„Du hast es noch nicht erraten?“

Wo konnten sie schon sein, außer in Lous Träumen?

Doch konnten Träume erklären, wie es für sie möglich war, mit einer Toten zu reden? Johnathan hatte von Visionen gesprochen.

Wie viel mehr, als man Louise verraten hatte, war mit Magie möglich? Welche versteckten Kräfte konnten ihre eigenen Fähigkeiten ihr offenbaren? Würde sie jemals die Chance dazu bekommen, es herauszufinden?

Mary ging nicht weiter darauf ein.

„Wir haben keine Zeit. Es gibt zu vieles, was John nicht weiß. Erklärungen, für die mir keine Zeit geblieben sind. Das Medaillon ist mit unserer Familie enger verknüpft, als du dir vorstellen kannst. Doch fürchte ich, dass sich uns auch für diese Geschichte kein Platz bietet.“

Mit ihrer Familie? Louise horchte auf.

Robert hatte etwas von Generationen erwähnt. Hatte behauptet, sie sei die erste in der Familie gewesen, die das Medaillon zu seinen Lebzeiten gefunden hatte. In der Familie. Oder spielten ihre Erinnerungen ihr einen Streich und er hatte etwas ganz anderes gesagt?

Ohne von Lou unterbrochen zu werden, fuhr Mary fort: „Als ich in deinem Alter war, hat meine Mutter mir auf ihrem Sterbebett eine Aufgabe gegeben. Sie sagte zu mir, dass ich alles tun kann mit meinem Leben, was ich möchte. Ich kann einen gutaussehenden und erfolgreichen Mann heiraten. Ich kann Länder bereisen. Ich kann ein Haus an der Küste haben und Kinder darin aufziehen, so viele, wie ich aufziehen möchte. Nur eine Sache gäbe es, die ich dafür tun müsse.“

Mary setzte eine Pause ein.

So wie sie dort saß, wirkte Mary auf Louise, wie eine Märchengestalt. Eine zarte und wunderschöne Prinzessin. Nicht wie ein Geist oder eine Untote.

Ihr Ausdruck war ernst, und obwohl noch immer derselbe Anschein von Freundlichkeit und Liebe in ihr steckte, wurden ihre Worte etwas härter, als sie schließlich sagte: „Meine Mutter verlangte von mir, dass ich meinen Erstgeborenen umbringen müsse. Du siehst, ich war nicht dazu bestimmt zu sterben. Ebenso wie Johnathan nicht dazu bestimmt war, zu leben.“

Der Waldboden unter Louise wackelte. Die Erde bebte unter ihr und sie meinte zu bemerken, wie das Sonnenlicht langsam heller wurde.

Die ersten Züge der Realität zerrten an ihr und Mary stellte fest: „Du wachst auf.“

Es wurde schwerer, aufrecht sitzen zu bleiben, als Louise von einer unsichtbaren Macht gepackt und nach hinten gedrückt wurde.

„Aber warte. Ich weiß nicht, was das alles bedeutet.“

Ihre Zunge wurde schwerer. Der Wald drehte sich um sie herum und einen Wimpernschlag später lag sie mit ihrem Rücken in dem weichen Moos. So weich.

Lou wurde müde.

„Jemand muss den Fluch durchbrechen und unsere Schuld zurückzahlen. Es tut mir so unendlich leid, darling. So leid. Aber es ist der einzige Weg.“

Der Klang von Marys Entschuldigungen, welche sie wieder und wieder vor sich hin betete, wiegten Louise in den Schlaf und begleiteten sie auf ihrem Weg zurück in die Realität, aus der sie gekommen war.

In die sie hinein gehörte.

Kapitel 15

Louise erwachte und erkannte im selben Atemzug, dass sie nicht erwacht war. Noch war sie gefangen, irgendwo zwischen Realität und den verworrenen Illusionen ihrer Träume.

Hier war es sehr viel düsterer, als im Licht der goldenen Abendsonne des Waldes, in dem sie eben noch gewesen war.

Lou stand nun anscheinend in einem Keller, am Rande einer steilen Steintreppe, dessen Ende sie nur erahnen konnte. Nachdem sie blind einen Lichtschalter ertastet hatte und eine einzelne Glühbirne die Stufen mit kaltem Weiß erhellte, wagte Louise sich zögerlich hinunter.

Am Fuße der Treppe fand sie eine schwere Metalltür, mit einem noch schwereren Schloss davor. Niemals wäre es ihr möglich gewesen, diese Tür zu öffnen. Das musste sie auch gar nicht, denn sobald ihr Fuß die letzte Stufe berührte, schwang sie lautlos auf und gewährte Lou bereitwillig Eintritt.

Hinter der Tür befand sich ein riesiges Kellergewölbe.

Selbst die zahlreichen leuchtenden Glühbirnen an der Decke schafften es nur kaum, die Räume gänzlich auszuleuchten. An den Wänden hingen in regelmäßigen Abständen eiserne Ketten und in die Fliesen am Boden waren Wasserschläuche und Bodenabflüsse eingelassen. Louise lief weiter durch das Gewölbe, angetrieben von einer unbekannten Energie und im hinteren Bereich des Kellers, zwischen den Ketten und Fesseln, befand sich eine weitere Tür. Diese war nicht abgeschlossen. Lou öffnete sie und trat ein.

Der Raum dahinter war nicht besonders groß. Es fanden geradeso zwei relativ kleine rechteckige Metalltische darin Platz. Trotzdem war er nicht weniger beeindruckend.

Die Wände waren voll gestellt mit Regalen, die wiederum voll gestellt waren mit allen möglichen Sachen.

Es reihten sich Fläschchen, Phiolen, Flakons und andere Behältnisse aneinander, die mit Flüssigkeiten in verschiedensten Farben gefüllt waren. Dazwischen standen beschriftete Kisten, Kartons und kleine Dosen in denen sich Pflanzen, Kräuter, Insekten und andere Kuriositäten befanden. Nicht alle davon waren auf den ersten Blick zu erkennen.

An anderen Stellen standen surrende und brummende Geräte, Maschinen, die sich fortwährend bewegten, große Stapel an Zetteln, Büchern und Heften, Schüsseln, Töpfe, lange und kurze Stäbe aus verschiedenen Materialien und Stifte, die zwischen umgekippten Tintenfässern lagen oder in leeren Bechern standen.

Die Luft war schwer. Fruchtige und bittere, süße und hölzerne, spritzige und aromatische Gerüche liefen hier zusammen und kreierten einen sanften Nebelschleier, der sich wie eine schützende Hülle um das Labor legte.

Louise ging davon aus, dass es sich um ein Labor handelte, obwohl sie ein Labor wie dieses in ihrem Leben bisher noch nicht zu Gesicht bekommen hatte.

„Hast du dich hier herumgetrieben, wenn du verschwunden bist?"

Sie zuckte zusammen.

Die Stimme war direkt neben ihr ertönt, obwohl sie augenscheinlich ganz allein in dem ihr fremden Raum war. Lou erkannte die Stimmlage nicht.

Sie gehörte zu einem Jungen. Vielleicht in ihrem Alter, vielleicht etwas älter oder etwas jünger. Das konnte sie nicht so genau sagen.

Louise regte sich nicht. Sie blieb stumm und still, unsicher abwartend.

Wenig später erklang die Stimme erneut, von etwas weiter weg, aus Richtung der beiden Tische.

„Was tun wir hier?"

Wenn ich das nur wüsste, dachte Lou.

Wer sprach da mit ihr? Sollte sie laut antworten? Offensichtlich nicht, denn, obwohl sie nichts sagte, führte die körperlose Stimme ihre Unterhaltung weiter.

„Das Medaillon?", fragte der Junge. Louise meinte, Schock herauszuhören.

Wer war er nur? Warum konnte sie nur seinen Teil hören, wenn er sich doch offenbar mit mindestens einer weiteren Person unterhielt? Und warum sprach er vom Medaillon?

Lou fragte sich, ob sie sich in einem Traum oder einer Vision befand. Mittlerweile meinte sie einen Unterschied zwischen diesen beiden Phänomenen feststellen zu können.

„Du- "

Visionen waren es, wenn ihr gezielt Szenen gezeigt wurden. Fragmente der Vergangenheit oder der Zukunft, die eine Nachricht oder eine Warnung übermittelten. Träume hingegen wurden nicht geschickt, nicht vom Willen des Medaillons zumindest. Sie zeigten verzerrte Bilder gemischt mit gestohlenen Stücken ihres eigenen Unterbewusstseins.

„Du weißt, wie du das Medaillon findest?"

Grüner Dampf stieg von einem der Tische auf. Louise ging umsichtig näher heran.

Auf das Metall waren mit Kreide blaue Symbole und Formen gemalt worden. Alle davon waren magische Zeichen, einige davon waren Louise sogar bekannt. Andere wirkten zu alt oder zu komplex, um ihr auf Anhieb einen Hinweis auf ihren Ursprung geben zu können.

Waren diese Zeichen schon dort gewesen, als Lou zum ersten Mal das Labor betreten hatte oder waren sie später erschienen? Sie konnte es nicht mit Sicherheit sagen.

Louise beugte sich über den Tisch, um einen besseren Blick auf die Symbole erhaschen zu können und sprang dann mit einem Hechtsprung zurück, als ihr wie aus dem Nichts eine Stichflamme entgegenschoss. Sie blinzelte, die Flamme blendete sie.

Die Hitze ergriff alles und rollte durch den Raum, wie eine tödliche Flutwelle. Das flackernde Licht verzerrte die Umrisse der Umgebung und ein schwarzer Rauch fing an aus den magischen Flammen herauszusteigen.

Es gab absolut nichts, was Lou hätte tun können. Alles ging viel zu schnell.

Es donnerte. Die Explosion riss sie von ihren Füßen und schleuderte sie gegen eines der Regale.

Das Holz brach, Flaschen fielen zu Boden und das Glas zersprang in tausende kleine Scherben, die wie Kugeln durch die Luft flogen.

Das Feuer ging, so plötzlich, wie es gekommen war. Mit dem Feuer verschwand auch der Rauch und die Hitze. Ruhe kehrte ein.

Louise zog sich an der Wand hoch. Sie war unverletzt.

Zunächst entdeckte sie nicht, was sich verändert hatte. Vorsichtig schob sie sich zwischen den Scherben hindurch, vorbei an Fetzen von zerrissenem Papier und zersplittertem Holz. Dann sah sie vor sich auf dem Boden den leblosen Körper eines blonden Jungen liegen.

Sein Haar und seine Haut waren bedeckt von einer Schicht aus Asche und Ruß. Seine matten blauen Augen starrten ins Leere. Der unbekannte Junge war tot.

Da endete der Traum. Die Vision. Beides, und doch nichts von beidem.

Louise erwachte.

Dieses Mal wirklich.

Hart und unnachgiebig drang der erste Atemzug in ihre Lunge und weckte sie unsanft aus ihrem Schlaf. Wenn sie denn geschlafen hatte. Ausgeruht fühlte sie sich jedenfalls nicht.

Obwohl ihr jede einzelne Regung schwerfiel, schaffte sie es, sich ächzend aufzusetzen und umzuschauen. Nic kam auf sie zugeeilt, er hatte vorher auf ihrem Klavierhocker Platz genommen und augenscheinlich in einem ihrer Bücher geblättert. Louise rutschte zur Seite, damit Nic sich neben sie setzen konnte.

„Wie fühlst du dich?"

Lou griff sich an die Schläfe. Tatsächlich fühlte sie sich überraschend gut. Nur ein leichter Druck war geblieben, dort, wo sie jetzt ihren Schädel massierte. Sie war müde, ja, aber nicht so unglaublich erschöpft, wie in den letzten Wochen. Eher ein wenig so, als hätte sie nicht besonders gut geschlafen oder so, als hätte ein Wecker sie etwas zu früh aus ihrer Erholung gerissen.

„Ich bin mir nicht sicher.", gab sie zu und Nic schien zu verstehen, was sie damit versuchte auszudrücken.

„Wenn ich meine Arbeit richtig gemacht habe, und ich hoffe das habe ich, dann solltest du dich bald besser fühlen. Ich glaube nicht, dass du bleibenden Schaden nehmen wirst.“

Diese Neuigkeiten sollten anscheinend besänftigend wirken. Taten sie nicht.

Gerade, als Louise nachhaken wollte, um herauszufinden, was passiert war und was Nic in erster Linie in ihrem Wohnzimmer verloren hatte und wo Chris und das Medaillon abgeblieben waren, wurden sie unterbrochen.

Hinter sich vernahm Lou Schritte und sie wandte sich um, um Johnathan zu bemerken, der etwas gerädert wirkend im Türrahmen stand und gähnte.

„Du bist wach.“, stellte er fest und richtete seine Haare, „Wie …“

„Ich fühle mich okay. Denke ich.“

John nickte. Ein unangenehmes Schweigen trat ein.

Eines, dessen Ursprung Lou nicht genau deuten konnte. Nic klopfte auf seine Knie und meinte nach einer Weile: „Wenn das alles ist, was von mir gebraucht wird, gehe ich. Ich werde Dad anrufen und ihm Bescheid geben, dass er sich keine Sorgen mehr machen muss.“

Lou war drauf und dran, Nic aufzuhalten. Sie hatte durchaus das Gefühl, mit seinem Wissen in ihrer Nähe sicherer zu sein. Außerdem erreichte der Eindruck sie, dass Nic derjenige gewesen war, der ihr geholfen hatte und falls das stimmte, stand sie irgendwie in seiner Schuld.

Johnathan kam ihr zuvor.

„Meine Güte, wenn du unbedingt bleiben willst, bleib eben. Immerhin ist das hier nicht meine Wohnung und daher auch nicht meine Entscheidung. Ich werde dich nicht herauswerfen.“

Daraufhin ging John in Richtung Küche.

Auf Louises fragenden Seitenblick hin, lachte Nic leise.

„Ich schätze, so hört es sich an, wenn mein Bruder sein Bestes gibt, nett zu mir zu sein."

Dazu wusste Lou nichts zu erwidern. Sie schien etwas verpasst zu haben. Statt dies jedoch genauer zu hinterfragen, wollte sie wissen: „Was ist passiert?"

Nic räusperte sich und dachte einen Moment lang nach. Louise dachte, dass er seine Stirn beim Nachdenken ebenso kräuselte, wie John. Sie behielt es für sich.

Endlich sagte Nic umsichtig: „Ich kann nicht mehr tun, als wohlwollende Vermutungen anzustellen. An wie viel erinnerst du dich?"

Lou erinnerte sich daran, wie sie Nachts im strömenden Regen durch die Straßen Londons gelaufen war. Daran, dass sie Chris angerufen hatte und daran, wie ihre Seele zerbrochen war, in jener Sekunde, in der das letzte Glied der Kette ihre Hand verlassen hatte und in die Schachtel gefallen war.

Zu Nic sagte sie bloß: „Chris hat das Medaillon mitgenommen? Ist das denn sicher?"

Ihre Kehle wurde trocken, als sie anfing über das Medaillon zu sprechen. Ansonsten hielten sich ihre Reaktionen in Grenzen. Erleichterung breitete sich in ihr aus. War sie das Medaillon losgeworden? War der schlimmste Teil geschafft?

„Es ist alles andere, als ideal. Johnathan hat instinktiv richtig gehandelt, das Medaillon musste möglichst weit weg von dir. Natürlich müssen wir auf Dauer einen besseren Ort dafür finden."

Louise sah an sich hinab.

Ihre Kleidung war dieselbe, getrocknet ja, aber durchzogen

von Schweiß und Zweifel. Sie musste duschen und sich umziehen, bevor sie irgendetwas anderes machen konnte. Sie stand auf, öffnete den Mund um sich zu erklären und stockte.

Mary. Sie hatte Mary wiedergesehen. An das, was sie gesagt hatte, konnte Lou sich nur noch schemenhaft erinnern, trotzdem musste sie John davon berichten. Wortlos drehte sie sich zur Küchenzeile um.

Johnathan stand an die Theke gelehnt, Kaffee trinkend, und hatte aufmerksam zugehört. Ihr wilder Blick traf ihn und John stellte seine Tasse ab. Sicherlich erkannte er diese Art von Blick. Es war ein Blick, der etwas Wichtiges ankündigte. Louise riskierte, dass man sie für verrückt halten würde. Selbst in ihren Ohren schienen die folgenden Worte keinen Sinn zu ergeben.

Noch bevor sie allerdings ein einziges Wort herausbringen konnte, war John auf sie zukommen und hielt ihr eine Hand über ihren Mund, um sie zum Schweigen zu bringen.

„Nicht hier.", murmelte er Lou zu und zog sie mit sich in ihr Schlafzimmer, einen verdatterten Nic zurücklassend.

Mit einer Rune verschloss Johnathan die Tür und ging sicher, dass man sie nicht belauschen konnte. Das Symbol brannte sich kurz in das Holz der Schlafzimmertür und verschwand dann wieder. John nickte Louise erwartungsvoll zu.

„Was hast du gesehen?"

Gute Frage. Was hatte sie gesehen? Louise tat ihr bestes, um aus den wirren Stücken dessen, was ihr von der Vision in Erinnerung geblieben war, eine zusammenhängende Geschichte zu ziehen. Der Erfolg ließ zu wünschen übrig.

Jedes Mal, wenn sie ihren Mund öffnete, um etwas zu sagen, verschwammen die Gedanken in ihr und wurden unsinnig oder unlogisch und erschlossen sich ihr selbst nicht mehr.

Johnathan betrachtete sie, wie sie vor sich hin stotterte und sich tiefer in irreführenden Erläuterungen verstrickte, ohne die meisten davon auch nur auszusprechen.

John gab ihr den nötigen Raum und die Zeit, um sich zu sammeln.

Der erste vollständige Satz, den Lou sagte, war: „Mary war da. Sie hat über dich gesprochen." und gleich darauf kam ein: „Und über sich ... über ihren Tot.", hinterher.

„Lass mich raten.", meinte Johnathan und schlug nach einer kleinen Fliege, die um ihn herumgeschwirrt war. „Sie hat dir nicht sagen können, warum oder wie sie gestorben ist."

„Ehrlich gesagt, habe ich nicht danach gefragt. Glaube ich. Selbst, wenn sie es mir erzählt hat, ich weiß nichts mehr davon. Möglich, dass sie es erwähnt hat."

Louise verstummte unsicher.

Sie wusste nicht, ob sie es komischer finden sollte, dass sie offenkundig mit Geistern reden konnte, dass sie es nicht gewusst hatte und auch nicht kontrollieren konnte oder, dass John es hinnahm, als wäre es selbstverständlich.

Den größeren Teil ihres Lebens war Lou davon ausgegangen, das meiste über Magie zu wissen, was es zu wissen gab. Mehr als die breite Masse der Magier jedenfalls. Es schien als hätte sie mit dem ersten Teil falschgelegen. Hatte Johnathan ihr nur das gelehrt, was er persönlich als absolutes Minimum eingestuft hatte? Was war ihr alles entgangen?

„Hör zu Lou, ich weiß, dass es schwer zu begreifen ist. Aber die Dinge, welche die Toten von sich geben, sind nicht immer sinnvoll oder überhaupt richtig. Wenn eine Seele stirbt, ändert sich vieles. Seelen sind eine komplexe Angelegenheit und Erinnerungen erst recht. Wir sollten den Toten nicht zu viel Vertrauen schenken, ist, was ich versuche zu sagen. Du hast einen Plan, wegen des Medaillons nehme ich an? Oder soll es etwa bei Christian bleiben, bis etwas schiefläuft? Russisches Roulette mit dem Schicksal spielen?"

Louise ließ sich auf die Bettkante fallen.

Johnathans Sarkasmus erinnerte sie daran, wie unmöglich es war mit ihm ernsthaft über manche Sachen zu reden. Wie lachhaft sie sich vorkam, weil sie ihn beinahe nach Mary gefragt hätte. Lou riss sich zusammen und versuchte, nicht beleidigt zu klingen. Er diktierte diese Unterhaltung, nicht sie. Wenn sie sich jetzt anstellte, wie ein Kind, würde sie ihm nichts weiter schenken, als überlegende Genugtuung.

„Es gibt einen Plan.", bestätigte sie knapp.

Oh, nein. Bestimmt würde sie ihm nichts von dem Plan mitteilen. Sollte er ruhig danach fragen, gierig und unverbesserlich neugierig. Louise würde seinem Kontrolldrang dieses Mal nicht nachgeben. Dies war nicht sein Plan und es war auch nicht sein Medaillon und überhaupt hatte er mit der ganzen Angelegenheit kaum noch etwas zu tun. Ob es ihm gefiel oder nicht.

Wie zu erwarten war, fragte Johnathan: „Ein guter Plan? Irgendwelche Details?"

Bemerkte er nicht, wie jedes seiner Worte ihre Geduld strapazierte oder war es ihm egal, dass er sie provozierte? Früher hatte Lou gedacht, John würde sie manchmal testen und sie mit Absicht dazu zwingen, eine gelassene Stimme zu behalten, selbst dann, wenn der Ärger ihren Verstand umfing.

War es das? Testete er Louise? Diese Erklärung war schöner als zu glauben, es interessiere ihn einfach nicht, wie sie sich fühlte. Nur bedeutete das nicht, dass die schönere Erklärung stimmte.

„Ich hoffe, dass es ein guter Plan ist.", antwortete sie zurückhaltend.

Damit gab Johnathan sich zufrieden, mehr oder weniger. Statt eine weitere Frage zu stellen, urteilte er: „Du trägst eine große Verantwortung auf dir."

Schon wieder war es da.

Jemand, der ihr deutlich machen wollte, wie wichtig ihre Entscheidungen waren. Louise hatte genug davon, das zu hören. Immer und immer wieder konnten die Leute ihr sagen, wie bedeutend sie war. Was erwartete man von ihr? Was für eine Entgegnung wollte man von ihr hören? Lou jedenfalls war es satt.

„Öffne die Tür.", verlangte sie an John gerichtet und er zog seine Augenbrauen zusammen, als Louise aufstand und abwartend ihre Hand über der Klinke schweben ließ.

„Habe ich etwas Falsches gesagt?"

Lou konnte ein kurzes Lachen nicht zurückhalten. Um Gottes willen. Louise war einfach nur noch fertig, wenn sie ehrlich zu sich selber war.

Als sie wieder zu Johnathan schaute, bemerkte sie seinen fragenden Ausdruck. Louise verstummte, immer noch mit einem kalten Blitzen und trockenem Ton.

„Nein, wieso auch? Du hast recht. Ich habe eine große Verantwortung auf mir. Schön, dass Leute den Drang haben, mir das immer wieder zu sagen. Nicht, dass ich es noch vergesse. Zwischen all denen die mir sagen, was ich zu tun habe und denen, die mir sagen, was ich zu lassen habe, hätte ich fast vergessen, wie wichtig meine Entscheidungen sind. Also vielen Dank. Kannst du jetzt bitte die Tür aufmachen?"

John hielt inne und seufzte schließlich. Ohne die Tür zu öffnen, ließ er sich auf der Bettkante nieder, wo eben noch Lou gesessen hatte.

Wo auch immer ihr plötzlicher Gefühlsausbruch herkam, er war lange Überfällig gewesen. Die unterdrückte Wut, die John bei ihr auslöste, hatte sich aufgestaut. Doch es war mehr als nur die Wut auf ihn.

Louise war wütend auf alle, angefangen bei sich selbst und dem Medaillon. Wütend auf ihre Familie, auf ihre Freunde, auf ihre Feinde und auf das Schicksal oder auf den sadistischen Gott, welcher auch immer es war, der sie in diese Schuhe gesteckt hatte. Und während sie so tun musste, als wäre alles in Ordnung und nett bei Verhandlungen gelächelt hatte und bloß auf jeden achtete und Rücksicht nahm und ihr Kinn gehoben hielt, hatte diese Wut in ihr gebrodelt.

Dass Johnathan sie nun abbekam, war niemandes Schuld. Nicht direkt jedenfalls.

Louise glaubte eine ungefähre Ahnung davon zu haben, was John nun sagen würde. Seine Erwiderung verwunderte sie.

„Ich war nicht viel jünger als du, als ich selber zum ersten Mal von dem Medaillon erfahren habe. Da hat das Problem allerdings nicht angefangen. Es hat früher angefangen, viel früher. Trotzdem. Trotz all dem Schmerz und den schönen guten Dingen, die ich ruinierte ... Ich habe mir niemals ein normales Leben gewünscht. Ein langweiliges. Ich war süchtig nach dem Drama, dem Leid und den extremen Höhen und Tiefen meiner Welt."

Unsicher, worauf er hinaus wollte wartete Lou ab und lehnte sich gegen die Wand.

Johnathan fuhr fort: „Das ist es, was Helena für dich gewollt hat. Ein normales und langweiliges Leben. Ich habe meine eigenen Schuldgefühle immer damit vertröstet, dass du, wie ich, einen solchen Weg verabscheut hättest. Im Grunde, sagte ich mir selbst, habe ich dir sogar einen Gefallen getan."

„Wer weiß.", meinte Louise und unterbrach Johns Ausschweifungen.

„Was bringt es mir, *Was wäre, wenn …?*' zu spielen? Es ist wie es ist. Nur, hilft das am Ende niemanden. Was, wenn ich einen Fehler mache und dieses Land in den Krieg stürze? Was ist, wenn das nicht einmal das schlimmste ist, was passieren kann? Wie soll ich damit umgehen? Willst du etwa so tun, als könntest du mir einen Ratschlag geben, nach all den Fehlern, die du gemacht hast?"

Johnathan ging auf die, nur wenig unterschwelligen, Seitenhiebe nicht ein.

Er widersprach: „Es geht ganz und gar nicht darum, dass du *Was wäre wenn …?*' spielst. Es geht darum, dass du herausfindest, was du willst, bevor du tust, was andere wollen. Deine Entscheidungen beeinflussen den Lauf der Menschheit, blah blah. Schon klar. Vor allem beeinflussen sie dich und dein Leben. Das sollte dir wichtig sein. Wenn du mir allerdings so ähnlich bist, wie es die Leute behaupten, ist es das nicht. Im Moment jedenfalls nicht. Nichts was ich sage, wird daran etwas ändern können. Du bist nämlich auch stur, wie ich und lässt dir nicht ins Gewissen reden. Ich möchte einfach nicht, dass du später in deinem Leben dieselbe Reue spüren musst, wie ich es jetzt tagtäglich tue. Ich will nur das Beste für dich und dein Leben. Ich will, dass du glücklich bist."

Mit einem Schwung seiner Hand öffnete er die Tür.

Lou stand da und starrte ihren Vater an. Wie war ihr nie aufgefallen, dass sie dieselben Augen hatten?

Mit dem letzten Hauch von Zorn, den sie aufbringen konnte, flüsterte Louise: „Ich wünschte, ich könnte dir glauben." und ging dann mit schwerem Herzen zurück, zu Nic.

Nic wartete auf sie.

Ohne, auf ihr Gespräch mit John einzugehen, meinte Lou an ihn gewandt: „Wo sind wir stehen geblieben?"

Offenbar entschied Nic sich dazu, es dabei zu belassen.

Falls es ihn interessierte, was Louise mit seinem Bruder besprochen hatte, ließ er sich davon nichts anmerken. Er wies stattdessen hinüber zum Tisch, auf dem noch das Original der kleinen Holzschachtel stand. Unberührt von allem lag sie da, stumm und geheimnisvoll.

„Was hast du damit vor?"

Hinter ihr kam Johnathan in den Raum und stellte sich wieder an seinen Platz in der Küche, um weiter schweigend seinen Kaffee zu trinken und sie zu belauschen.

„Nichts, erst mal. Wieso?", wollte Louise wissen.

„Ich habe darüber nachgedacht, sie nach Kanada mitzunehmen, um sie besser untersuchen zu können. Wenn du nichts dagegen hast."

Ein Angebot.

Eines, das für Lou mehr Komplikationen bedeutete, als Nic

ahnen mochte. Sie hielt sich selbst davon ab, sich umzudrehen um in Johnathans Ausdruck Bestätigung oder Missbilligung zu suchen. Vor Nic wollte sie nicht unsicher wirken. Sein Vorschlag klang sinnvoll und aufrichtig, allerdings war Kanada nicht um die Ecke. Sollte sie die Schachtel in der Nähe halten, für den Fall, dass sie wichtig wurde? Oder war es möglich, dass die Schachtel nur eine Schachtel war und Louise paranoid wurde?

Entweder, sie zögerte einen Tick zu lange oder die Zweifel waren ihr anzusehen. Nic lächelte.

„Du siehst, weswegen ich dich gebeten habe, zu mir zuziehen. Solange du hier in London bleibst, ist alles etwas komplizierter.“

Noch bevor Lou etwas erwidern konnte, erschallte Johns empörter Ruf: „Du hast was?“

Er kam um die Theke herum, in das Wohnzimmer.

Nic rollte mit den Augen und stöhnte: „Beruhige dich. Sie ist ja noch hier, oder etwa nicht?“

Louise fand sich zwischen Johnathan und Nic wieder. Sie hatte nicht die geringste Ahnung, was vor sich ging, aber sie realisierte schnell, dass sich diese Diskussion eigentlich nicht um sie drehte.

„Willst du mir sagen, dass du versucht hast, Louise hinter meinem Rücken aus dem Land zu schmuggeln?“

Lou warf ein: „Bitte was?“, dazwischen. Sie wurde ignoriert.

„Sei doch nicht so dramatisch. Ich habe sie lediglich gefragt, ob sie nach Kanada kommen möchte. Wenn ich mich richtig erinnere, warst du derjenige, der sie entführt hat.“

Der Stress und die Lautstärke der aufkommen Konfrontation bereiteten Louise Kopfschmerzen. Es half auch nicht, als sich eine neue Stimme einmischte.

Sieh dir diese Idioten an. Geschwisterliebe, so sagt man, ja?

Lou fuhr herum. Da stand niemand hinter ihr, obwohl sie schwören konnte die Worte direkt neben ihrem Ohr wahrgenommen zu haben. Die weibliche junge Stimme kam ihr nicht bekannt vor und war ihr doch vertraut, fast, als wäre es ihre eigene gewesen. Nur hatte sie nicht gesprochen.

Louise erzitterte.

„Klar, weil Helena ganz zufällig und auf eigene Faust die Identität einer Fremden geklaut hat, um ein Auge auf das Kind zu werfen. Du bist ja immer so unschuldig, Nic."

Wankend schob sie sich Richtung Badezimmer. Hinter sich schloss sie die Tür ab. John unterbrach sich mitten in seinem wütenden Monolog und folgte ihr. Klopfend ertönte er an der Tür, als Lou sich über das Waschbecken beugte.

„Lou? Ist alles in Ordnung?"

Nein. Es war absolut und mit unumstößlicher Sicherheit, nicht alles in Ordnung. Wie auf ein Signal hin kommentierte die surreale Stimme: *Stellt dieser Mann immer solch überflüssige Fragen?*

Aus dem Spiegel über dem Waschbecken sprang ihr das Bild ihres eigenen, geröteten Gesichts entgegen. Louise drehte den Wasserhahn auf. Hörte sie Stimmen? Das konnte nichts gutes heißen. Sie goss kaltes Wasser über sich selbst, als würde sie ihren eignen Wahnsinn hinfort waschen können.

„Lou?"

Johnathan klang zunehmend besorgt. *Du solltest etwas sagen, bevor er die Tür eintritt.*

„Sei leise.", zischte Louise.

Darauf war sie nicht vorbereitet gewesen. Was sollte sie nur tun? Es musste sich um eine Halluzination handeln, einen Traum. Vermischte sich die Realität mit den Bildern ihrer Visionen?

Dabei hatte sie sich so gut gefühlt, seitdem sie erwacht war. Das Medaillon war ihr fern, ihre Gedanken endlich wieder ihre eignen. Ein hysterisches Kichern ertönte in ihren Ohren. Oder eben nicht.

Offensichtlich hatte Lou sich zu früh gefreut. Sie trocknete sich ab und sammelte sich.

Als sie die Tür entriegelte, stand Johnathan vor ihr, seine Stirn in Falten gelegt.

„Was ist los?“

Sollte sie es ihm sagen? Doch was genau würde sie ihm sagen können, ohne, dass man sie für verrückt hielt? Vielleicht sollte man sie für verrückt halten. Vielleicht war sie es ja.

An deiner Stelle würde ich es für mich behalten. Aber nur zu, tu, was du willst.

„Nichts.“, meinte Louise und drängte sich an John vorbei. Die Sonne war nicht nur bereits vollständig aufgegangen, sie begann bereits wieder zu sinken.

Den Schutz der Nacht würde Lou brauchen, um den nächsten Teil ihres Planes durchzuführen und sie hatte nicht vor, länger abzuwarten, als notwendig. Zu viel Zeit war verschwendet worden. Das Medaillon sicher zu verstecken hatte oberste Priorität, Louise durfte keine Ablenkung zulassen.

Sie ignorierte die Proteste von Johnathan, als sie mit einem Schwung die Haustür aufzog und hinaus in die Dämmerung lief.

Chris

Frustriert, warf Chris die Haustür hinter sich zu.

Selbstverständlich, dachte er, niemand erklärt mir was vor sich geht und trotzdem erwarten sie alle, dass ich es einfach so hinnehme und tue, was sie von mir verlangen.

Die Holzschachtel erzittere in seinen Händen. Genervt ließ er sie auf den Bartresen fallen, bevor er nach einem Glas griff. Wahrscheinlich sollte er zurückgehen und nachsehen, wie es Louise ging, aber er bezweifelte, dass Johnathan ihn zu ihr lassen würde. Hatte er John zu vorschnell angerufen, als Lou zusammengebrochen war? Chris war in Panik geraten und manchmal traf er nicht die besten Entscheidungen, wenn er unter Druck stand. Was hätte er sonst tun können?

Chris mochte John nicht besonders gernhaben, dennoch traute er ihm in dieser Art von Situation eher zu, Louise helfen zu können, als sich selbst. Er wusste ja nicht einmal, was passiert war.

Er nippte an seinem Drink und stellte ihn ab. An seinen Barkeeper-Fähigkeiten musste er noch arbeiten. Andererseits war er vermutlich nur abgelenkt.

Die Schachtel lag dort, direkt vor ihm.

„Nimm es fort.", hatte Johnathan gesagt.

„Egal wohin. Einfach fort."

Klar. Chris schnaubte. So sprach man vielleicht über gewöhnliche Kisten, in denen gewöhnliche Schmuckstücke lagen. Aber doch nicht über uralte, verfluchte und potenziell tödliche schwarzmagische Artefakte.

Chris hatte getan, was John ihm befohlen hatte. Jetzt stand er da.

Mit einer Kiste, die nur er öffnen konnte und dem dazu gehörenden Schlüssel. Ihm war klar, dass den Schlüssel zu verwenden, um das Schloss zu öffnen, dass letzte war, was er tun durfte.

Was würde wohl passieren, wenn er sich mit dem Teil ins Auto setzte, an die Küste fuhr und das komplette Ding einfach in den Ozean warf? Johnathan würde das nicht gefallen. Ein Grund mehr, es zu versuchen.

Nein.

Lou vertraute ihm. Auf Johns Vertrauen gab Chris nichts. Louise allerdings brauchte ihn mehr, als jemals zuvor und nicht in seinen wildesten Träumen hätte er sie verraten können.

Scheiße. Ihm blieb nichts anderes übrig, als seine Zähne zusammenzubeißen und den Job zu machen, den man ihm gegeben hatte. Der... Woraus genau bestand?

Die Schachtel beschützen? Sicherstellen, dass das Medaillon darin blieb, sicher und geborgen? Nichts einfacher als das. Laut beschweren würde er sich nicht. Chris hatte sich nicht zu beschweren. Ein Soldat wie er führte schweigend Befehle aus. Es stand ihm nicht zu, seine Aufgabe zu verweigern. Was für eine tolle Lage, in die man ihn gesteckt hatte.

Warum ausgerechnet er? Warum hatte Louise sich nicht lieber Julian, Daphne, oder noch besser, Anne anvertraut? Als Freund machte er sich Sorgen. Als Soldat durfte er diese Entscheidung allerdings nicht offen infrage stellen, vor allem dann nicht, wenn sie von Lou kam. So lauteten die inoffiziellen Regeln ihrer kleinen Gruppe. Ob diese Regeln noch ihre Gültigkeit behalten hatten? Seit dem, was im versteckten Dorf geschehen war, bekam Chris den Eindruck, als würden sie alle hinter geschlossenen Türen Louises Einschätzungsvermögen anzweifeln. Es schmerzte ihn, so etwas über sie zu denken.

Chris schluckte seine Zweifel herunter.

Das Geräusch der Türklingel ließ ihn auffahren.

Chris hatte ganz unbemerkt das dunkle Holz und die feinen Verzierungen der Kiste angestarrt, während er immer tiefer in trübselige Vorstellungen versunken war. Er ließ die Bar zurück und öffnete seine Eingangstür. Auf der anderen Seite stand ein junges Mädchen. Sie konnte nicht älter als 15 sein.

Ihr kurzes platinblondes Haar stand in unsymmetrischen Locken von ihrem Kopf ab, ihre hellblauen Augen hatten einen grauen Stich und waren gerötet und aufgequollen. Sie weinte. Ihre schmalen pinken Lippen hatte sie angestrengt zusammengepresst und ihren rechten Arm hatte sie um ihre Rippen geschlungen. Chris brauchte einige Sekunden, um das Mädchen zu erkennen. Perplex wich er zurück.

„Rose?"

Rose stolperte nach vorn.

Erst jetzt sah Chris das dickflüssige Rot, welches gnadenlos an Roses weißem Rock hinabtropfte. Rose fiel, wie eine Marionette, deren Fäden man zerschnitten hatte und ohne, dass Chris hätte reagieren können, schrie seine kleine Schwester stumm auf und blieb dann regungslos vor ihm liegen.

Kapitel 16

Kurz nachdem der letzte Streifen von Violett am Abendhimmel verschwunden war, erreichte Louise Chris' Apartment. Sie musste sich beeilen.

Noch bevor die Sonne wieder aufging, musste das Medaillon versteckt sein. Mit jedem ihrer Schritte wurde ihr das bewusster, als sie den Impuls des Objektes immer stärker an sich ziehen fühlte.

Es klingelte, kurz darauf erschien Chris' Gesicht in der Tür. Blut klebte an seinem Shirt und seine Pupillen huschten gestresst umher.

„Oh, hey. Du lebst ja.", stellte er fest und bevor Lou etwas dazwischen werfen konnte fügte er hinzu: „Hier für die Schachtel? Warte."

Dann schloss sich die Tür wieder. Louise stand äußerst verwirrt vor der geschlossenen Tür und selbst die merkwürdige Stimme hielt einen Kommentar zurück. Eine halbe Minute verging und Chris tauchte wieder auf, dieses Mal die Holzkiste haltend. Er reichte sie Lou.

„Hier."

Lou hielt Chris auf, als dieser versuchte ihr die Tür wieder vor der Nase zuzuschlagen.

„Was ist mit dir passiert?"

Die Frage schien aus ihrer Sicht mehr als berechtigt zu sein, Chris aber winkte ab. Da er ihr eindeutig nicht verraten wollte, was vor sich ging, schubste sie ihn kurzerhand zur Seite und betrat die Wohnung. Eine rote Blutspur zog sich vom Eingang aus weiter in die Räumlichkeiten und Louise folgte ihr, während Chris halbherzige Versuche unternahm, sie aufzuhalten.

Im Schlafzimmer fand sie den Ursprung der Aufregung. Auf dem Bett lag ein blondes Mädchen, etwas jünger als Louise und Chris. Sie trug Weiß, einen weißen Rock und eine weiße Bluse. Beides gefärbt mit dem Rot ihres Blutes. Sie trug einen Verband um ihre Rippen und schlief unruhig.

Chris kam hinter Lou in das Zimmer und erklärte: „Das ist meine Schwester. Rose.“

Anstatt zu fragen, warum seine Schwester bewusstlos und in Blut getränkt auf seinem Bett lag, sagte Louise bloß: „Ich wusste nicht, dass du eine Schwester hast.“

„Wenn es dir nichts ausmacht, muss das auch erst mal niemand wissen.“

Louise nickte. Wem sollte sie es auch sagen? Daphne und Julian hatten sich immer noch nicht bei ihr gemeldet und Johnathan war nicht derjenige, dem sie Geheimnisse anvertrauen wollte. Nicht im Moment, jedenfalls.

Davon abgesehen konnte Lou sich gerade nicht um Chris‘ Probleme kümmern. Sie hatte ihre eigenen Schwierigkeiten. Ihre Finger klammerten sich um die Schachtel. Noch war Zeit.

„Melde dich, wenn du mich brauchst.“, meinte Louise und Chris wirkte erleichtert. Er musste gehofft haben, dass Lou sich nicht einmischen würde.

„Du auch. Viel Glück, bei was auch immer du vorhast. Ich werde den Schlüssel sicher halten. Versprochen.“

Sie umarmten sich. Danach machte Louise sich auf ihren Weg.

Lou ging nicht denselben Weg zu Samuels Anwesen, wie normalerweise. Sie schlug einen großen Bogen um das Viertel und näherte sich dem Gebäude von der Rückseite. Hier lag alles im Schatten, nur aus der Ferne drangen Musik und Lichter zu ihr durch. Hinter dem Anwesen gab es einen Garten, kleiner als der auf der Vorderseite, aber immer noch alles andere als bescheiden.

Der Zaun zog sich komplett um die Parkanlage. Es gab für sie keinen Weg unbemerkt bei Samuel einzubrechen, sobald sie eine der Metallstangen berührte. Allerdings gab es eine Sicherheitslücke, eine die sie nicht zum ersten Mal ausnutzte.

Etwa zwei Meter von dem Metallzaun entfernt wuchs eine hohe Birke. Eine, an der sie früher schon hochgeklettert war, um sich an einem Ast auf die andere Seite zu schwingen und abzuspringen. Jetzt ging es nicht darum, eine blöde Mutprobe gegen Julian und Chris zu gewinnen. Es ging um so viel mehr als Mut und trotzdem erfordert es eine gewisse Art von Furchtlosigkeit. Unsanft landete sie auf dem Rasen.

Schnell schlich sie über die freie Fläche, keine Wachen waren zu sehen. Samuel fühlte sich etwas zu sicher. Bald stand Louise an die Hauswand gedrückt.

Es ist wie immer, sagte sie sich. Wie bei den Mutproben. Warum sollte es heute nicht funktionieren?

Lou stellte sich unter den Balkon, der von Samuels Büro ausging.

Als sie kleiner war hatte sie an der Seite hochklettern müssen, jetzt reichte es zu springen und nach der Brüstung zu greifen, um sich hochzuziehen. Louise konnte durch die schweren Vorhänge nicht sehen, ob das Büro leer war. Sie konnte es nur hoffen. Das Fenster aufzubrechen war nicht sonderlich schwer, nicht, wenn man wusste, was man tat.

Bald darauf stieg sie durch das Fenster in den Raum hinein. Lou hatte Glück, Samuel war nicht da.

Sie suchte sich einen Schrank aus, der nicht so wirkte, als würde er regelmäßig geöffnet werden und stellte die Kiste möglichst unauffällig hinter einige verstaubte Bücher und Ordner.

Der Plan war nicht perfekt und auf ewig konnte das Medaillon nicht in Samuels Büro bleiben. Die Ausmaße dessen, was passieren konnte, sollte Samuel herausfinden, was in seinem Büro lag, waren katastrophal.

Lou arbeitete mit einer tickenden Uhr im Hintergrund.

Jeden Tag, den sie weiter damit verbringen würde nichts zu tun, würde es unmöglicher machen eine Lösung zu finden. Dieser Ort war sicher, er war gut geschützt und sicherlich würden die Sicherheitsmaßnahmen noch weiter hochgefahren werden, sobald die Hochzeit mit Adalar stattgefunden hatte. Es wusste niemand außer ihr, wo sich das Medaillon befand. Und nur eine handvoll von Leuten wussten, wer den Schlüssel hatte. Der Plan hatte Lücken, viele davon sogar. Doch bis ihr etwas Besseres einfiel, war er besser, als nichts zu tun. Louise hielt Inne.

Dieser Raum war weniger gruselig, weniger abstrus, solange Samuel sich nicht darin befand. Sie konnte sich nicht mehr daran erinnern, wann genau sie zum ersten Mal dieses Büro von innen gesehen hatte. Andere erste Male kamen ihr stattdessen in den Sinn.

Zum Beispiel, wie Johnathan sich gefühlt haben musste, als er zum aller ersten Mal in diesen Räumen gewesen war. Was mochte er sich von Samuel erhofft haben? Wie weit war dieser Teil der Realität, diese Gegenwart, von den Vorstellungen entfernt, die John sich damals ausgemalt hatte?

Lou hatte keine Vorstellung davon, wo ihr Leben in zehn Jahren sein würde. In diesem Augenblick bezweifelte sie, dass sie in zehn Jahren überhaupt noch lebte. Nicht, wenn die Lage sich weiter so zuspitzte, wie bisher.

Und wenn schon. Louise war nie davon ausgegangen alt zu werden. Seit sie sieben Jahre alt war, hatte sie ihre Tage damit verbracht, die gefährlichsten Aufgaben des Königs zu erledigen. Zwischen der Suche nach verloren gegangenen Objekten, Auftragsmorden, diplomatischen und nicht ganz so diplomatischen Verhandlungen mit allerlei Strippenziehern und jenen kleineren Missionen, die hier und dort mal aufgekommen waren, war die Möglichkeit des eigenen Todes nie weit entfernt gewesen. Berufsrisiko.

All das war nicht wichtig. Ihr eigenes Leben rückte als Priorität immer weiter in den Hintergrund. Solange sie verhindern konnte, dass dieses Land im Chaos versank, würde sie das als Erfolg zählen.

Sind Menschen in diesem Zeitalter alle so melancholisch? An der Familie kann es nicht liegen. Ich habe einige Jahrhunderte verpasst, aber ich sag dir eins, Kleines. Deine Vorfahren waren nicht die, der sentimentalen Art.

Da war sie wieder. Lou holte Luft.

Die Stimme sollte definitiv als Nächstes auf ihrer Liste stehen. Stimmen zu hören kam selbst ihr eher ungesund vor. Auf der anderen Seite hatte sie in den letzten Monaten fast ihre Seele an Samuel verloren, mit Toten geredet und anscheinend unbemerkt ein komplettes Dorf ausgelöscht. Die Details des letzten Vorfalls waren ihr immer noch fragwürdig. Was also, wenn …

„Wer bist du?", flüsterte Louise in die Leere.

Wie schön, dass du fragst. Ich bin du, ich bin dein Ursprung. Die Quelle deiner Macht. Die Erschafferin des Medaillons. Des originalen Medaillons. Ich bin der Teil, der Seele, die zu gleichen Maßen in dem Medaillon und in dir steckt. Und ich bin schuld. Schuld, an allem.

„Schuld?", echote Lou stockend.

Durch den Spalt zwischen den Vorhängen hinter ihr drang ein einzelner Strahl silbernen Mondlichtes. Das Silber tanzte durch die Umgebung und zeichnete sanft eine Linie durch die Luft. Die Linie durchtrennte den Raum, spaltete die Hälften beinahe in der Mitte. Louise drehte sich um, dem Licht zu. Es traf ihr Gesicht.

Sie schloss ihre Augen.

Schuld, Kleines. Meine Schuld ist es, die beglichen werden muss. Es ist eine lange Geschichte, die ich dir erzählen möchte. Wo soll ich da nur Anfangen?